D1995286

Papier fresserchen

Papierfresserchens MTM-Verlag

Bibliografische Information der Deutschen Nationalbibliothek:
Die Deutsche Nationalbibliothek verzeichnet diese Publikation in der Deutschen Nationalbibliografie; detaillierte bibliografische Daten sind im Internet über http://dnb.d-nb.de abrufbar.

Titelbild: © Dmitri Kashtalyan – Shutterstock.com

1. Auflage 2013
ISBN: 978-3-86196-257-1

Sonnenbichlstraße 39, 88149 Nonnenhorn, Deutschland

www.papierfresserchen.de
info@papierfresserchen.de

Die vier Lupen

und das gestohlene Lied

Eva Bartholomé

mit Illustrationen von
Pinky Nantasukasem

1

Die Klänge des Klaviers tönten hinab auf die Straße. Jeden Tag hörte man die wundervollen Lieder des berühmten Beethoven. Immer wieder blieben die Leute stehen und bewunderten mit offenen Mündern die Musik.

Am Freitagnachmittag jedoch war alles still. Im Haus Beethovens befanden sich schon seit geraumer Zeit *Die vier Lupen.* Toni, Sophie, Freddy und Jenny waren sofort zur Stelle, als Herr Beethoven sie am Telefon bat, sich alles anzusehen. Die vier Lupen waren vor wenigen Wochen schon einmal bei ihm gewesen, da er Zeuge eines Falls geworden war. Nun waren sie aus einem ganz anderen Grund in dem großen Zuhause des vermögenden Mannes. Als die vier Freunde die vielen Treppen hinaufgestiegen, durch die ganzen Flure hindurchgegangen waren und schließlich Herrn Beethovens Musikzimmer betreten hatten, behauptete er, ihm sei ein Lied gestohlen worden.

„Ein Lied?" Die vier Freunde konnten es nicht fassen.

„Wie meinen Sie das?", erkundigte sich Toni interessiert.

„So, wie ich es sage", erwiderte Herr Beethoven.

„Welches Lied?", war Sophies sachliche Frage, während sie den Laptop startete und einen Browser öffnete. Ihre hellblauen Augen leuchteten gespannt hinter den dicken, viereckigen Brillengläsern, wie auch Freddy sie hatte.

„*Für Elise.* Ich hab es extra für Elise geschrieben und sie fand es wundervoll. Eigentlich wollte ich es nur ihr zeigen und schenken, aber ein Mann hat mir sehr viel Geld für eine Live-Aufführung und die Noten geboten, sodass ich Elise gefragt habe, ob sie einverstanden wäre. Sie meinte nur: *Natürlich,*

Ludwig.“ Herr Beethoven sah lächelnd, aber trotzdem verzweifelt auf sein teures Klavier.

„Dürfte ich ein wenig Klavier spielen?“, fragte Jenny.

„Ja, selbstverständlich“, nickte Herr Beethoven etwas abwesend.

„Könnte jemand neidisch auf Sie sein, weil er Elise auch mag?“, hakte Toni nach.

„Vielleicht. Aber ich habe keinen blassen Schimmer, wer.“

„Und wie hieß dieser Anbieter?“ Jenny wollte sich an den Ermittlungen beteiligen.

„Äh ... es ging alles übers Telefon, aber ich glaube, er hieß Wolfgang. Der Nachname fängt mit D an, mehr weiß ich nicht.“ Betrübt zuckte das Opfer die Achseln.

„Okay.“ Toni nickte. „Wissen Sie, wo er wohnt?“

„Nein“, antwortete Herr Beethoven.

Toni

„Toni, guck mal hier. Wolfgang D., es gibt nur fünf Wolfgangs bei uns, die einen Nachnamen mit D haben. Ist das nicht praktisch? Klappert die einfach alle ab!“ Sophie lächelte zuckersüß und zwinkerte.

„Gute Arbeit, Sophie“, gab Toni zu. „Freddy und Jenny, könnt ihr das erledigen? Ich und Sophie haben hier noch zu tun.“

„Nur fünf? Das ist eine ganze Menge“, stöhnte Jenny, meinte dann jedoch: „Aber was der Herr befiehlt, das soll man befolgen, heißt es ja so schön.“ Sie verdrehte die Augen und zwinkerte dann. Freddy machte keine Bemerkung über die Anzahl der Befragungen, sondern beschwerte sich nur: „Und wann krieg ich dann was zu essen? Mein Magen knurrt schon!“

Jenny musste lachen und Toni schlug vor: „Du kannst dir auf dem Weg was holen. So, Herr Beethoven, jetzt wieder zu Ihnen ..."

Herr Beethoven drehte sich um und lächelte. Während Jenny und Freddy sich aufrappelten und aus der Tür marschierten, fragte Toni: „Haben Sie irgendeinen Verdacht?" Herr Beethoven druckste herum und Toni fügte hinzu: „Sie beschuldigen hiermit keinen, wir wollen nur den Täter finden und müssen somit jede Möglichkeit in Betracht ziehen."

Herr Beethoven nickte und gab zu: „Nun ja, Wolfgang Amadeus, mein Freund, Herr Mozart, hätte auch gerne so ein tolles Lied geschrieben. Er war erfolgreich, doch jetzt ist die tolle Phase vorbei. Er ist neidisch auf mich, er hätte auch gerne einen großen Durchbruch gestartet."

„Wolfgang Amadeus Mozart sagen Sie? Wo wohnt denn Ihr Freund?"

„In der Rundstraße 8."

Toni nickte und musste Sophie nichts sagen, damit sie ihr Handy zog und Freddys Nummer wählte.

„Was Neues?", meldete sich dieser.

„Ja, so sieht es aus, wir haben einen weiteren Verdächtigen. Habt ihr die Wolfgangs schon abgeklappert?", verständigte sich Sophie.

„Ne, was denkste von uns, wir sind nicht Superman", beschwerte sich Freddy und fuhr fort: „Wer ist denn *der weitere*? Wir gehen zu ihm, wenn wir fertig sind, melden uns aber vorher noch."

„Wolfgang Amadeus Mozart, Rundstraße 8. Ja, das will ich aber hoffen, Freddy!" Sophie schmunzelte und legte auf.

Toni sah sie fragend an, sie nickte und er wandte sich wieder Herrn Beethoven zu. „Noch irgendetwas, das Sie uns sagen möchten?"

„Nein, mir fällt nichts ein", erwiderte Beethoven ehrlich.

„Gut, wenn Ihnen doch etwas einfällt, melden Sie sich, wir gehen jetzt erst einmal."

Herr Beethoven nickte und führte die beiden Detektive zur Tür.

„Auf Wiedersehen“, sagte Sophie lächelnd, Herr Beethoven nickte ihr freundlich zu und schloss dann die Tür.

„Was denkst du?“, erkundigte sich Toni, als sie alleine im dunklen Flur standen.

„Was meinst du?“ Sophie verstand nicht ganz.

„Bei wem hast du das Gefühl, dass er der Täter ist, und was denkst du von Herrn Beethoven?“, erklärte Toni.

„Hmm … noch weiß ich nicht, was ich denke, da ich noch keinen der Verdächtigen kennengelernt habe. Vielleicht ist es ja auch ein ganz anderer … Herr Beethoven kommt mir ganz normal vor.“ Sophie zuckte die Schultern und fragte: „Und was meinst du?“

„Ja, eigentlich das Gleiche. Warten wir doch erst mal die Berichte von Freddy und Jenny ab.“

Sophie nickte und gemeinsam verschwanden die beiden in einem Bus zur Rundstraße.

Freddy

„Freddy, habt ihr die Wolfgangs durch?“ Sophie war wieder an ihrem Handy.

„Jup, alles paletti, wir sind auf dem Weg zur Rundstraße“, war Freddys Antwort.

„Gut, wir fahren auch grad hin, wieso habt ihr nicht angerufen?“ Sophie war etwas enttäuscht.

„Uuh, tut mir leid, Sophie, wir hatten das vollkommen vergessen!“ Freddy war es anzuhören, wie peinlich es ihm war. „Wolfgang Derbe kann sich erinnern, mit Herrn Beethoven telefoniert zu haben. Wir müssen ihn unbedingt checken."

„Nicht so schlimm, Freddy, ist schon gut", meinte Sophie schmunzelnd. „Gut, danke. Treffen uns dann bei Mozart."

Toni brauchte nur einen Blick auf Sophies Laptop zu werfen, um zu wissen, was Freddy und Jenny rausgefunden hatten:

Wolfgang Derbe, Ziegelstraße 15. Er ist Verkäufer, verheiratet, lebt mit seiner Frau zusammen, sein Sohn ist bereits ausgezogen. Er liebt Musik und hat ein Musikgeschäft, in dem es alles gibt, was man wünscht. Noten, alt bis neu, Instrumente, Zubehör und so weiter. Das Geschäft ist in der Bernoldstraße 18.

Toni staunte nicht schlecht. „Respekt", bewunderte er seine Kollegin, die nur zwinkerte.

„Was man nicht alles tut, um seinen Freunden eine Freude zu machen."

Beide mussten lachen.

„So, ich würde vorschlagen, wir besuchen ihn zuerst zu Hause. Was ist das für eine Website?"

„Die von Wolfgang Derbe selber. Aber der hört sich ziemlich sauber an. Also ich denke, ein Motiv finden wir bei dem nicht." Sophie zuckte die Schultern und presste die Lippen aufeinander.

„Ui, da fällt mir ein, wir haben Herrn Beethoven nicht einmal nach der Tatzeit gefragt! Sophie, kannst …" Toni konnte seinen Satz nicht zu Ende sprechen, denn Sophie hatte bereits ihr Handy hervorgezogen und ermahnend den Zeigefinger auf den Lippen.

Toni nickte verständnisvoll und schaute nachdenklich aus dem Busfenster. Er sah keineswegs Täler, Bäche, Wälder, Wiesen und Bauernhöfe, sondern Geschäfte, Fabriken, Menschen, die in Eile durcheinanderhasteten, Schulen, Unis, Straßen und Autos. Wie sehr er sich wünschte, die Landluft zu riechen, wenn er aus dem Bus stieg. Seufzend wartete er auf Sophie.

„Hallo, ja, hier ist Sophie, von den vier Lupen. Ja, wir hätten da noch eine kurze Frage …“ Es entstand eine kurze Pause und das weitere Gespräch bekam Toni nur mit halbem Ohr mit. „Toni!“ Sophie tippte ihn leicht an der Schulter an und riss ihn damit aus seinen Gedanken.

„Ja?“, fragte er, während er sich zu ihr drehte.

„Er sagte, zuletzt hätte er das Lied um 14:30 Uhr gesehen, doch dann sei er Kuchen essen gegangen. Es hätte Erdbeertorte gegeben, seine Lieblingsspeise, darum hätte er ziemlich viel gegessen und wäre wohl so gegen 15 Uhr wieder in sein Zimmer zurückgekehrt. Dort hätte er einen Schreck bekommen, weil sein wertvolles Stück weggekommen sei, und hätte sofort alle Angestellten zur Rede gestellt. Aber keiner von ihnen sei im Zimmer gewesen, während er die Torte zu sich genommen hatte, sagen alle.“

Sophie

„Das heißt, die Tatzeit beschränkt sich auf den Zeitraum zwischen 14:30 und 15 Uhr“, stellte Toni fest.

Sophie nickte und gemeinsam stiegen sie aus dem Bus.

„Hmm … Ich glaube, du musst ihn nochmals stören. Wir müssen wissen, wo er es hingetan hatte!“ Toni schien nicht sonderlich erfreut, Herrn Beethoven ein zweites Mal belästigen zu müssen.

„Nein, das ist nicht nötig, ich habe ihn schon danach gefragt, da ich mir dachte, dass du das wissen möchtest.“ Sophie musste kichern. „Er sagte, er hätte das Lied unbeachtet auf dem Klavier liegen lassen, da er sich keine Gedanken über Diebe gemacht hätte."

„Super!", freute Toni sich mit einem breiten Lächeln.

„Hey, da sind Freddy und Jenny!", unterbrach Sophie seine Freude.

Die beiden winkten den anderen und Freddy und Jenny winkten zurück. Als die vier Lupen sich vor Mozarts Haustür trafen, tauschten sie nochmals aufgeregte Blicke aus, dann drückte Toni auf den Klingelknopf.

„Stopf schnell den Burger in dich rein", zischte Sophie Freddy zu, während der genüsslich an seinem Mahl kaute. Freddy beeilte sich mit großen Bissen. Jenny musste bei seinem Anblick unwillkürlich lachen und auch Sophie konnte nicht anders und schmunzelte in sich hinein.

Toni erklärte allen schnell den Plan: „Lasst Jenny gehen, sie nimmt Sophies Haarclipkamera und wir sehen alle durch Sophies Abhörapparat, oder wie man es nennen will, was geschieht."

Die vier versteckten sich draußen, alle schauten wie gebannt auf Sophies Apparat. Als die Tür sich auftat, stolzierte Jenny hinein und schritt geradewegs auf die offene Holztür mit dem *Mozart*-Namensschild zu.

„Hallo", begrüßte eine Männerstimme sie und Jenny grüßte in hohem Ton zurück: „Hallo."

„Wer bist du denn?", fragte der Mann, der nun vor Jenny stand und sie verwundert musterte.

„Ich bin Jenny. Sie sind Herr Mozart, wenn ich das richtig sehe", erwiderte Jenny.

„Ja, richtig. Und … wieso bist du hier, Jenny?" Herr Mozart staunte nicht schlecht, dass ein so junges Fräulein, hübsch und zart, bei ihm auftauchte. Er führte sie in seine Wohnung, holte zwei Gläser Wasser, ohne sie dabei aus den Augen zu lassen, und kam dann zurück.

„Ich komme von Herrn Beethoven. Er ist Ihr Freund, wie

ich gehört habe?“ Jenny spielte ihre Rolle perfekt.

„Ja, ja. Setz dich doch erst mal.“ Seine Hand wies auf einen Sessel, gleich neben dem Kamin.

„Danke“, lächelte Jenny, „also, er möchte, dass ich Sie frage, ob Sie vielleicht sein Lied gesehen haben.“

Die Spannung der drei Freunde stieg.

„Ach, möchte er das?“, fragte Herr Mozart spitz. „Na, da kann ich nur mit einem *Nein* antworten. Meinst du das *Für Elise*?“

„Nun, ich gedenke, diese Frage nicht zu beantworten, denn ich weiß nicht, ob Herrn Beethoven dies gefallen würde. Bitte entschuldigen Sie. Zudem liegt ihm eine weitere Frage – und auch mir – auf dem Herzen. Sind Sie in irgendeiner Weise neidisch auf meinen Auftraggeber oder können Sie ihm irgendetwas nicht gönnen?“ Jenny bemühte sich, nicht herauszuplatzen, doch sie hatte Übung. Die *altmodische Wortwahl*, wie ihre Freunde sagen würden, brachte sie zum Lachen, doch auch das schaffte sie zurückzuhalten.

Jenny

„Nein, keineswegs! Wir sind gute Freunde, wirklich, das kannst du mir glauben. Ich gönne ihm seine Erfolge, er hat sie verdient. Ich bin einfach nicht so gut wie er!“

Toni raunte den anderen zu: „Der lügt wie gedruckt!“ Doch dann waren alle wieder still.

„Gut“, lächelte Jenny. „Er wollte Sie bestimmt nicht beleidigen. Was ist denn bei Ihrem Erfolg schiefgelaufen?“

„Nun, am Anfang ging alles glatt. Doch plötzlich veränderte sich alles. Ich bin nicht sicher, wieso, es war in der Zeit, in der Beethoven kam. Aber natürlich will ich damit nicht sagen, dass es an ihm lag. Vielleicht tat es das aber, denn die Leute mochten seine Musik lieber als meine. Meine Lieder wurden nicht mehr so viel gekauft, doch ich gab es nicht auf. Es machte mir so viel Spaß, da konnte ich nicht einfach aufhören. Aber leben kann ich von meinem Einkommen noch gut, keine Frage."

„Das heißt, Sie könnten ihm die Schuld an Ihrem *Verderben* geben?" Jenny wollte noch mehr wissen.

„Wenn du so willst – ja. Aber wir sind Freunde", versicherte Herr Mozart.

„Und wie sind Sie und Herr Beethoven Freunde geworden?", erkundigte sich Jenny.

„Das ist eine lange Geschichte", wich Herr Mozart aus.

„Kein Problem, ich habe Zeit."

Die vier Lupen hielten gespannt die Luft an und hörten zu.

„Ich denke, nun ist es Zeit für mich zu gehen", erklärte Jenny nach der ausführlichen Erklärung, aus welchen Gründen Mozart und Beethoven eine enge Freundschaft führten.

Herr Mozart nickte verständnisvoll und begleitete sie zur Tür. „Du darfst gerne erneut kommen, wenn du magst", lud er sie lächelnd ein. „Ich bekomme nicht so viel Besuch."

Jenny nickte freundlich und verschwand aus dem Haus.

„Super, Jenny!", empfing Freddy seine Kollegin.

„Ja, fantastisch!" Auch Sophie sparte nicht mit Lob.

„Wirklich genial", gab Toni zu. „Wir sind alle fasziniert." Er zwinkerte.

„Nun, was denkt ihr, war er es?"

Freddy meinte: „Ne, der ist viel zu blöd dafür, glaubt es mir." Die Mädchen äußerten ihre Meinung nicht, sondern behielten sie für sich.

„Ich denke, dass er es gewesen sein könnte. Beweise haben wir aber noch keine", meinte Toni.

„Wie wär es, wir drei gingen rein. Jenny, kann ich meinen

Haarclip haben? Du kannst alles von hier aus beobachten", schlug Sophie vor und die anderen nickten zustimmend.

„Aber ich hab noch Hunger!", beschwerte sich Freddy, worauf die anderen lachten.

„Nicht jetzt, Freddy", ermahnte Toni seinen Freund und gemeinsam marschierten die drei durch die Tür, die sich auf das Klingeln bei *Mozart* öffnete.

„Alibi, Motiv", flüsterte Toni, bevor die Freunde in die große Wohnung des Tatverdächtigen liefen.

„Hallo!" Freddy lächelte breit und sah Herrn Mozart aus einer Ecke hervorkommen.

„Hallo", erwiderte dieser und ließ die Freunde herein. „Wer seid ihr denn?"

„Wir sind drei Freunde, ermittelnde Detektive, zurzeit im Fall *Das gestohlene Lied*. Sie sind einer unserer Tatverdächtigen, daher möchten wir bitte wissen, wo Sie heute zwischen 14:30 Uhr und 15 Uhr waren."

„Wie komme ich zu der Ehre, Tatverdächtiger zu sein?", wunderte Mozart sich trocken.

„Nun, ich wäre Ihnen dankbar, die Frage einfach zu beantworten und unsere Ermittlungen nicht zu stören", erklärte Toni im gleichen Tonfall.

„Ich war hier, zu Hause. Allein, bevor ihr fragt. Nun, ich wäre euch dankbar, auch meine Frage einfach zu beantworten und meine Privatsphäre nicht zu stören", antwortete Herr Mozart verärgert.

„Tut mir leid, noch dürfen wir Ihnen nichts über den Ermittlungsstand sagen. Wir hätten allerdings eine weitere Frage, und zwar, wann Sie Herrn Beethoven das letzte Mal gesehen haben?", beteiligte sich Freddy.

„Danach werdet ihr bitte meine Wohnung auf der Stelle verlassen", knirschte Mozart. „Mhm ... das war so letzte Woche."

„Als Freunde sieht man sich doch ziemlich oft, oder nicht?", stellte Toni verwundert fest.

„Schon, aber wir haben beide zu tun." Herr Mozart lächelte.

„Vielen Dank, falls weitere Fragen aufkommen, melden wir uns noch einmal.“ Sophie lächelte.

Herr Mozart nickte immer noch nicht sehr begeistert und zeigte auf die Tür. „Da geht es lang.“

Die Freunde verließen seine kleine Wohnung und trafen draußen auf Jenny, welche alles verfolgt hatte. „Gut, kein Alibi, ein Motiv und ich würde es ihm auch zutrauen“, empfing sie ihre Freunde.

Sophie und Toni nickten nur, Freddy zeigte mit einem flehenden Blick auf seinen Bauch und deutete mit seinem Kopf in Richtung Frittenbude. Toni nickte erneut und Freddy begann zu laufen, während Jenny und Sophie weiter über den Fall diskutierten.

2

Die vier Lupen trafen sich an ihrem Geheimplatz in der Gasserstraße. Es war ein ungewöhnliches Fleckchen, ein Sandplatz, umrahmt von Büschen, Sträuchern und Bäumen. Ein kleines Häuschen aus Bambus, gebaut auf Stelzen, war in der Mitte des Platzes zu sehen, ein großes Fernrohr hatte seinen Platz in einer Ecke des Sandes, ein kleiner Tisch war neben dem Haus platziert und Stühle waren rundherum gestellt. Eine Hängematte war auch zu sehen und eine Holzschaukel mit einem Korb, gefüllt mit Lebensmitteln, hing in der Nähe des sogenannten Baumhauses. Bisher hatte noch keiner sie hier entdeckt, wieso, war ihnen zwar ein Rätsel, doch Gedanken hatten sie sich nie darüber gemacht. Sie hatten es sich etwas gemütlich gemacht und fühlten sich prima an dem Ort. Jenny hatte den Platz vor langer Zeit gefunden, bevor die vier Lupen überhaupt gegründet waren.

„Mein Laptop", flüsterte Sophie ihrer Tasche zu und zog gleich darauf ihren Computer heraus.

„Immer noch faszinierend, deine Tasche", bewunderte Toni sie, der, wie alle vier Lupen, von dem Geheimnis um die Tasche wusste. Sie war nämlich magisch, denn – wenn auch schwer zu glauben – kaum sagte man ihr etwas, kam der Gegenstand aus ihr heraus. Zumindest solange der Gegenstand im Besitz dieser Person war. Egal, ob man ihn eingepackt hatte oder nicht. Wirklich unglaublich, wie Sophies Freunde immer wieder feststellten.

Allerdings hörte die Tasche nur auf ihren Besitzer, und das war Sophie, denn sie wusste alles, was die Regeln der Tasche betraf. Nun strahlte Sophie und fing an zu recherchieren.

Jenny zog einen kleinen Handspiegel hervor und betrachtete sich eitel.

„Na, wie siehst du heute aus?“, neckte Toni seine Freundin und lachte. Diese drehte sich wie in Zeitlupe zu ihm, hob ihr Bein und … Zack! Es ging haarscharf an Tonis Gesicht vorbei.

„Hey, das hätte schiefgehen können“, ermahnte Toni sie ärgerlich.

„Toni, denkst du etwa, bei mir könnte etwas schiefgehen? Ich habe genau gezielt, hättest du dich bewegt, hätte ich die Richtung sofort etwas geändert.“

Besserwisserisch blickte Jenny wieder in ihren Spiegel. Toni nervte wirklich manchmal, fand sie, und er spielte dann wieder den Großen. Etwas wütend steckte sie den Handspiegel weg, raunte Freddy etwas zu und verschwand.

Kaum hatte Toni es bemerkt, fragte er Freddy erregt: „Was hat sie dir gesagt?“

„Sie sagte: *Ich geh zu Mozart, lass Toni nicht kommen*, oder so. Toni, geh nicht, sie weiß, was sie tut.“

Toni nickte widerwillig und setzte sich neben seinen Freund.

„Hey, komm, ihr wird schon nichts passieren und du bist auch nicht schuld", versuchte Freddy ihn aufzumuntern.

Toni seufzte. „Ja, hast recht", meinte er und klopfte Freddy dankbar auf die Schultern. „Danke, Kumpel", murmelte er noch, dann ging er zu einem einsamen Platz und hielt sich die Ohren zu. Freddy saß immer noch da und dachte nach.

„Hey, Leute!" Sophie riss beide aus ihren Gedanken.

„Was gibt's?" Freddy war sofort ganz aufgeregt.

„Ich war grad am Nachdenken!", beschwerte sich Toni.

Beide gingen zu ihr und warteten auf eine Erklärung.

„Also", fing Sophie an, „ein Freund von Herrn Beethoven hat Herrn Mozart wegen Betrugs angezeigt. Damals hat Herr Beethoven als Zeuge gegen Herrn Mozart ausgesagt und er musste eine Geldbuße zahlen."

Toni und Freddy blieben still und hörten angespannt zu. „Außerdem ist sein Meisterwerk *Don Giovanni* supergut verkauft worden, bevor Beethoven kam, doch dann wurde es extrem wenig gekauft. Er hatte bestimmt eine Wut auf Beethoven und dazu noch einen Grund, das Lied zu stehlen – er hatte ja selbst keinen Erfolg mehr."

Toni und Freddy nickten anerkennend und meinten beide im Chor: „Da hast du recht."

Daraufhin sprudelte Sophie wieder los: „Also, jemand muss zu Mozart fahren und jemand zu Wolfgang Derbe. Ich schlage vor, Freddy übernimmt Derbe. „Er wohnt in der Ziegelstraße 15, aber das wisst ihr ja schon. Außerdem ist er ..."

Nachdem Sophie Freddy und Toni die Ergebnisse der Recherche mitgeteilt hatte, warteten die drei auf Jenny. Etwa eine Viertelstunde später tauchte diese auf und berichtete völlig außer Atem: „Mozart hat eine Wut auf Beethoven, aber ich würde sagen, deswegen würde er das Lied nicht klauen. Wenn, dann nur wegen seiner Erfolglosigkeit, denn in letzter Zeit sind wirklich extrem wenige Lieder von ihm gekauft worden. Trotzdem ist er in manchen Häusern wirklich sehr beliebt und die Presse führt viele Interviews mit ihm. Ich glaub so oder so nicht, dass er der Täter ist. Es passt einfach nicht, würde ich sagen."

Freddy nickte und stimmte ihr zu. „Ja, Jenny hat recht, ich glaube auch nicht, dass er es war. Und wenn ich etwas glaube, dann …"

„… stimmt das immer", beendeten seine Freunde den Satz wie aus einem Munde.

„Ja, ja", beteuerte Toni, „schon gut."

Eine kurze Zeit war alles still. Die vier Lupen dachten allesamt nach, sprachen kein Wort und gaben auch sonst keinen Laut von sich. Das einzige Geräusch, was sie hörten, war das Herzklopfen ihrer Freunde und das Zwitschern der Vögel, die oben in den Kronen der Bäume saßen und ihre Liedchen pfiffen.

Toni brach die Stille. „Ich würde vorschlagen, Freddy und Sophie gehen jetzt zu Mozart. Freddy kann auf dem Weg bei der Frittenbude was bestellen und Sophie kann sich Infos holen. Da Sophie und ich am besten über Wolfgang Derbe Bescheid wissen, sollte einer von uns zu ihm gehen, das erledige ich dann mit Jenny. Einverstanden?"

Die Befehle von Toni wurden nie abgelehnt. Alle nickten wortlos und Sophie und Freddy richteten sich auf.

„Tschau", winkte Freddy den beiden anderen noch zu, dann verschwanden sie.

Jenny und Toni saßen schweigend da. Wenn Blicke töten könnten, dann wäre Toni jetzt schon mehrmals gestorben.

„Gehen wir", schlug Toni vor. Gemeinsam warteten er und Jenny an der Bushaltestelle, die gleich in der Nähe war.

„Ich hab das nicht so gemeint, du weißt schon, die Sache vorhin mit dem Spiegel, ich wollte dich nur necken", entschuldigte sich Toni, doch Jenny ignorierte ihn. „Hey, wir müssen jetzt zusammenarbeiten, es geht hier um Beethovens Lied, nicht um uns", versuchte Toni es erneut. Er wusste, dass Jenny ihm die Stichelei noch nicht verziehen hatte. Es kam zu einer kurzen Pause, dann entschied sich Jenny. „Hast recht. Also denk jetzt nicht, ich rede mit dir, weil ich nicht wütend auf dich bin.“

Etwas erleichterter seufzte Toni. „Okay“, murmelte er, und bis der Bus kam, herrschte wieder Stille.

Im Bus setzten sie sich einander gegenüber und Jenny schaute unentwegt aus dem Fenster, während Toni seine Knie anstarrte.

„Wir sind da“, raunte er Jenny zu und sie stiegen aus. „Ziegelstraße 15“, erklärte Toni. „Da wohnt er. Ah, hier ist es ja.“

Etwas aufgeregt klingelten die beiden und ein wenig zitternd schritten sie durch die Tür, als diese geöffnet wurde.

„Guten Tag“, schallte eine Männerstimme durch das Treppenhaus.

„Hallo“, erwiderte Toni.

Als er und Jenny an der Tür angekommen waren, schauten sie einem mittelgroßen, mitteldicken, mittelblonden Mann in die moosgrünen Augen.

„Guten Tag.“ Jenny lächelte.

„Du wieder?“, fragte Herr Derbe erstaunt.

Jenny nickte freundlich.

Nachdem die beiden auf seine Geste hin in die Wohnung gegangen waren, führte Wolfgang Derbe sie ins Wohnzimmer, ließ sich auf einen Sessel fallen und seufzte. „Setzt euch“, murmelte er, woraufhin Jenny und Toni es sich auf dem Sofa bequem machten.

„Nun, Sie sind Herr Wolfgang Derbe, wenn ich das richtig verstehe“, stellte Toni fest, worauf der Mann nickte. „Wo ist denn Ihre Frau?“

„Sie ist einkaufen“, erklärte Herr Derbe. „Wird wohl bald wieder da sein.“

Toni fuhr fort: „Sie wollten von Herrn Beethoven die Noten des Liedes *Für Elise* kaufen, stimmt das?“

Wieder ein Nicken.

„Wie läuft das Geschäft?“, erkundigte sich Toni.

„Nun, nicht schlecht“, erwiderte Herr Derbe. „Es ist allerdings für einen Monat geschlossen. Wie jeden März, da hole ich neue Produkte und so, wenn ihr versteht, was ich meine.“

„Ja, das verstehen wir“, lächelte Jenny.

Toni warf ihr einen kurzen Blick zu, dann ging es weiter: „Wo waren Sie denn heute zwischen 14:30 Uhr und 15 Uhr?“

„Ich war hier. Hab etwas aufgeräumt.“

„Gibt es hierfür Zeugen?“

Derbe lachte. „Nein, meine Frau war während der Zeit bei ihrer Freundin Greta.“

„Greta und weiter?“

„Greta Elfine.“

„Vielen Dank, es wäre schön, wenn wir später noch einmal wiederkommen dürften, falls noch Fragen offen sind.“

„Klar doch.“

Jenny und Toni verabschiedeten sich und Herr Derbe führte sie zur Tür. Als sie aus dem Treppenhaus auf die Straße kamen, wurden sie fast auf die andere Straßenseite geblasen, denn es wehte ein heftiger Wind. Beide zogen sich die Kapuzen über die Köpfe, blieben vor dem Haus stehen und Toni wählte Sophies Nummer. „Frau Derbe soll um 14:30 Uhr bis 15 Uhr bei einer gewissen Greta Elfine gewesen sein. Check das bitte mal. Was gibt es bei euch?“

„Herr Mozart gibt das mit dem Gerichtsvorfall zu. Aber er behauptet, deswegen keine Wut auf Beethoven zu haben, da Beethoven ja einfach nur die Wahrheit gesagt hatte. Und Mozart sagt, dass er nur noch wenig Erfolg hat, hätte er uns ja schon erzählt.“

„Okay, ruf an, wenn du was hast“, waren Tonis letzte Worte, bevor er auflegte.

„Und jetzt?“, fragte Jenny.

„Hmm … Was denkst du? Wer ist der Täter?“, stellte Toni die Gegenfrage.

„Keine Ahnung. Wie sollen wir jetzt den Täter finden?“

Toni schwieg und zuckte nach einer kurzen Pause die Schultern. „Ich weiß auch nicht", murmelte er leise, während der Wind ihm ins Gesicht blies.

„Wir können einfach nur hoffen, dass Sophie und Freddy was herausfinden", meinte Toni hoffnungsvoller.

Jenny nickte nur wortlos und machte eine Handbewegung in Richtung Bushaltestelle. Toni verstand und die beiden warteten ungeduldig auf einen Bus. Als er kam, seufzten sie beide, bezahlten und saßen sich wieder gegenüber. Diesmal musterte Jenny das Abteil, welches vielen, vielen Leuten eine Sitzgelegenheit bieten musste, da um diese Zeit Arbeitsschluss war. Kritisch betrachtete das Mädchen eine Frau mit einem Regenschirm, eine ältere, kräftigere Dame ohne Sitzplatz, einen jungen Mann mit Unterlagen unterm Arm, ein kleines, quengelndes Mädchen mit seinem großen Bruder, der abwesend aus dem Fenster schaute. Ein dicklicher Mann mit Anzug und Krawatte starrte mit verzweifeltem Gesichtsausdruck ins Leere und ein Mädchen, welches Jenny auf 16 schätzte, machte sich mitmilfe eines kleinen Handspiegels zurecht.

Auch Toni versuchte, auf andere Gedanken zu kommen, spielte mit seinem Handy herum, fotografierte „die schöne Aussicht", wie man die Geschäftsstraßen wohl kaum nennen konnte, und schaute sich ältere Bilder an.

An ihrem Geheimplatz angekommen klingelte plötzlich Jennys Handy. Freddy war dran. „Hey, Jenny, kannst du mir einen Burger bestellen, ihr seid doch gerade an unserm Platz, oder? … Okay, danke, Sophie ruft dann gleich noch Toni an, sie hat was rausgefunden", sprudelte er los.

„Okay, Freddy, extragroß, wie immer, richtig?", lachte Jenny.

„Ja, genau, du bist ein Schatz", bedankte er sich und legte auf.

Jenny spurtete zum Laden, und kurz bevor sie mit einem extragroßen Burger wiederkam, klingelte Tonis Handy. „Hey, Sophie", begrüßte er seine Kollegin etwas schlapp.

„Hallo, also, wir haben nicht viel rausgefunden. Wir sind übrigens gerade auf dem Weg zu euch. Greta Elfine hat bestätigt, dass ihre Freundin Katharina Derbe bei ihr gewesen ist. Nach ihrer Aussage von 13 Uhr bis 15:15 Uhr, danach begleitete sie Frau Derbe noch zur Bushaltestelle. Das heißt, das Alibi von Frau Derbe ist bestätigt", schoss sie los.

„Okay", meinte Toni. „Ich glaub, Mozart verbirgt noch irgendetwas, aber ich weiß nicht, was. Wenn ihr kommt, machen wir erst einmal Feierabend, einverstanden? Es ist schon Zeit fürs Abendessen."

Sophie stimmte ihm zu und die Unterhaltung wurde beendet. Jenny war mit einem riesengroßen Burger wiedergekommen und Toni informierte sie: „Wenn die anderen kommen, besprechen wir das morgige Programm und gehen dann nach Hause, okay?"

Jenny war einverstanden und nickte. Sie schloss tief durchatmend die Augen. Ihr Kopf brummte und blitzschnell tauchte das Bild ihrer *Attacke* gegen Toni vor ihrem inneren Auge auf. Es schien ihr, als sei ihr Gehirn vollkommen leer, als könne sie nicht mehr denken und sie versuchte angestrengt, das unbemerkt zu lassen.

„Alles klar?", fragte Toni besorgt.

„Ja, ja", versicherte sie hastig. „Nein, nichts ist klar", schrie ihre innere Stimme erregt, doch sie ließ sich nicht ins Handwerk pfuschen. Sie würde ihm nie und nimmer sagen, dass ihr ihr Verhalten leidtat, auch wenn es so war. Er würde dann bloß noch aufgeblasener, als er eh schon war. Nein, das stimmte nun auch nicht. Jenny versuchte, alle Gedanken aus ihrem Kopf zu verbannen, um ihn leer zu bekommen, wobei sie Sekunden davor noch gedacht hatte, er würde leer sein … solche Sachen brachten sie aus der Ruhe.

„Okay." Toni gab sich zufrieden, um nicht noch mehr Streit zu verursachen. Als er endlich Sophie und Freddy kommen sah, hellte sich seine Miene auf und auch Jenny rappelte sich auf, um die beiden zu begrüßen.

„Hey!“ Das war Freddy.

„Na, wie war‘s?“

„Na ja …“ Sophie und Freddy lachten.

„Haste meinen Burger?“ Freddy zeigte auf seinen Bauch. „Der hat Hunger, weiß du“, lachte er und nahm den Kalorienklumpen dankbar entgegen.

„Morgen müssen wir noch mal mit Herrn Mozart reden. Ich habe das Gefühl, er verbirgt etwas“, fing Toni wieder an über das Wesentliche zu reden.

„Ja, da hast du recht“, stimmte Sophie zu. „Und vielleicht noch mit einigen seiner Fans.“

„Richtig. Ich bin immer noch der Meinung, Mozart war es nicht. Aber dass er Infos haben könnte, das kann ich mir vorstellen“, gab Freddy seinen Senf dazu.

„Gut, dann wünsch ich euch allen eine gute Nacht! Wie wär es mit morgen um 10 Uhr hier?“ Toni schaute fragend in die Runde.

„Klar, von mir aus, ist ja schließlich Samstag“, nickte Freddy.

„Ja, ist recht.“ Sophie war ebenfalls einverstanden.

„Sicher“, meinte Jenny.

Die vier Lupen packten ihre Sachen zusammen. Freddy winkte. „Ich geh schon mal“, erklärte er. „Schlaft schön!“

„Ja, du auch“, rief Jenny ihm hinterher, „und lass dir den Burger schmecken!“

„Tschau“, rief Toni lächelnd und die beiden Mädchen winkten freundlich und verabschiedeten sich ebenfalls voneinander.

Jenny seufzte. Sophie war eine gute Freundin, vielleicht ein bisschen viel am Computer, aber ansonsten … Freddy hatte immer irgendwas, das Jenny zum Lachen brachte. Es war einfach toll, immer wenn er da war, entfuhr ihr ein Lachen. Er war ein witziger, netter Kerl, etwas verfressen, aber das machte ja nichts. Toni war ziemlich schlau, aber er tat immer auf ganz cool. Er war ein bisschen angeberisch und eingebildet, aber das war sie gewöhnt. Na ja, eigentlich fand sie ihn ja süß, nett und unvorstellbar cool, aber das wusste ja keiner – bis auf Sophie. Alles in allem waren sie ein tolles Team und sie war total glücklich, bei den vier Lupen gelandet zu sein. Da war einem wenigstens nie langweilig. Sie hängte sich ihre Tasche mit ihren Taekwondo-Kleidern um die Schulter, machte sich auf den Weg zur Bushaltestelle und drückte sich die Kopfhörer in die Ohren. Es entspannte sie, Musik zu hören, und half ihr, abzuschalten und alles um sie herum zu vergessen. Alle Sorgen, der Mist, der passiert war, einfach alles. Sie lächelte und stieg in den Bus, der sie nach Hause brachte.

Jenny war ein Mädchen aus einer ziemlich vermögenden Familie und wohnte in einem großen Haus am Ende der Stadt. Sie hatte keine Geschwister und lebte allein mit ihren Eltern. Ein Swimmingpool, eine Tischtennisplatte, ein Fitnessraum, ein Ballettsaal und ein großer Garten gehörte zu ihrem Zuhause. Wäre sie nicht bei den vier Lupen und hätte sie nicht ihr geliebtes Taekwondo, würde sie umkommen. „Zuhause", dachte sie verächtlich. Ihre Eltern waren nie da und die ganze Zeit zu schwimmen, Computer zu spielen, Muskeln zu trainieren und im Garten rumzuturnen, wurde sehr schnell langweilig – von Balletttanzen ganz zu schweigen. Darum war sie umso froher, zur Detektivbande zu gehören und einen Sport zu betreiben, der dazu eine gute Selbstverteidigung war. Aber das schienen ihre Eltern gar nicht verstehen zu wollen.

3

Am nächsten Morgen trafen sich alle, wie besprochen, am Geheimplatz. Es war ein Tag wie jeder andere, der Duft von gebratenen Würstchen stieg den Freunden in die Nasen und die Sonne schien, als wolle sie sagen: „Na, was für ein schöner Tag." Freddy war da jedoch offensichtlich anderer Meinung, er kam total hungrig – was die Würstchen um einiges verstärkten – und gähnend an. Jenny hingegen war munter und ausgeschlafen, Toni einfach nur ernst, während Sophie, die die Nacht durchgemacht hatte, müde und etwas schlecht drauf war.

„Guten Morgen allerseits!", begrüßte Toni die Mitglieder der Detektivbande.

„Moin", nuschelte Freddy.

„Guten Morgen", sagte Jenny mit fester Stimme und voller Tatendrang.

„Hey", murmelte Sophie gähnend.

„Ich hoffe, Sophie hat etwas rausgefunden." Tonis Blick war lächelnd auf Sophie gerichtet.

„Ja", gähnte diese und flüsterte ein schläfriges „Laptop" in Richtung ihrer Tasche. Dieser wurde hochgefahren und Sophie begann: „Also, Mozarts größte Fans wohnen in der Haselbergstraße 28. Es ist eine Familie namens Feuerstein und die Eltern arbeiten beide als Lehrer. Sie haben drei Kinder: Robert studiert, Felix geht in die fünfte Klasse und Susanne in die elfte. Ansonsten gibt es noch zwei weitere Familien, die infrage kommen. Eine in der Rodelstraße 15 und eine in der Thermosstraße 7. Natürlich gibt es noch mehr Fans, aber die sind unbedeutend, ich würde die nicht abklappern. Familie

Bauer in der Rodelstraße hat einen Sohn, der Vater ist Klempner. Die Mutter ist Hausfrau, der Sohn studiert und ist 22. In der Wohnung in der Thermosstraße wohnt ein gewisser Philipp Strauße, ledig, 29, arbeitet als Imker." Sophie seufzte und schaute fragend zu ihren Freunden, welche stöhnten.

„Drei Leute ...", stellte Freddy fest.

„Wer macht das freiwillig?", war Jennys Frage.

„Ich könnte das übernehmen", sagte Toni bereitwillig. „Jenny und Sophie gehen zu Mozart und Freddy kommt mit mir."

Freddy stöhnte. „Nur wenn du mir einen Burger besorgst", war seine Bedingung.

Nun stöhnte Toni. Doch dann lachte er. „Einverstanden. So schlimm wird es nicht werden", versprach er und rannte zur Frittenbude, während Sophie und Jenny ihre Sachen packten und den Weg zur Bushaltestelle einschlugen. Schon bald erschien Toni wieder und überreichte Freddy hechelnd seinen Burger. Freddy lachte und gemeinsam verschwanden die beiden mit dem Adressenzettel in Richtung Haselbergstraße.

„Na, wie war deine Nacht?" Jenny und Sophie saßen nebeneinander im Bus.

„Ganz gut", gab Jenny zur Antwort, „und bei dir?" Ihre Freundin musste ja nicht wissen, dass sie in letzter Zeit kaum einschlafen konnte, weil sie ständig an Toni denken musste.

„Na ja, wie soll die Nacht schon gewesen sein, mit drei Brüdern. Hab recherchiert bis zwei Uhr morgens, dann konnte ich nicht wirklich einschlafen wegen der Brüderbande in meinem Haus, die immer noch Krach machte. Irgendwann bin ich dann doch eingeschlafen, hab zwei Stunden die Augen zu gehabt." Sophie lachte ironisch.

„Ui, nicht so toll", gab Jenny bemitleidend zu.

„Hast recht, aber meine Brüder sind gar nicht so schlimm. Manchmal richtige Engel." Sophie lächelte amüsiert.

„Wirklich?" Jenny konnte es kaum glauben.

„Ja, echt", versicherte Sophie. „Okay, sorry, dass ich vom

Thema ablenke, aber wie wollen wir die Infos aus Herrn Mozart herauskitzeln?“

„Kein Problem. Vielleicht so: Wir wissen, dass Sie etwas verbergen, Herr Mozart, wir glauben Ihnen, dass Sie es nicht waren, aber wir möchten den Fall klären und dafür brauchen wir Ihre Hilfe“, schlug Jenny vor.

Sophie nickte anerkennend. „Gute Idee, machen wir es so. Mit dem Charme, den du hast, kriegen wir das bestimmt hin“, versicherte sie mit einem Zwinkern. Dann stiegen sie aus dem Bus aus.

Nachdem Jenny kurze Zeit später die Klingel betätigt hatte, schwang die Tür auf und die beiden Mädchen traten ein. Mit großen Schritten liefen sie zu Herrn Mozarts Wohnung und begrüßten ihn mit einem unwiderstehlichen Lächeln.

„Guten Morgen“, antwortete Herr Mozart etwas nervös und erstarrte, als er Jenny erblickte. „Du gehörst zu denen?“

„Ja“, lächelte diese verschmitzt und Sophie nickte ihm grüßend zu.

„Herr Mozart, könnten wir uns vielleicht im Wohnzimmer etwas mit Ihnen unterhalten?“, schlug Sophie vor.

Ihr Gastgeber begleitete seine Gäste ins Wohnzimmer. „Was wollt ihr nun wieder?“, fing er an.

„Wir …“ Jenny wusste nicht, wie sie fortfahren sollte.

„Wir wissen, dass Sie etwas verbergen“, half Sophie weiter.

„Wir glauben Ihnen, dass Sie das Lied nicht gestohlen haben“, erklärte Jenny, „aber wir möchten den Fall klären, genauso wie Herr Beethoven, dafür brauchen wir Ihre Hilfe.“

„Mit den Informationen, die Sie haben, werden wir dem Täter näher kommen, da sind wir uns sicher“, legte Sophie eins drauf.

Herr Mozart schaute hin- und hergerissen auf den Holzfußboden und entschied sich nach einer kurzen Pause. „Okay“, gab er zu, „aber ihr dürft keinesfalls der Presse davon erzählen.“ An seiner Bedingung ließ er nicht rütteln. Jenny und Sophie tauschten Blicke aus, doch dann nickten sie. „Gut“, fuhr er fort. „Ich werde aufhören mit dem Musikerleben." Die beiden Mädchen verstanden nicht. „Aufhören?"

„Ja, ich werde mich zu meiner Großmutter ziehen, sie lebt ein wunderschönes Leben und ist sehr vermögend, wie ihr wissen müsstet. Da sie schon sehr alt ist, wird sie wohl bald diese Welt verlassen und ich werde alles erben, ihr großes Vermögen und ihr riesiges Grundstück. Ihr könnt meine Aussagen natürlich alle von ihr bestätigen lassen", schloss Herr Mozart.

Jenny schmunzelte und dachte: „Toni würde neidisch sein." Sie kannte seinen Wunsch, einmal das Leben auf dem Land genießen zu dürfen, und insgeheim träumte auch sie davon.

Sophie zog ihr Handy hervor und fragte: „Wie ist die Nummer Ihrer Oma?" Herr Mozart schrieb sie auf. Sophie bedankte sich, dann wählte sie und verschwand im Flur.

Während ihrer Abwesenheit fing Jenny erneut an zu fragen. „Haben Sie irgendeine Ahnung, wer der Täter sein könnte, ist irgendetwas komisch gewesen oder haben Sie irgendwem von Beethovens *Für Elise* erzählt?"

Eine kurze Pause trat ein, danach nahm Herr Mozart den Faden auf. „Nein, mir kommt nichts in den Sinn", meinte er nachdenklich. „Ah! Doch! Klar! Ich habe einem gewissen Jens Schuhmann von Beethovens Erfolg erzählt. Er ist ein guter Schulfreund, musst du wissen."

„Wohnhaft in …?" Jenny war voll in Form.

„Zundigstraße 28." Herr Mozart fing an, sich mit Spaß an den Ermittlungen zu beteiligen.

Sophie kam zurück und bestätigte seine Aussage. „Ihre Oma hat von Ihren Plänen erzählt und damit alles bestätigt. Vielen Dank, nun haben wir einen Verdächtigen weniger." Sie lächelte.

„Könnten Sie sich vorstellen, dass Herr Schuhmann das Lied gestohlen hat?", setzte Jenny die Unterhaltung fort.

„Na ja, er wirkte sehr interessiert, aber ob ich ihm das zutraue … weiß nicht. Am besten ihr lernt ihn persönlich kennen." Mozart lächelte ahnungslos und die beiden Mädchen verstanden, dass dieser Satz eine Aufforderung zum Gehen war.

„Vielen Dank, Sie haben uns sehr weitergeholfen. Wir werden versuchen, Sie nicht mehr zu belästigen." Sophie grüßte freundlich und verließ zusammen mit Jenny das Gebäude.

„Gut, jetzt zu Jens Schuhmann", seufzte Jenny und Sophie schaltete ihr Laptop ein.

Nach ein paar Minuten saßen sie im Bus und nur ein paar Minuten später hatte Sophie genug rausgefunden. „Jens Schuhmann, ledig, 30 Jahre alt, Zundigstraße 28, wohnt bei seiner Schwester Vanessa Schuhmann, 32. Er ist Architekt, seine Schwester Krankenschwester."

„Hey, Freddy, wie läuft es? Ach ja: Ihr könnt aufhören." Sophie hatte ihr Handy gezückt und das Jungenteam angerufen.

„Fantastisch", begrüßte Freddy sie ironisch. „Die Lehrereltern sind natürlich nicht zu Hause, wir fahren zur Schule. Dort warten wir bis zur Mittagspause, die fängt gerade an. Nun ruft ihr an und sagt, wir können aufhören! Da hätten wir ja gleich am Geheimplatz bleiben können!"

Er hatte schlechte Laune, doch Jenny wusste, wie man in den Momenten mit ihm reden musste. „Hey, bleib cool. Wir treffen uns am Geheimplatz, alles klar? Sophie und ich müssen noch zu einem Jens Schuhmann."

„Gut, treffen uns danach, bleibt dran und wie immer: stay cool."

Freddys Lachen heiterte Jenny auf. Er war wieder munterer, stellte sie lächelnd fest und steckte ihr Handy in ihre Hosentasche.

Klaviermusik tönte aus der Wohnung der Schuhmanns. Als die beiden Mädchen etwa zehn Minuten vor der Tür des Verdächtigen gestanden, geklopft, gerufen und geklingelt hatten, stellte Jenny fest: „Hier können wir stehen, bis wir schwarz werden."

Sophie nickte zustimmend, rollte ihre Augen und seufzte ratlos. Jenny holte aus, sah ihr Bein blitzschnell gegen die Tür knallen und *Wusch!* war es wieder unten. Ohne Erfolg. Die Musik war immer nicht verklungen.

„Hallo! Da ist jemand! Können Sie bitte aufmachen!", schrie Jenny nun entkräftet und vollkommen frustriert. „Wer kann nur so asozial sein und uns die Tür nicht öffnen?", regte Jenny sich auf.

„Beruhig dich", meinte Sophie. „Ich weiß auch nicht, wie lange der Typ uns noch hier warten lässt. Vielleicht bis wir vergammelt sind."

Ein wütendes Schweigen breitete sich im Treppenhaus aus. Die zwei Detektivinnen wussten nicht, wie lange sie schon so frustriert auf dem kalten Steinfußboden gesessen hatten, als plötzlich und vollkommen unerwartet die Tür aufflog.

„Guten Tag", begrüßte Jens Schuhmann sie mit einem Lächeln.

„Tach", erwiderten Jenny und Sophie geschafft.

„Was verschafft mir die Ehre?"

„Nun, wir sind Mitglieder der vier Lupen und ermitteln im Fall *Das gestohlene Lied*. Sie kennen Herrn Mozart?"

„Ja, ein alter Schulfreund. Darf ich fragen, was ihr jetzt von mir wollt?"

„Wir möchten Ihnen ein paar Fragen stellen. Einverstanden?"

„Okay." Zögernd rückte Herr Schuhmann seine Brille zurecht.

„Herrn Beethoven kennen Sie auch?"

„Vom Sehen."

„Und von dem Lied *Für Elise* haben Sie auch schon gehört?"

„Herr Mozart erzählte mir davon."

„Sie waren, seiner Meinung nach, ziemlich interessiert an dem Lied, stimmt das?"

„Nun ja, es klang nach großem Erfolg."

„Wo waren Sie gestern zwischen 14:30 Uhr und 15 Uhr?"

„Ich bin verdächtig? Und was soll ich, eurer Meinung nach, getan haben?" Nun war Herr Schuhmann etwas empört.

„Das Lied, von dem wir gesprochen haben, ist gestohlen worden", gab Sophie Auskunft.

„Nun, wo waren Sie?", kam Jenny wieder auf die Frage zurück.

„Ich war einkaufen."

„Wie lange? Wo?" Sophie war etwas gestresst.

„Ich denke, gegen 14 Uhr bin ich los zum Supermarkt und ungefähr um 16 Uhr kam ich zurück."

„Kann das jemand bezeugen?"

„Keine Ahnung."

„Okay, das war es schon. Wenn wir weitere Fragen haben, kommen wir sicher noch einmal vorbei."

Die Unterhaltung mit dem Verdächtigen hatte den beiden nicht sonderlich viel Spaß gemacht. Mit schlechter Laune stiegen sie in den Bus und seufzten erleichtert, als sie endlich an ihrem Geheimplatz ankamen.

„Ihr kommt aber früh!", begrüßte Freddy sie ironisch.

„Ja, ja." Die Mädchen sahen sich genervt an.

„Okay, okay. Stay cool. Also, was habt ihr rausgefunden?"

Jenny und Sophie setzten sich und erzählten von ihren Erlebnissen.

„Ui, ui, ui, wer geht nächstes Mal freiwillig zu dem?" Freddys Sinn für Humor verließ ihn wohl nie.

„Freddy, das wirst du sein", meinte Sophie und schaute ihn an.

„Oder Toni", setzte Jenny eins drauf.

„Wenn ich gehen muss, musst du mitgehen." Er schaute sie überlegen an.

Jenny blickte verlegen weg und meinte nur: „Wir werden sehen."

„Okay, also, was jetzt?", unterbrach Freddy die beiden.

„Gut, mal zusammengefasst: Mozart scheidet aus, Jens Schuhmann hätte ein Motiv und steht ohne nachweisbares Alibi da. Er spielt für sein Leben gern Klavier, ist regelrecht verrückt danach und mit *Für Elise* hätte er viel Geld bekommen", fing Toni an Fakten zu sammeln.

„Es wäre ihm durchaus zuzutrauen, wir müssen aber noch Freunde, Bekannte und Verwandte ausfindig machen, um etwas mehr über ihn zu erfahren. Nun zu Wolfgang Derbe. Er hat kein Alibi, aber auch nicht wirklich ein Motiv. Trotzdem könnten wir vielleicht seine Kunden befragen", fuhr Sophie fort.

„Die kannst du bestimmt alle ausfindig machen", verließ sich Jenny auf ihre Freundin. „Danach teilen wir uns wieder auf. Eine Gruppe geht zu Leuten aus dem Umfeld von Herrn Schuhmann, die andere zu Kunden von Herrn Derbe." Freddy nickte, Toni hatte keine Einwände und Sophie war auch einverstanden. „Gut, dann macht ihr mal ein Päuschen, ich such die nötigen Infos."

Dankbar lächelten die anderen Mitglieder der vier Lupen Sophie zu und verschwanden gleich darauf. Nur Toni blieb.

„Wie findest du eigentlich Jenny?", fragte Sophie so ganz nebenbei, sobald die anderen beiden außer Hörweite waren.

„Na wie schon. Wir sind beide Mitglieder eines Detektivclubs!" Toni schien das Thema nicht sonderlich zu gefallen.

„Ja, ja. Wollt ja nur mal fragen. Man sieht und hört halt schon so einiges." Sophie strich sich langsam eine Strähne aus der Stirn.

„Ich mag sie schon gern", gab er zu und wechselte hastig das Thema. „Hast du schon was gefunden?"

Sophie reagierte nicht sofort, sondern rief erst ein paar Minuten später: „Okay!"

„Was?" Toni kam zu ihr heran.

„Warten wir auf die anderen. Ich hab genug herausgefunden." Sophie lächelte stolz.

Als Jenny und Freddy kurze Zeit später wieder eintrudelten, schoss Sophie los. „Also, Jens Schuhmann wohnt, wie ihr wisst, mit seiner Schwester zusammen, die müssen wir auf jeden Fall befragen. Ansonsten hat er einen besten Freund, Gerd Rot, der in der Jakobstraße 15 wohnt. Seine Freundin Sabine Zeh ist wohnhaft in der Rohmannstraße 3. Seine Eltern leben getrennt, Julia Schuhmann, seine Schwester, wohnt in der Klostergasse 7 und ihr Exmann in der Simonstraße 10." Sophie legte eine Verschnaufpause ein und fuhr dann gleich wieder fort: „Bei Wolfgang Derbe gibt es einige Stammkunden. Einer davon ist Henning Zoff, ein Rentner, wohnhaft in der Giebelstraße 12. Andere Stammkunden sind Frau und Herr Maurer, das Ehepaar wohnt in der Grabenstraße 17, während ein anderer Kunde, Simon Handel, ein 17-jähriger Teenager, mit seiner Freundin Sophie Sturm in der Tümpelgasse 5 lebt. Außerdem gibt es noch eine Frau Seidel, die ein Haus in der Gilbertstraße 7 hat. Natürlich gibt es weitere Stammkunden, aber ich würde vorschlagen, wir fangen mal mit diesen an."

Sophies Freunde verstanden.

„Wow", staunte Freddy. „Aber die Namen kann ich mir nicht alle merken."

„Musst du auch nicht", beruhigte Jenny ihn schmunzelnd.

„Okay, ich würde mich auf Schuhmanns Seite umschauen", unterbrach Toni die beiden.

„Ich würde zu Derbes Umfeld gehen", bot sich Sophie an.

Jenny und Freddy tauschten Blicke aus und sagten dann gleichzeitig: „Ich auch", was wieder einen Blickwechsel verursachte.

„Hey, wir sind ein Team", versuchte Sophie zu helfen. „Ach ja", meinte sie noch eilig nebenbei und drückte Toni einen Zettel in die Hand. „Damit ihr euch die Namen nicht merken müsst", schmunzelte sie mit einem Blick auf Freddy.

„Okay, ich gehe mit zu Schuhmann", knirschte Jenny nach einer kurzen Pause.

Freddy stieß ihr sanft in die Rippen. „Danke. Schaffst das schon", flüsterte er ihr zu, dann trennten sich die Freunde.

4

Sophie und Freddy gingen schweigend nebeneinander her. Keiner begann ein Gespräch, da beide zu sehr mit ihren eigenen Gedanken beschäftigt waren. Sophie grübelte angestrengt über den Täter in ihrem neuen Buch nach, welches sie zum Geburtstag bekommen hatte. In der Geschichte war ein Juwelier ausgeraubt worden und die fünf Tatverdächtigen gaben ihr einfach keinen Hinweis darauf, wer es nun wirklich gewesen war.

Freddy dagegen beschäftigte sich in Gedanken intensiv mit Diätvorschlägen, die er kürzlich im Fernsehen gesehen hatte, und mit dem verlockenden Satz: „Dünner und gesünder und auf fast nichts verzichten!“ Er kam jedoch zu dem Schluss, dass er seine Essgewohnheiten weiterhin so einhalten wollte.

Endlich kamen die beiden an ihrem Ziel an. Sophie klingelte bei Henning Zoff. Den beiden Detektiven wurde geöffnet und sie schritten in das Treppenhaus, das mit stickiger, modrig riechender Luft gefüllt war. „Guten Morgen, Herr Zoff“, begrüßte Sophie den alten Herrn, der ihr die Tür öffnete.

„Guten Tag.“ Die raue, brüchige Stimme passte eindeutig zu dem Rentner.

„Dürfen wir hereinkommen?“, erkundigte sich Freddy.

„Natürlich, klar.“ Der alte Mann war sichtlich verwirrt.

Nachdem die beiden in der Wohnung angekommen waren, setzten sie sich auf das weich gepolsterte Sofa in der Ecke des kleinen Wohnzimmers und erklärten dem alten Herrn grob den Grund ihres Besuchs. „Nun, Herr Zoff, wir sind, wie gesagt, von den vier Lupen. Wir sind Detektive“, wiederholte Sophie.

„Sie haben auch verstanden, dass es um Wolfgang Derbe geht, richtig?“ Freddy musterte den Mann kritisch.

„Ja, haltet mich bitte nicht für dumm, ich bin zwar sehr alt und gebrechlich, aber ein Dummkopf bin ich nicht. Wolfgang Derbe ... Ja, bei dem gehe ich oft einkaufen. Er hat ein wunderschönes Geschäft, müsst ihr wissen. Aber wieso ihr jetzt das fragt, verstehe ich nicht. Ist ihm etwas passiert?“ Herr Zoff blickte erwartungsvoll in die Augen der beiden Freunde.

„Nun, Wolfgang Derbe ist Tatverdächtiger in einem Diebstahlsfall, mehr dürfen wir Ihnen leider nicht sagen.“ Sophie lächelte.

„Hat sich in letzter Zeit etwas an dem Geschäft von Herrn Derbe geändert? Ist etwas anders als früher? Ist Ihnen etwas aufgefallen?“ Freddys Augenbrauen hatten sich zusammengezogen und sich Falten auf seiner Stirn gebildet.

„Nein, mir ist nichts aufgefallen, ich war in letzter Zeit nicht dort, da mein Arzt mir verschrieben hat, mich auszuruhen.“ Der alte Mann schaute konzentriert drein, sodass Sophie bei sich dachte, es ginge ihm nicht gut.

„Ist das Geschäft wirklich jedes Jahr im März geschlossen?“

„Es tut mir leid, ich bin letztes Jahr im Juni erst hierhergezogen, ich kann euch darüber nichts sagen.“ Mit einem *Noch-weitere-Fragen*?-Blick schaute der Rentner die Detektive an.

„Vielen Dank, Herr Zoff, wir werden Sie vielleicht wieder besuchen, wenn wir noch weitere Fragen haben, aber fürs Erste war es das.“ Sophie trat den Rückzug an. Der alte Mann nickte freundlich und begleitete die beiden zur Tür, Sophie zog sie auf und spazierte mit Freddy hinaus.

„Auf Wiedersehen“, verabschiedete Freddy Herrn Zoff, dann verschwand er mit seiner Partnerin.

Auf der Straße war viel los, Leute eilten hastig durcheinander, kleine Kinder weinten, eine Familie stand an der Seite und der Lärm der Autos machte jeden nervös. Sophie und Freddy standen an der Bushaltestelle und besprachen den Fall.

„Wie soll das nur weitergehen?“ Freddy war sichtlich verzweifelt. „Wir haben überhaupt keinen Anhaltspunkt.“

„Toni ist ja auch noch da“, versuchte Sophie ihren Freund zu beruhigen.

„Toll“, meinte Freddy zweifelnd. „Wenn der Fall so nicht zu lösen geht, dann kann auch Toni nichts ändern.“

Sophie versuchte, ihn hoffnungsvoller zu stimmen, doch es half nichts. Noch im Bus ging die Konversation weiter, zu einer Lösung aber kamen die beiden nicht.

„Hey, komm, wir klappern jetzt erst mal die restlichen Leute ab und gucken, ob die was wissen, dann erkundigen wir uns bei Toni und Jenny, ob sie etwas herausgefunden haben, und anschließend gehen wir alles noch mal in Ruhe durch.“ Sophie hatte das letzte Wort, Freddy sagte nichts mehr und die beiden gingen wortlos die letzten Schritte zur Grabenstraße 17. Auf das Klingeln hin öffnete eine kleine, braunhaarige Frau und schaute die Kinder mit wässrig blauen Augen fragend an.

„Guten Tag, Sie sind Frau Maurer, nicht wahr? Wir sind von den vier Lupen, einer Detektivbande“, stellte Sophie sich und Freddy vor. „Wir hätten ein paar Fragen an Sie, wenn es Ihnen recht wäre. Ist Ihr Mann denn da?“

„Ja“, stotterte Frau Maurer, „natürlich.“ Sie war sichtlich überrascht und nervös.

„Ihr Mann ist da?“, wiederholte Sophie ihre Frage.

„Ja“, stotterte die Frau erneut.

„Gut, dann dürfen wir hereinkommen?“, erkundigte Freddy sich etwas ungeduldig.

„Natürlich, klar“, entgegnete die Frau abwesend und ließ die beiden Detektive in ihr Wohnzimmer schreiten.

Als Freddy und Sophie es sich auf dem Samtsofa gemütlich gemacht hatten, fingen sie an. „Wir klären den Diebstahl eines Liedes auf. Sie sind Stammkunden bei Wolfgang Derbes Geschäft, richtig?“

„Ja“, antwortete nun der Ehemann von Frau Maurer, der inzwischen zu der kleinen Gruppe gestoßen war. Seine Frau sah ihn unterdessen hilflos an, doch er beruhigte sie mit einer Kopfbewegung.

„Wann waren Sie zum letzten Mal dort einkaufen?“, erkundigte sich Sophie.

„Nun, das ist eine Zeit her, wir kommen gerade erst aus dem Urlaub zurück“, erklärte Herr Maurer.

„Ich denke, das war so vor drei, vier Wochen“, meinte Frau Maurer.

„Ist Ihnen damals irgendetwas aufgefallen?“

„Nein, keineswegs, als wir dort waren, war alles wie immer“, entgegnete Herr Maurer.

„Wieso seid ihr denn eigentlich hier? Ist etwas passiert?“ Nervös zerknüllte Frau Maurer das Ende ihrer Bluse.

„Kennen Sie Herrn Beethoven?“

„Na ja, Herr Derbe redete ab und an von ihm und ich habe auch schon ein paar seiner Lieder gehört, aber mehr nicht“, sagte Herr Maurer.

„Nun, ihm wurde ein Lied gestohlen“, erklärte Sophie.

„Wo waren Sie gestern zwischen 14:30 Uhr und 15 Uhr?“ Freddy sah erwartungsvoll in das Gesicht der Eheleute. Sophie stupste ihn verwundert an, doch er ließ sich nicht beirren.

„Wieso wollt ihr das denn wissen?“, fragte Frau Maurer mit nervös zuckenden Augen.

„Lass sie doch“, meinte ihr Mann verständnisvoll. „Wir waren zusammen im Kino. In der Giebelstraße.“

„Danke“, murmelte Freddy. „Haben Sie vielleicht noch das Ticket?“, fügte er hastig hinzu.

„Nein, das haben wir unterwegs weggeworfen, wir heben solchen Müll nur ungern auf“, erklärte Herr Maurer freundlich.

„Na dann, vielen Dank für die Informationen.“ Sophie wandte sich zum Gehen. Die beiden verließen das Wohnzimmer und Herr Maurer begleitete sie nach draußen.

„Ich hoffe, ihr kommt gut bei den Ermittlungen voran“, wünschte er noch, dann schloss er die Tür.

„Was sollte das?“, beschwerte sich Sophie.

„Hast du nicht gemerkt, wie nervös Frau Maurer wurde?“ Freddy meinte, das Richtige getan zu haben. „Ich dachte, wir sollten vielleicht jeder Spur nachgehen, da kann man doch mal einfach das Alibi überprüfen, nicht?“ Rechthaberisch sah er seine Partnerin an.

„Ja, hast recht“, gab sie zu. „Toll und jetzt müssen wir noch mal zurück in die Giebelstaße, um im Kino zu fragen, ob Maurers wirklich da waren.“ Sichtlich unerfreut setzte sie sich neben Freddy in den Bus.

„Ist doch nicht so schlimm. Dann können wir Herrn Zoff auch gleich nach seinem Alibi fragen.“ Freddy sah es positiv.

„Ja, ja“, gab Sophie nach und schaute mit schlechter Laune aus dem Busfenster.

Freddy saß nachdenklich auf dem gepolsterten Sitz neben ihr und beobachtete eine ältere Dame aus den Augenwinkeln. Sie war in eine dicke Jacke gepackt, hatte sich einen warmen Schal um den Hals geschlungen und die knochigen Hände auf ihre lange Hose gelegt. Mit traurigen Augen starrte sie nach vorne. Neben ihr saß, deutlich erkennbar, ihre Tochter, eine kräftige Frau mit einem quengelnden Mädchen auf dem Schoß. Es war nicht älter als sechs Jahre und drückte sich seine Nase an der Fensterscheibe platt. „Mami, guck doch, draußen ist ganz viel los!“, schrie die Kleine aufgeregt. „Sonne!“ Ihre Mutter nickte lächelnd und ließ ihre Tochter auf der Scheibe herumdrücken und Freudenschreie ausrufen.

„Hey, wir müssen aussteigen, du Schnarchnase“, riss Sophie Freddy aus seinen Gedanken.

„Klar“, stimmte er zu und betrachtete die drei Fahrgäste noch ein letztes Mal, dann stieg er aus dem Bus.

Als die beiden in die Giebelstraße gelaufen waren, fragte Sophie Freddy stöhnend: „Siehst du hier irgendwo ein Kino?“

„Ne.“ Freddy schüttelte den Kopf.

„Ich auch nicht“, meinte Sophie Augen rollend.

Die Reihenhäuser wirkten nicht unbedingt sympathisch und das einzige Geschäft, an dem sie vorbeikamen, schien verlassen zu sein. Trotzdem rief Freddy nach einiger Zeit: „Hey! Hier!“ Erleichtert blickte Sophie ihrem Partner an und gemeinsam rannten sie dem großen Eingangstor entgegen.

Es war kaum Betrieb in dem kleinen Kino, doch alles war sehr nett eingerichtet. Rechts vom Eingangstor hingen große Plakate mit den neuesten und besten Kinder- und Jugendfilmen, auf der linken Seite stand ein Empfangstresen, daneben eine große Theke mit Popcorn und Getränken. Und schließlich sahen die beiden auch die Ticketverkäuferin, die unwiderstehlich lächelte. „Guten Morgen!“, grüßte die Dame am Empfangstresen, die für Freddys Geschmack viel zu stark nach Parfüm roch. „Was wollt ihr denn? Es gibt neue Kinderfilme, die Tickets gibt es dort drü...“

Sie konnte ihren Satz nicht zu Ende sprechen, denn Freddy quatschte ihr ungeduldig dazwischen: „Nein, danke, guten Tag. Wir haben nur eine Frage: Waren Sie vielleicht gestern auch hier?“

Verwundert musterte die adrette Frau den in ihren Augen unhöflichen Jungen. „Ja, wieso willst du das wissen?“, erkundigte sie sich etwas unwirsch.

„Lassen Sie das unsere Sorge sein“, mischte Sophie sich ein. „Bitte beantworten Sie einfach unsere Fragen. Wir sind Detektive und ermitteln in einem Fall.“ Etwas verwirrt nickte die Dame langsam und murmelte: „Okay.“

„Nun, Sie waren auch zwischen 14:30 Uhr und 15 Uhr hier?“, fragte Freddy.

„Ja“, antwortete sie.

„Wer war sonst vom Personal da?“, wollte Sophie wissen.

„Nur ich ... und Sabine“, erklärte die Dame.

„Sabine?“ Fragend sahen Sophie und Freddy ihre Zeugin an.

„Ja“, erklärte diese und gleich darauf schallte ein „Sabine!“ durch den Raum und eine zarte, schlanke, große Frau erschien einen Moment später.

„Ja?“, fragte sie.

„Hier, diese beiden wollen etwas von uns wissen“, meinte die Frau hinter dem Tresen.

„Aha“, wunderte sich Sabine mit einer hochgezogenen Augenbraue. „Und was, wenn man fragen darf?“

„Nun, wir hätten ein paar Fragen. Sie sind nämlich vielleicht Zeugen eines Alibis.“ Sophie lächelte.

„Aha“, meinte Sabine.

„Wie heißen Sie?“, fing Freddy wieder an.

„Ich bin Anke Schuster und das ist Sabine Graumantel“, antwortete die Dame, die von Anfang an da war.

„Nun“, fuhr Sophie fort. „Sie beide waren gestern zwischen 14:30 Uhr und 15 Uhr hier?“

„Ja“, bestätigten die Frauen wie aus einem Munde.

„Kamen oder gingen da Kunden?“

„Hmm“, überlegte Frau Schuster. „Ja, zwei oder drei.“

„Nur?“, rief Sophie erstaunt aus.

„Wer denn alles?“, überhörte Freddy Sophies Ausruf.

„Also, das eine war ein Ehepaar, so um die 40. Ein kräftiger Herr und eine zitternde Frau, sie gingen gegen Ende meiner Schicht“, erklärte Frau Schuster.

„Und wann ist das Ende Ihrer Schicht?“, fragte Sophie.

„Um 15 Uhr.“

„Wann kamen die beiden?“

„Gegen 13:30 Uhr“, erklärte Sabine.

„Vielen Dank, das war es schon“, bedankte sich Sophie, und Freddy und sie verabschiedeten sich.

Auf der Straße seufzten die beiden Detektive intensiv. „Alter Schwede, ich sterbe“, stöhnte Freddy.

„Und ich erst“, seufzte Sophie darauf. Die Konversation wurde nur mit Blicken fortgeführt und das Augenrollen der beiden Freunde stimmte überein.

„Wann kommt der Bus endlich?“, beschwerte sich Freddy gähnend nach einer Weile und Sophie meinte nur: „Laut Busfahrplan ... jetzt.“

Die beiden erschraken sichtlich, als plötzlich eine Stimme hinter ihnen fragte: „Na, müde?“ Sie drehten sich blitzschnell um und starrten Henning Zoff in die Augen.

„Na ja, eigentlich nicht, nur etwas genervt“, antwortete Sophie hastig.

Der alte Herr nickte verständnisvoll.

„Ach ja, Herr Zoff, wir hätten da noch eine Frage an Sie ...“, fing Freddy an ...

Herauskam, dass Herr Zoff am Tag zuvor zwischen 14:30 Uhr und 15 Uhr mit einem alten Schulfreund Kaffee getrunken hatte, einem gewissen Hans Gering. Sophie und Freddy hatten sich natürlich sofort nach den Kontaktmöglichkeiten erkundigt und bereits die Handynummer des besagten Herrn gewählt.

Während Sophie telefonierte, verabschiedete Freddy Herrn Zoff und zog seine Freundin in den Bus, der inzwischen vorgefahren war. Er war sehr voll und die beiden hatten große Mühe, einen Sitzplatz zu finden, als endlich einer in Sicht war, waren sie schon fast in der Tümpelgasse, ihrem Ziel, angekommen. Freddy ließ sich trotzdem auf den gepolsterten Sitz fallen. Plötzlich klingelte sein Handy.

„Hey, wie läuft es?“, meldete er sich, als er auf dem Display die Nummer des Anrufers sah.

„Super“, antwortete Toni. „Und bei euch?“

„Jo, auch, aber was habt ihr herausgefunden?“

„Also, fangen wir mit der Schwester an. Er folgt ihr aufs Wort, kein Scherz. Das ist echt extrem. Ja, also, ansonsten ...“ Toni legte eine Pause ein und fuhr dann fort: „Sie sagt, dass er wirklich komisch ist, im Bezug auf das Klavierspielen, aber ansonsten findet sie ihn total normal. Er ist wirklich nett, meint sie auch. Aber jetzt kommt das Interessante!“

Freddys Spannung stieg. Aufgeregt wippte er auf seinem Sitz hin und her, und die Frau neben ihm verzog das Gesicht, als säße ein Verrückter neben ihr. „Was denn?“, fragte Freddy gespannt, ohne auf die empfindliche Frau neben sich zu achten.

„Jens Schuhmann hat etwas mit Elise!“

„Was? Woher wisst ihr das? Das ist ja mega, wir haben eine Spur!“ Voller Freude grinste Freddy und wartete aufgeregt und ungeduldig auf eine Antwort.

„Die Schwester hat von einer Frau gesprochen, deren Beschreibung – wir haben Beethoven gefragt – auf Elise passt. Diese kam öfter zu Besuch und danach schwärmte ihr Bruder immer von ihr. Auch Jens‘ bester Freund hat das bestätigt und meinte, Jens hätte gesagt, sie hieße Elise.“

„Perfekt!“, freute sich Freddy.

„Und gerade waren wir noch bei seiner Freundin Sabine Zeh, die ziemlich sauer auf Jens Schuhmann zu sein schien. Sie sagte, er habe sie total im Stich gelassen und immer alle Verabredungen aufgeschoben. Das passt natürlich ins Bild“, erklärte Toni.

„Cool!“ Freddy lachte auf.

„Gut, für Genaueres treffen wir uns beim Geheimplatz. Was läuft bei euch?“

Während Freddy seine und Sophies Resultate preisgab, kam der Bus an der Bushaltestelle der Tümpelgasse zum Stehen. Sophie hatte ihr Handy schon weggesteckt und Freddy leicht in die Rippen gestoßen, um ihn darauf aufmerksam zu machen, dass sie da waren.

„Okay, tschüss!“, waren Freddys Abschiedsworte, dann legte er auf.

„Gut, unser Freundchen heißt Simon Handel, wohnt mit seiner Freundin Sophie Sturm zusammen, Hausnummer 5, richtig?“ Sophie nickte.

Nachdem die beiden eingetreten waren, sich vorgestellt hatten und im Wohnzimmer Platz nehmen durften, begannen sie mit ihrer Befragung.

„Ihr kennt doch den Laden vom Derbe?“, fragte Freddy in der Form, die Jenny „auf ganz cool“ nennen würde.

„Klar doch.“ Simon tauschte kurze Blicke mit seiner Freundin.

„Seid doch Stammkunden, richtig?“

„Ja, so kann man das nennen.“ Der Junge lachte kurz leise auf.

„Wann wart ihr das letzte Mal da?“, erkundigte sich Sophie.

„So … letzte Woche?“ Simon zuckte die Schultern.

„War da alles normal?“ Freddy meldete sich wieder zu Wort.

„Klar, wieso nicht?“ Simons Freundin beteiligte sich nun auch am Gespräch.

„Der hat doch im März immer geschlossen.“

„Jupp, genau.“

„Und es war wirklich alles, wie immer?“, hakte, Sophie nach.

„Ja! Was ist denn?“ Ein wenig genervt zog Sofie Sturm eine Augenbraue hoch.

„Er ist Tatverdächtiger in unserem Fall“, erklärte Sophie.

„Aha“, murmelte Simon.

„Und wo wart ihr gestern zwischen 14:30 Uhr und 15 Uhr?“, fragte Freddy.

„Werden wir jetzt auch Tatverdächtige?“ Mit leicht rotem Gesicht drehte sich das Mädchen weg.

„Hey, komm, ist doch alles in Ordnung“, beruhigte ihr Freund sie und zu den Detektiven meinte er: „Wir waren zusammen im Kaufhaus. Bitte, könnt ihr, wenn ihr uns noch braucht, ein anderes Mal wiederkommen?“

„Klar.“ Sophie lächelte verständnisvoll. „Wenn ihr mir noch sagt, welches Kaufhaus das war?“

„Das hier gleich um die Ecke.“ Dankbar begleitete Simon die beiden noch zur Tür. „Wir hoffen, dass wir euch helfen konnten!“, rief er ihnen noch nach, dann ließ er die Tür ins Schloss fallen.

„Gut, die waren mal vernünftig“, waren Freddys erste Worte, als die beiden aus dem Treppenhaus verschwunden waren.

„Wenn du meinst“, sagte Sophie nur und rannte zur Bushaltestelle. „Haha, Erste!“, rief sie und studierte den Busfahrplan, während Freddy sich hinsetzte und beleidigt die Arme vor der Brust verschränkte.

„Der Bus!“, rief er plötzlich und Sophie wirbelte herum. Sie stiegen ein, bezahlten und ließen sich geschafft auf zwei Sitze plumpsen.

„Wie viel Uhr ist es?“, murmelte Freddy gähnend.

„14 Uhr. Wieso?“

„Was, schon? Ach, nichts Besonderes, hab heute noch eine Verabredung ...“

„Jetzt nur noch zu Frau Seidel und dann geht es auf zu unserm Platz!“ Fröhlich schaute Sophie ihren Freund an. Dieser sah nur verträumt aus dem Busfenster und schien Sophie nicht zu beachten.

„Noch am Leben?“, fragte Sophie, da Freddy nicht oft so extrem abwesend schien. „Wir sind da-ha“, weckte Sophie Freddy mit einem Singsang.

„Schon gut, schon gut“, murmelte dieser. Die beiden verließen den Bus und liefen die Gilbertstraße entlang.

„Nummer sieben, Nummer sieben, Nummer sieben“, murmelte Sophie leise. „Ah, hier ist es ja!“

Lächelnd klingelte das Team und eine stattliche Dame schob das große Tor zur Seite. „Wer seid ihr denn?“ Diese adrette, höfliche Stimme war in Freddys Ohren einfach nur widerlich.

Nachdem sich die beiden vorgestellt hatten, ließ Frau Seidel sie ein. Sie führte die jungen Detektive durch einen wundervollen Garten, der mit vielen Bäumen, Sträuchern und Beeten gestaltet war, hin zu einer riesigen Tür, durch die man in ein atemberaubendes Wohnzimmer gelangte. Hier ließen sich die beiden Freunde auf das Sofa fallen.

5

„Frau Seidel hat auf jeden Fall ein wasserdichtes Alibi“, erzählte Freddy kurze Zeit später mit einem Burger in der Hand an ihrem Geheimplatz.

„Genau“, fuhr Sophie fort. „Und sie sagte, es hätte nichts Besonderes in dem Laden von Herrn Derbe gegeben. Das haben auch die anderen Befragten gesagt. Einen Tag war der Laden offensichtlich geschlossen, doch Frau Seidel hat sich nicht viel dabei gedacht. Aber das ist ja auch nicht wichtig für uns …“

„Gut, wir waren inzwischen bei Herrn und Frau Schuhmann, Frau Schuhmann scheint eine perfekte Beziehung zu ihrem Sohn zu führen. Sie sagte, er wäre sehr hilfsbereit, zuvorkommend und rücksichtsvoll, doch von seinem Klavier bekäme ihn nur seine Schwester weg. Sein Vater erzählte jedoch, Jens wäre ein fauler, verantwortungsloser Nichtsnutz, der nur zum Klavierspielen tauge. Er meinte außerdem, sein Sohn wäre regelrecht besessen von seinem Klavier und Herr Schuhmann hätte schon mit dem Gedanken gespielt, es ihm wegzunehmen“, berichtete Toni.

„Sehr unterschiedliche Meinungen also“, schloss Jenny.

Nachdenklich nickend meinte Freddy: „Super … Also, fassen wir am besten noch mal zusammen.“

„Jens Schuhmann liebt Elise. Ein Motiv. Außerdem wird er durch das Klavierstück reich, also gleich zwei Motive. Wolfgang Derbes Geschäft läuft gut und ist wie immer. Es hat immer im März zu, da läuft also alles normal. Er hat allerdings kein Alibi, hätte aber auch ein Motiv, schließlich würde das Stück ihn reich machen“, führte Toni aus.

„Aber Wolfgang Derbes Motiv ist jetzt nicht wirklich ernst zu nehmen. Er würde das Lied ja eh kaufen können, das Geld dafür hat er“, warf Sophie ein.

„Na ja, da hast du schon recht. Wie wollen wir fortfahren?“ Freddys Hoffnungslosigkeit meldete sich wieder, die immer Zweifel brachte, wenn es nicht viele Anhaltspunkte in einem ihrer Fälle gab.

„Nun, unser Hauptverdächtiger ist Jens Schuhmann. Reden wir einfach noch einmal mit ihm. Außerdem mit Elise. Dafür brauchen wir Beethoven, am besten treffen wir ihn noch mal persönlich“, schlug Sophie vor.

„Das heißt, zwei gehen zu Jens Schuhmann und zwei zu Beethoven und anschließend zu Elise. Ich würde mich gerne noch einmal mit Beethoven treffen, wenn es möglich wäre“, ergänzte Toni.

„Ich kann zu Schuhmann gehen“, bot sich Sophie an und nach einer Pause fügte sie hinzu: „Kommst du mit mir, Jenny?“

Nachgiebig nickte diese und Freddy gesellte sich zu Toni.

„Kann ich noch mal in den Supermarkt?“, fragte Toni hektisch.

„Klar“, nickte Sophie und Jenny meinte: „Ich muss auch noch schnell was besorgen!“

Freddy und Sophie verabschiedeten die zwei und setzten sich nebeneinander an den Tisch.

„Hat Toni in letzter Zeit was erwähnt?“, erkundigte sich Sophie.

„Ja ... Er meinte, Jenny wäre komisch geworden, aber er würde sie trotzdem immer noch mögen“, antwortete Freddy. „Und Jenny?“

„Jenny meinte, Toni wäre eingebildeter geworden, das fände sie blöd. Aber sie fände ihn immer noch toll.“ Schmunzelnd sah Sophie Freddy an.

„Ich verstehe nicht, warum sich die beiden immer streiten. Sie mögen sich doch eigentlich. Liegt es daran, dass sie es nicht vom anderen wissen, oder ist das die Weise, in der sie sich zeigen, dass sie sich mögen?", murmelte Freddy verwirrt.

„Da kann ich nicht aushelfen", meinte Sophie seufzend. „Ich hoffe nur, dass sie es bald voneinander erfahren. Aber unsere Regel nicht vergessen, Freddy: Wir können es ihnen gegenseitig nicht sagen. Das müssen sie selbst tun!"

Nachdenklich nickte Freddy. „Klar, ich vergess das nicht."

„Haste noch Hunger?", wechselte Sophie das Thema.

„Immer doch", grinste Freddy.

„Einen Burger?", fragte Sophie zwinkernd.

„Ja, super, wäre perfekt, danke!" Dankbar schritt Freddy auf die Hängematte hinter dem Häuschen auf Stelzen zu und legte sich gemütlich hinein. „Hach, was für ein genüsslicher Tag", sagte er gerade, als Jenny ihn plötzlich aus seinen Gedanken riss. Freddy öffnete die Augen, starrte zum Eingang des Geheimplatzes und sah eine unaufhörlich kichernde Jenny dort stehen, der die Tränen zu kommen schienen. Gähnend rappelte er sich auf, trat zu Jenny und fragte vorsichtig: „Äh, was ist so witzig?"

Doch Jenny brachte kein Wort zustande, sie stand einfach dort und lachte und lachte. Bis Freddy es auch sah: Da lag Toni, seine Füße mit Sand bedeckt, auf dem Boden, ein Burger auf seiner Brust, eine Gurke auf seinem Bauch und Wasser war auf sein Gesicht verschüttet. Obwohl Freddy nicht ganz verstand, was so lustig daran war, platzte auch er los.

Sophie stand neben dem hängenden Korb am Baum gleich neben dem Häuschen und schien sich nicht für das Spektakel zu interessieren. „Freddy, kommst du mal!", rief sie, ohne aufzuschauen in seine Richtung.

„Ja", rief Freddy außer Atem. „Was ist denn?"

„Hier, dein Burger", sagte Sophie und hielt ihm das Brötchen entgegen.

„Oh, danke." Freddy nahm ihn und wollte schon wieder gehen, doch Sophie hielt ihn auf: „Warte, warte." Sie kramte ein wenig im Korb, bis sie fand, was sie gesucht hatte. „Hier."

Sie reichte ihm eine kalte Wasserflasche und einen Pappbecher.

„Okay", meinte Freddy. „Danke. Übrigens muss ich heute um 16 Uhr los."

„Wieso denn?", erkundigte sich Sophie.

„Hab eine Verabredung – wie ich dir ja schon berichtet habe. Erzähl es Jenny, ich sag es Toni, okay?"

„Klar." Sophie verstand.

Freddy lief zu Jenny und Toni, biss in seinen Burger und nahm die Erfrischung zu sich. Inzwischen hatte Toni sich aufgerappelt, sein Gesicht abgewischt, die Gurke in den Burger hineinbefördert und reingebissen. Genüsslich rieb er sich den Bauch. „Lecker", schmatzte er und fragte dann: „Kommst du, Freddy?"

Auch Sophie und Jenny waren nach kurzer Zeit bereit zum Gehen, packten noch letzte Sachen ein und liefen zur Bushaltestelle. Zufälligerweise standen Freddy und Toni immer noch dort und warteten. Der Bus der Mädchen kam zuerst, sodass sie einsteigen konnten, während die Jungen weiterhin warten mussten.

„Bis dann und viel Glück", rief Sophie und winkte zum Abschied.

„Mann ey", beschwerte sich Freddy stöhnend.

„Macht doch nichts", meinte Toni. „In der Zwischenzeit können wir uns ja unterhalten." Lächelnd kickte er einen Kieselstein weg.

„Hast recht", entgegnete Freddy. „Übrigens muss ich heute schon um 16 Uhr weg."

„Ui, dann müssen wir uns ja beeilen. Am besten gehst du gleich, nachdem wir mit Elise gesprochen haben. Wir erzählen dir dann morgen, was wir noch besprochen haben, okay?", meinte Toni.

„So machen wir es." Dann fragte er: „Magst du Jenny eigentlich immer noch?"

Verlegen druckste Toni herum. „Ja", erklärte er zögernd. „Weißt du, sie ist einfach total nett." Er wurde rot.

„Ja, ich versteh schon." Freddy zwinkerte lächelnd. „Ich denke, es ist vielleicht besser, wenn ihr euch nicht mehr so oft streitet. Vielleicht kommt ihr ja zusammen ..."

„Ja, ich weiß, ich versteh auch nicht, wieso wir uns ständig streiten. Es kommt einfach immer so", meinte Toni etwas betrübt. „Aber, dass wir zusammenkommen könnten, das denkst doch wohl nur du, oder?" Er schaute seinem Freund in die Augen.

„Nee", dachte Freddy. Doch zurückhaltend sagte er nur: „Ach, wer weiß, du hast sie doch noch nie gefragt, ob sie dich mag, hab ich recht?"

Zögernd nickte Toni. „Ja, stimmt, aber ich trau mich auch nicht."

„Denk dran", warnte Freddy. „Frauen vertrauen immer darauf, dass die Männer zuerst etwas sagen." Nach diesem Satz wollte er sich beinahe die Hand vor den Mund schlagen, was er dann aber doch nicht tat. Schöpfte Toni jetzt Verdacht? Sein Herz klopfte laut, und vorsichtig schaute er Toni an. In dessen Gesicht war allerdings nur ein verträumter Blick zu erkennen, keinerlei Zweifel oder gar Verwunderung. Erleichtert seufzte Freddy. „Hey, da kommt der Bus", rief er gerade noch rechtzeitig, und Toni richtete sich auf.

Die Busfahrt verlief ohne ein Wort. Nur kurze Zeit nach dem Aussteigen standen Freddy und Toni vor dem besagten Haus, in das sie wollten. Sie begrüßten Herrn Beethoven, erläuterten ihr Anliegen und fingen sofort an: „Also, wir wissen jetzt, dass Jens Schuhmann ein Verhältnis mit Elise hat, sie liebt."

„Jens Schuhmann?" Verwirrt sah Herr Beethoven die Jungs an.

„Er ist ein Freund von Herrn Mozart, Jens Schuhmann ist unser Hauptverdächtiger, denn er zeigte großes Interesse an *Für Elise*, als Herr Mozart ihm davon erzählte, und jetzt hat er sogar noch ein zweites Motiv", erklärte Freddy.

„Aha." Herr Beethoven nickte.

„Jetzt bräuchten wir die Adresse und die Telefonnummer von Elise und außerdem hätten wir noch ein paar Fragen."

„Natürlich, natürlich." Herr Beethoven zückte einen Zettel und einen blauen Kugelschreiber und schrieb in krakeliger Handschrift Adresse und Telefonnummer seiner Liebsten auf.

„Vielen Dank." Freddy nahm das Papier an sich, als Beethoven es ihm reichte, und steckte es in die Hosentasche.

„Wussten Sie, dass Ihre Freundin einen Verehrer hat?", fragte Toni.

„Natürlich", antwortete Herr Beethoven zur Überraschung der Kinder. „Ihr müsst wissen, dass Elise eine Frau mit viel Herz ist. Sie ist wundervoll und ich kenne keinen, der sie nicht mag. Dass sie Verehrer hat, damit konnte ich nur rechnen, das müsst ihr verstehen."

„Und dachten Sie sich, dass sie wirklich etwas mit einem anderen gehabt haben könnte?"

„Wie meint ihr das?", fragte Herr Beethoven.

„Nun, haben Sie auch vermutet, dass sie nicht nur Verehrer, sondern auch andere Freunde haben könnte?", vereinfachte Freddy.

„Na ja, nicht wirklich, ich dachte eigentlich, sie wäre mir treu." Enttäuscht sah Herr Beethoven auf den Boden.

„Kennen Sie Jens Schuhmann genauer?"

„Nein, erst seit heute vom Namen her", erklärte Herr Beethoven.

„Sie werden jetzt nicht zu ihm gehen und ihn zur Rede stellen, hab ich recht?", fragte Toni vorsichtig.

„Aber natürlich nicht!", beteuerte Herr Beethoven aufgebracht.

„Gut, es war nur eine Frage", beruhigte Toni ihn. „Wir haben nämlich noch keine Ahnung, ob er es wirklich gewesen ist."

„Dann werden wir weiter ermitteln", verabschiedete sich Freddy. „Einen schönen Tag noch!"

„Danke gleichfalls", sagte Herr Beethoven, während er sich erhob.

Als die beiden Detektive draußen waren, kam ein Angestellter zu Herrn Beethoven und fragte verwundert: „Nun, ich will ja nicht sagen, dass Sie nicht so schlau waren, aber wieso haben Sie diese Kinder und nicht die Polizei oder andere Privatdetektive eingeschaltet?"

„Ich habe von einem Bekannten gehört, dass sie, ohne viel zu verlangen, einen Fall nach dem anderen lösen und das sehr schnell. Die Polizei würde zwar nichts kosten, aber wahrscheinlich würde man einen großen Wirbel um die Sache machen. *Für Elise* sollte doch erstens eine Überraschung sein. Außerdem ist das doch alles eigentlich albern! Ein richtiger Privatdetektiv würde etwas kosten, und zwar wahrscheinlich fünfmal so viel wie diese schlauen Kinder! Und die Kinder finden es auch noch total spannend, mein Lied zu suchen. Sie haben wirklich viel Spaß an der Sache und sind voll auf Draht! Zudem ist die Sache ja nicht wirklich gefährlich. Wer klaut schon ein Lied ... Wenn Sie also noch was an den jungen Detektiven auszusetzen haben, können Sie Ihren Job vergessen. Und jetzt bitte an die Arbeit", schloss Herr Beethoven seine Rede.

Es hatte angefangen zu nieseln und Freddy und Toni standen frierend unter dem Dach der Bushaltestelle. Beide Freunde waren müde und erschöpft und hätten am liebsten zu Hause in ihrer warmen Stube gesessen und heißen Kakao geschlürft. Doch stattdessen standen sie hier, warteten auf einen Bus, der sicherlich wegen des Wetters mit Verspätung kommen würde.

Freddy schaute Toni an und sah einen Hauch von Sehnsucht in seinen Augen. „Denkst du an Jenny?", fragte er.

„Was? Nein!", beschwerte Toni sich hastig und erregt.

Freddy sah Toni an, dass er log, sagte aber nichts weiter. Es würde sowieso nichts dabei herauskommen und auf sinnlose Diskussionen hatte er keine Lust. Nur wenig später kam der Bus und die Freunde konnten einsteigen.

„Triererstraße, Triererstraße", murmelte Freddy leise, als sie ausgestiegen waren. „Hier!" Erschrocken schaute er zu seinem Freund und fragte: „Wie heißt Elise eigentlich mit Nachnamen?"

Auch Tonis Augen weiteten sich. „Keine Ahnung."

Beide blieben stehen und sahen sich mit offenen Mündern an.

„Sophie!", riefen sie im Chor und Toni zückte sein Handy. „Du, Sophie", meldete er sich, „kannst du mal checken, wie Elise mit Nachnamen heißt?"

Ein Kichern am anderen Ende der Leitung ertönte. „Wollte ich euch schon länger mal erzählen, jetzt ist es wohl allerhöchste Zeit", sagte Sophie. „Elisabeth Röckel heißt sie mit vollem Namen." Freddy zog seinen Freund während des Telefonats ungeduldig die Straße entlang.

„Was? Elise ist nur ihr Spitzname?" Toni errötete.

„Ja", erklärte Sophie. „Viel Erfolg und auf Wiedersehen."

Freddy sah Toni erwartungsvoll an. „Und?"

„Elisabeth Röckel ist ihr Name", gab Toni Auskunft.

„Okay, hier ist das Haus", meldete Freddy.

Die beiden klingelten bei Röckel und traten in das stickige Treppenhaus. Eine Tür war offen und eine zierliche, bildschöne Frau blickte herum. Nachdem sie festgestellt hatten, dass es sich bei der Dame um Frau Röckel handelte, und sie eingetreten waren, stellten sich die beiden Freunde vor.

„Ach so, Detektive", rief Frau Röckel bewundernd aus.

„Wir ermitteln in dem Fall *Das gestohlene Lied*", erklärte Freddy.

„Welches Lied wurde denn gestohlen?", erkundigte sich Frau Röckel interessiert.

„Das Lied, welches Herr Beethoven für Sie geschrieben hat, Sie können sich bestimmt erinnern?"

„Was? Das ist aber schade", meinte Frau Röckel. „Ja, ich kann mich durchaus erinnern. *Für Elise* hieß es." Schwärmend starrte sie in eine Ecke des Zimmers, in der viele Fotos von

Herrn Beethoven, Klavieren, Landschaften und Frau Röckel selbst hingen. Sogar ein Notenblatt war in einen Bilderrahmen eingefasst worden und nahm seinen Platz neben einem großen, sehr hübschen Blumenstrauß ein.

„Das tut uns leid", sagte Freddy mitleidig.

„Herr Beethoven hat uns, die vier Lupen, mit diesem Fall beauftragt, darum müssen wir Ihnen jetzt ein paar Fragen stellen, wäre das okay?", fragte Toni.

„Natürlich", nickte Frau Röckel.

„Kennen Sie einen gewissen Jens Schuhmann?", begann Freddy.

„Ja."

„Und wie ist Ihr Verhältnis zu ihm?"

„Also, wir sind Freunde. Wieso fragt ihr das?"

„Jens Schuhmann ist Verdächtiger in dem Fall. Sie sind mit ihm zusammen, ist das richtig?", fragte Toni wissend.

„Er *möchte* mit mir zusammen sein", korrigierte Frau Röckel seufzend. „Wisst ihr, Ludwig und ich, wir führen eine ganz enge Freundschaft. Jens ist in mich verliebt, ich wollte ihn nicht enttäuschen!"

„Aber damit haben Sie Herrn Beethoven enttäuscht", warf Freddy ein.

„Das wollte ich nicht." Mit reumütigem Gesicht starrte sie überaus verlegen auf ihre feuchten, zittrigen Hände, schweifte dann mit ihrem Blick wieder auf die beiden Jungen und schließlich wieder zurück auf ihre Hände.

„Können Sie sich vorstellen, dass Herr Beethoven das Lied hat verschwinden lassen, damit Sie zu ihm zurückkommen?", sprach Toni eine Vermutung aus.

„Wie bitte?" Frau Röckel riss ihre Augen auf.

„Na ja, ich weiß nicht", sagte sie dann wieder nachdenklicher. „Aber eigentlich weiß er nichts von Jens und mir", gab sie zu bedenken.

„Herr Beethoven hat geäußert, dass Sie viele Verehrer haben. Ist das richtig?", erkundigte sich Toni.

„Schon, aber ich gehe doch nicht mit jedem ein Verhältnis ein, der mir ein Kompliment macht!"

„Wieso dann ausgerechnet mit Herrn Schuhmann?", hakte Freddy nach.

„Ich weiß auch nicht …" Die Frau war völlig aufgelöst. „Ach, ich hätte mich nicht auf all das einlassen sollen", murmelte sie verzweifelt.

„Könnten Sie sich denn vorstellen, dass Herr Schuhmann das Lied gestohlen hat?"

„Na ja", überlegte Frau Röckel. „Schon."

„Okay, vielen Dank. Vielleicht werden wir Sie noch einmal befragen müssen", verabschiedete sich Toni.

„Ich hoffe, ihr findet den Dieb!" Frau Röckel begleitete die Jungs zur Wohnungstür. „Es wäre schade, wenn das Lied für immer verloren wäre. Viel Erfolg", war ihr Abschiedsgruß, danach schloss sie die Tür, und Freddy und Toni fanden sich im Treppenhaus wieder.

„Jetzt zum Geheimplatz", sagte Freddy voller Tatendrang und trippelte die Treppen hinunter, Toni folgte ihm.

Als sich die beiden bei der Bushaltestelle wiederfanden, fragte Freddy erschrocken: „Wie spät ist es? Ich hab ganz vergessen, dass ich gehen muss! Berichte mir morgen alles Weitere, einverstanden?"

„Ganz ruhig", beschwichtigte Toni. „Es ist erst 15:30 Uhr. Klaro, ich berichte dir morgen haarklein, keine Sorge. Tschau!"

„Danke", sagte Freddy hastig. Das Quietschen der Busreifen ertönte und Freddy wirbelte herum. „Da ist ja schon mein Bus. Tschüss!"

„Wiedersehen!", verabschiedete Toni seinen Freund.

Freddy stieg in den Bus und ließ sich auf einen Sitz fallen. Er fuhr in die Schustergasse zu einem kleinen Café namens *Zum besten Freund*, um seinen allerbesten Freund und dessen Schwester zu treffen. Nick war vor einiger Zeit nach Schweden gezogen und nun zu Besuch da. Freddy war unheimlich aufgeregt, denn er hatte seinen Freund drei Jahre nicht gesehen und nur über Internet Kontakt gehabt. Nick und seine Zwillingsschwester Nina waren inzwischen zwölf Jahre alt, genau wie Freddy. Nina kannte er nur vom Sehen, da sie früher meist mit ihren Freundinnen unterwegs gewesen war, wenn Nick und Freddy sich getroffen hatten.

Ungeduldig wippte Freddy auf seinem Platz hin und her. Endlich hielt der Bus. Aufgeregt stieg er aus und schaute sich mit klopfendem Herzen um. Nur ein paar Schritte weiter war das Café.

Als Freddy es betrat, fiel sein Blick sofort auf ein Mädchen mit geflochtenen braunen Locken, einem kurzen Pony, einem wunderschönen Lächeln und klaren grünen Augen. Ein kleiner brauner Hund mit langen, weichen Ohren saß neben ihm und bellte hin und wieder. Wie ferngesteuert ging Freddy auf das Mädchen zu und begrüßte es freundlich.

„Hallo, ich bin Freddy. Bist du vielleicht Nina, Nicks Schwester?“ Diese Frage hatte er sich nicht überlegt. Doch seine Verwunderung stieg, als das Mädchen antwortete: „Ja, genau, die bin ich! Du bist also Freddy. Ich kann mich fast nicht mehr an dich erinnern.“ Ein leises, süßes Lachen erklang.

„Ich mich auch nicht an dich“, gab Freddy kichernd zurück.

„Setz dich doch“, lud Nina ihn ein. „Mein Bruder konnte leider nicht kommen.“

„Ach?“ Freddys gute Laune war wie weggewischt. Traurig und mit einem Hauch Wut starrte er auf den Boden. „Wieso?“

„Es ist nicht deinetwegen, er mag dich immer noch schrecklich gern“, versicherte Nina Freddy, die merkte, dass er enttäuscht war. „Er hatte gestern Abend einen Unfall und liegt nun im Krankenhaus. Es geht ihm nicht sehr gut, er hat eine schwere Gehirnerschütterung. Aber keine Angst, bald wird er wieder fit sein. Dann will er dich auf jeden Fall treffen.“ Entschuldigend schaute Nina Freddy an.

„Oh, wünsche ihm gute Besserung, wenn du ihn sprichst. Ich werde ihn so bald wie möglich besuchen“, versprach Freddy feierlich. „Möchtest du etwas trinken?“, wechselte er dann das Thema.

„Ja, gern“, erwiderte Nina und Freddy rief den Kellner.

„Einen Bur... einen Kakao, bitte“, sagte Freddy, der vor Nina nicht gleich seine Fastfood-Essgewohnheiten zugeben wollte.

„Und für mich einen Orangensaft“, bestellte Nina. „Wolltest du einen Burger?“

„Nein“, wehrte Freddy hastig ab. „Ich dachte nur, vielleicht will dein kleiner Vierbeiner einen.“ Gerade noch rechtzeitig war ihm eine plausible Ausrede eingefallen.

„Nein, Timmy mag keine Burger“, entgegnete Nina verwirrt.

„Vielleicht möchte er etwas anderes – ein Steak oder Ähnliches?“, hakte Freddy nach.

„Nein, er hat gerade vorhin etwas bekommen, der ist satt“, lehnte sie ab. Freddy nickte dem Kellner freundlich zu, um ihm zu zeigen, dass dies alles war, und wandte seinen Blick Nina zu. Nachdem die Bedienung verschwunden war, fing Freddy an, mit Nina über alles Mögliche zu reden. Er war so vertieft in sein Gespräch mit ihr, dass er nicht merkte, wie sein Kakao gebracht wurde, und es auch nicht mitbekam, wie er ihn austrank.

„Du bist ein netter Kerl“, sagte Nina plötzlich.

„Und du ein hübsches, lustiges Mädchen“, versicherte er verlegen.

„Danke. Magst du vielleicht von unseren Plänen erfahren?“, fragte sie.

„Natürlich, worum geht's?“ Freddy war sofort dabei.

„Also, wir werden demnächst nach Deutschland ziehen, weil meine Eltern eine bessere Stelle hier angeboten bekommen haben. Dann können wir uns auch öfter treffen, wenn du magst.“ Sie strahlte über beide Ohren.

„Wow, cool!“ Freddy konnte es kaum fassen und war weit fröhlicher als Nina. „Natürlich müssen wir uns dann öfter treffen!“ Er lachte. „Ich glaub, ich muss bald nach Hause. Ich muss noch über viele Sachen bezüglich des Falls meiner Detektivbande nachdenken.“

„Oh, das ist schade. Aber wir sehen uns“, lächelte Nina.

„Wo wirst du wohnen?“, erkundigte sich Freddy.

„Wir haben uns schon ein Haus, die Nummer 8 in der Robertstraße, angeschaut, wahrscheinlich kaufen wir das. Schau einfach mal vorbei, wenn du magst.“ Nina winkte der Bedienung zu.

„Ein Kakao und ein Orangensaft“, meinte der Kellner. „Sonst noch etwas?“

„Nein“, erklärte Freddy. Nachdem Freddy bezahlt hatte, tauschte er freudig die Handynummern mit Nina aus, verabschiedete sich und ging seines Weges.

6

„Aha!“ Das war das Einzige, was Toni Freddy am nächsten Morgen augenzwinkernd zu sagen hatte, nachdem Freddy ihm alles haarklein von seinem Treffen mit Nina berichtet hatte.

„Und wie war es bei euch gestern?“, erkundigte sich Freddy.

„Nichts Besonderes“, meinte Toni achselzuckend. „Wir haben etwas über unseren Fall diskutiert und sind zu dem Schluss gekommen, dass alles, was noch fehlt, Beweise sind. Wie wir die kriegen, besprechen wir heute. Gestern wollten alle so schnell wie möglich nach Hause, wir waren total müde.“

„Okay“, gähnte Freddy, der offensichtlich noch immer müde war. „Dann nichts wie los.“

Sophie und Jenny standen ein wenig abseits und betrachteten ernst ein Blatt Papier. Toni und Freddy schlenderten zu ihnen hinüber und versuchten vergeblich, einen Blick auf das Blatt zu erhaschen. „Was ist das?“, fragte Freddy.

„Ich hab gestern etwas recherchiert und Jenny hat etwas nachgedacht. Zusammen kamen wir zu dem Schluss, dass wir Jens Schuhmann einfach eine Lüge auftischen müssen, wie zum Beispiel, dass wir seine Uhr am Tatort gefunden haben, denn er hat sie verloren. Wir haben seine Schwester angerufen und danach gefragt. Wir hatten nämlich eine ungebräunte Stelle auf seinem sonst sonnengebräunten Arm entdeckt, die eindeutig mit der Form einer Uhr übereinstimmte. Frau Schuhmann erzählte uns, dass er sie vor ein paar Tagen verloren habe“, klärte Sophie die Jungs auf.

„Nicht schlecht“, sagte Toni bewundernd. „Aber vielleicht hat er sie vor unserem Fall verloren oder einfach irgendwo anders.“

„Ja, das kann sein, aber einen Versuch ist es wert“, meinte Sophie.

„Stimmt, also nichts wie hin, zum Schuhmann!“ Toni war nun überzeugt.

„Warte“, hielt Jenny ihn auf, „wir haben gestern noch gar nicht erzählt, was wir herausgefunden haben. Jens Schuhmann meinte nach wie vor, nichts mit der Sache zu tun zu haben. Wir haben ihm gesagt, er sei unser Hauptverdächtiger, das hat ihn in Rage gebracht. Er machte uns klar, dass wir auf einer völlig falschen Fährte sind und so, ihr wisst schon. Darum geht es nicht mit Leichtsinn an.“

„Aye, aye, Sir“, sagte Freddy mit der Hand an der Stirn. Ganz nebenbei fügte er kleinlaut hinzu: „Habt ihr schon gefrühstückt? Ich nicht und mein Magen beschwert sich gerade lautstark.“

Sophie antwortete: „Ich hab schon gefrühstückt. Aber du kannst dir schnell im Supermarkt einen Joghurt oder so kaufen, es ist doch verkaufsoffener Sonntag.“

Wie von der Tarantel gestochen rannte Freddy los und kam nur wenig später mit einer Packung Gummibärchen, Keksen und einem Joghurt r zurück. „Von mir aus kann es losgehen“, meldete er sich.

„Sollen wir etwa alle vier zu Jens Schuhmann?“, fragte Jenny.

„Nein“, schlug Toni vor, „vielleicht sollte Sophie mit jemandem hier bleiben und ein wenig recherchieren.“

„Jetzt hab ich mich gerade mit Proviant eingedeckt“, beschwerte sich Freddy beleidigt.

„Du kannst zu Schuhmann gehen“, flüsterte Jenny ihm zu.

Stöhnend stimmte Freddy zu. „Okay. Wer geht mit?"

„Ich geselle mich zu Sophie", verkündigte Toni.

„Dann kommst du mit mir, Jenny", rief Freddy.

Jenny seufzte, denn sie hatte gehofft, mit Sophie im Quartier bleiben zu können. „Ich würde gerne noch ein wenig warten", sagte sie. „Ich bin müde und würde auch gern noch etwas Taekwondo üben, hab das Gefühl, wir brauchen meine Künste heute noch."

„Klar." Gähnend nickte auch Freddy.

„Was für eine Verabredung hattest du eigentlich gestern?" Neugierig schaute Sophie in Freddys Richtung.

„Ach", meinte Freddy mit einer wegwerfenden Handbewegung. „Nichts Interessantes."

„Mich interessiert alles", hakte Sophie nach.

„Ich weiß, aber es war wirklich nichts Wichtiges."

„Bestimmt war es das, sonst wärst du erst zu uns gegangen und danach zu der Verabredung!" Sophie ließ nicht locker.

„Na komm schon, Freddy, wir sagen es doch nicht weiter", meinte nun auch Jenny, die beim Taekwondoüben alles mitbekommen hatte.

„Okay", lenkte Freddy ein, „also, mein Freund Nick, der in Schweden wohnt, ist in Deutschland und da wollte ich mich mit ihm treffen ..." Freddy war ein guter Geschichtenerzähler und die beiden Mädchen hörten gespannt zu.

„Ist sie nett?", fragte Jenny, als Freddy am Ende der Geschichte angekommen war.

„Ja, sehr", gab Freddy zu. „Aber wir müssen jetzt los, sonst kann ich mein Mittagessen ausfallen lassen. Du weißt ja, dass die Burger, die es hier gibt, am besten schmecken."

Glücklicherweise fragte Jenny nicht, *wie* nett sie war, sondern ging auf seine Ablenkung ein und nickte lachend. „Okay, lass uns gehen." Ihre Trainingsstunde hatte sie beendet.

Schon bald waren die beiden Freunde an ihrem Ziel angekommen. „Wie machen wir es?", fragte Freddy, denn er hatte den Ablauf nicht vollkommen mitbekommen.

„Ich würde vorschlagen“, fing Jenny an, „wir sagen, dass wir seine Uhr bei Beethoven gefunden haben.“

„Und dann?“

„Wenn er es zugibt, sollten wir die Polizei verständigen.“

„Okay, wenn du meinst.“ Freddy verließ sich auf Jenny und war bereit, die Befragung anzugehen.

Die beiden klingelten und saßen wenig später wieder in dem bescheidenen Wohnzimmer der Schuhmanns.

„Was wollt ihr nun wieder?“, fragte Jens Schuhmann stöhnend.

„Wir haben Ihre Uhr in Herrn Beethovens Zimmer gefunden, was haben Sie dazu zu sagen?“, schoss Jenny sofort los.

„Was? Äh ...“, verwirrt schaute Herr Schuhmann von einem Gesicht zum anderen. „Wie meint ihr das?“

„So, wie wir es sagen.“ Freddy verdrehte die Augen. „Ihre Uhr war in Herrn Beethovens Haus, finden Sie das nicht etwas sehr zufällig? Immerhin hat dort ein Diebstahl stattgefunden und Sie sind unser Hauptverdächtiger“, wiederholte er zum Mitschreiben.

„Oh, äh“, stotterte Jens Schuhmann und erfrischte sich etwas mit einem Schluck Wasser. „Also ...“ Er kam nicht sehr weit, denn Jenny quatschte genervt dazwischen: „Ja, das können Sie jetzt nicht so auf die Schnelle erklären, weil nicht rauskommen soll, dass Sie der Täter sind. Kommen Sie, Herr Schuhmann, sagen Sie einfach die Wahrheit. Sie haben das Lied gestohlen.“

„Also“, fing Herr Schuhmann etwas gefasster an, „ich war bei Herrn Beethoven.“

Interessiert und nickend wie ein Lehrer, der merkt, dass ein Schüler die Matheaufgabe doch richtig lösen kann, meinte Jenny: „Und weiter?“

„Nun ja“, fuhr er fort, „ich wollte mit ihm reden. Über Elisabeth.“

Skepsis machte sich in Freddys Gesicht breit, man sah es deutlich.

„Es war wirklich so“, beteuerte Jens Schuhmann, als hätte er

Freddys Gedanken gelesen. „Aber Herr Beethoven war nicht da. Anscheinend bewachte dort keiner irgendetwas – ich meine, Herr Beethoven ist ja auch nur ein ganz normaler Mensch, nicht wahr – und darum lief ich in sein Zimmer."

Jenny musterte den jungen Herrn eindringlich. Auf ihrem Gesicht war nicht zu erkennen, was sie dachte, doch Freddy wusste es, denn er fühlte das Gleiche. Beide konnten unmöglich sagen, ob dieser Mann vor ihnen log oder die Wahrheit sprach. Etwas nervös von den Blicken, die er auf sich spürte, fingerte Herr Schuhmann an seinem Glas herum. Als wüsste er nicht, was er tun sollte, trank er einen Schluck. Dann schaute er die beiden Kinder an wie ein Schuljunge vor seinem Lehrer, der wegen der Anspannung das Atmen fast vergaß.

„Wann war das?", brach Freddy die Stille.

„Am Freitag um zehn Uhr", antwortete Jens Schuhmann.

„Sie meinen wohl gegen 14:30 Uhr", korrigierte Freddy.

„Nein", beteuerte Jens Schuhmann erregt.

„Sehen Sie, Herr Schuhmann, Sie haben kein Alibi, zwei Motive, einer Ihrer Gegenstände wurde am Tatort gefunden und somit waren Sie dort … Wieso sollten wir Ihnen glauben?" Entnervt schaute Jenny ihn an.

„Ich …", stotterte Herr Schuhmann erneut herum. „Ich werde euch morgen anrufen oder ich treffe mich mit euch. Dann kann ich euch alles erklären." Seine Stimme wurde ruhiger und entspannter und seine Nasenflügel hörten auf zu beben.

„Okay", ging Freddy darauf ein, ohne Jenny anzusehen. „Ich würde vorschlagen, wir treffen uns in der Gasserstraße bei der Bushaltestelle, morgen um", nun wanderte sein Blick zu seiner Partnerin, die die Schultern zuckte und mit den Fingern eine Drei zeigte, „drei Uhr nachmittags? Wäre das okay?"

„Mir passt vier Uhr besser, von ein bis drei Uhr übe ich immer", entgegnete Herr Schuhmann und auf Freddys Nicken hin stand er auf. „Das war es dann, nehme ich an?", fragte er und zeigte mit der Hand in Richtung Tür.

„Ja", bestätigte Jenny und folgte dem Gastgeber. Durch eine kleine Tür, die aussah, als wäre sie für zu groß gewachsene Zwerge gebaut worden, ging es nach draußen. „Wir sehen uns morgen um 16 Uhr", sagte Jenny noch, bevor sie wieder im Treppenhaus standen.

„Es hat geklappt!" Freddys Stimme überschlug sich fast vor Freude. „Es hat geklappt, es hat geklappt!" Wie ein Irrer rannte er von dem kleinen Baumhaus zur Hängematte, zum Tisch und wieder zurück zur Hängematte, von da aus zum hängenden Korb und wieder zum kleinen Baumhaus. Dabei schrie er immer wieder durch die Gegend: „Es hat geklappt!"

Währenddessen saß Jenny neben Sophie an dem großen Tisch, schaute Freddy beim Durchdrehen zu und berichtete Sophie die Geschehnisse. „Es hat wirklich geklappt", meinte sie gerade, immer noch staunend, als Toni sich auf einen Stuhl neben ihr plumpsen ließ. „Er wusste nicht, wo er die Uhr verloren hat, oder er hat sie wirklich dort verloren während der Tat, aber wie auch immer, es hat wirklich geklappt."

„Wow", meinte Toni anerkennend, „cool." Er rückte etwas näher an sie heran und sah sie eindringlich an. „Ich wette, du hast eine supercoole Show abgezogen", zwinkerte er, doch auf Sophies Blick hin wurde er rot.

„Na ja", meinte Jenny. Sie klang wie ein kleines Mädchen, das gerade von seinem Vater für ein krakeliges Bild gelobt worden war und nun verlegen dreinschaute. Sophie ließ die beiden schmunzelnd alleine und schlenderte langsam auf Freddy zu, der sich mittlerweile beruhigt hatte. Er saß nun still in der Hängematte und begann wieder zu gähnen, als Sophie ihn plötzlich aus den Gedanken riss: „Warst du gestern so spät im Bett?"

„Joa", gähnte Freddy. „So gegen ein Uhr." Er musste sich sehr bemühen, damit seine Augenlieder nicht herunterfielen.

„Und du?" Langsam drehte sich Freddys Kopf in Richtung Sophie.

„Och“, meinte sie geistesabwesend, „weiß nicht genau. Ich denke vielleicht so gegen 23 Uhr?“ Sie blickte seufzend zu Boden. Freddy war zu müde, um weiter Small Talk zu betreiben, also ließ er sich in die Hängematte fallen und schloss erschöpft die Augen.

Dass er von einem Augenblick auf den anderen so müde war, war Toni von seinem Freund nicht gewöhnt. Nachdem Sophie ihn dann mit Jenny allein gelassen hatte, hatte er sie verlegen die ganze Zeit angeschaut, und wenn sie ihn erwischte, war sein Blick hastig auf den Boden gewandert. So war das ein paar Minuten gegangen, doch irgendwann war Jenny aufgestanden und in das kleine Baumhaus gegangen – Toni war sitzen geblieben. Er sah, wie Freddy in der Hängematte lag und schlief. Sophie stand neben ihm und gähnte unauffällig. Toni lächelte seufzend, schaukelte hin und her und nahm Sophies Warnung „Nicht schaukeln!“ nur mit einem leisen Lachen auf. Er lehnte sich entspannt zurück und merkte zu spät, dass der Stuhl, auf dem er saß, keine Rückenlehne besaß. Er fiel nach hinten,

spürte plötzlich einen stechenden Schmerz und jaulte laut auf. Das riss Freddy aus dem Schlaf, bewegte Sophie dazu, ihren Blick von Freddy abzuwenden und ihre ganze Aufmerksamkeit Toni zu schenken, und es ließ Jenny die Treppe hinunterhasten, um nach dem Clubmitglied zu sehen. Freddy sprang von der Hängematte, rannte zusammen mit Sophie auf seinen Freund zu und sah ihn mit großen Augen an.

„Uiuiui“, murmelte er leise.

„Geht's? Alles okay?“, fragte Sophie besorgt.

Als sich Jenny ein paar Sekunden später dazugesellte, setzte sie noch eins drauf: „Was ist denn mit dir passiert?“

Toni erwiderte nur: „Jetzt glotzt nicht so herum, sondern bringt mich zum Arzt!“

Sophie lächelte amüsiert und freute sich, dass Toni immer noch derselbe war. Freddy half ihm auf. Sie sah ihn mit einem Blick an, der heißen sollte „Was hab ich dir gesagt?“ und Jenny schaute besorgt. Gemeinsam brachten sie Toni in die Arztpraxis um die Ecke, die glücklicherweise an diesem Tag Sonntagsdienst hatte, denn seine Verletzung am Rücken schien nicht ganz ohne zu sein. Sie liefen – Toni stützend – die Straße entlang, als Jenny plötzlich einen Anruf bekam.

„Ach, hallo Tanni!“ Während sie den Hörer zuhielt, raunte sie den anderen bedeutungsvoll „Tanja“ zu und setzte ihre Konversation fort. Jennys Freundin fragte etwas bezüglich der Hausaufgaben für Montag und Jenny erklärte knapp. Nachdem der Anruf beendet war, wandte sie sich erneut Toni zu und schaute ihn fürsorglich an.

Als die Freunde in der Arztpraxis angekommen waren, zeigten sie der Frau an der Rezeption Tonis Krankenkassenkarte.

„Ist er hier gut aufgehoben?“, vergewisserte Jenny sich bei der Arzthelferin sorgenvoll, während sie sich mit den anderen ins Wartezimmer setzte.

„Ja, er ist in besten Händen“, beruhigte die Sprechstundenhilfe und verschwand mit Toni im Behandlungszimmer.

„Warten wir hier?“, fragte Freddy.

„Klar, wird nicht lange dauern“, sagte Jenny schluckend.

„Hätte er bloß auf mich gehört.“ Sophie schüttelte den Kopf, sodass sie aussah wie eine Mutter, die mit unterdrückter Sorge dachte: „Mein kleines Dummerchen!“

„Wie lange wird es wohl dauern?“, fragte Freddy die Arzthelferin, die Toni in Empfang genommen hatte.

„Er wird nun untersucht. Es kommt drauf an, wie schlimm seine Verletzung ist. Wenn er fertig ist, bringe ich ihn zu euch, keine Angst“, versicherte die Frau freundlich und verschwand.

Der lange Zeiger der Uhr, die im Wartezimmer hing, war bereits zehn Striche vorgerückt, als die drei Freunde das vierte Mitglied ihres Clubs endlich aus dem kleinen Arztzimmer kommen sahen. „Und?“, fragten sie gespannt, ohne ihren Blick von ihrem Freund abzuwenden.

„Ist nichts Schlimmes“, beruhigte Toni sie. „Nur ein paar blaue Flecken, nichts weiter.“

„Kann Toni jetzt wieder gehen?“, erkundigte sich Sophie.

„Ja.“ Der Arzt nickte.

„Okay.“ Sophie nickte den anderen zu. „Kommt.“

Gemeinsam gingen sie zurück zum Geheimplatz und halfen Toni fürsorglich, sich auf einen der Hocker zu setzten. Sophie nahm ihm gegenüber Platz und fing an, wieder über den aktuellen Fall zu reden. „Das heißt, wir müssen nichts mehr weiter tun, als darauf zu warten, dass Jens Schuhmann morgen um vier Uhr zu uns kommt?“, fragte sie.

„Genau“, bestätigte Freddy gähnend und machte den Anschein, als wäre er total fertig.

„Schon müde?“, wunderte sich Jenny und setzte sich neben Toni.

„Ja, keine Ahnung, was mit mir los ist … Wie spät ist es?“, antwortete Freddy immer noch gähnend und ließ sich auf die Treppe des Baumhauses plumpsen.

„Kurz vor zwölf“, antwortete Sophie mit einem Blick auf die Uhr, schien allerdings mit ihren Gedanken ganz woanders zu sein.

„Schon? Ich hol mir was zu essen!", rief Freddy und rannte zur Frittenbude, fast so, als wäre der Teufel hinter ihm her.

Jenny sah Toni besorgt an. „Geht's?", fragte sie freundlich.

„Ja, ist schon besser", meinte Toni leicht lächelnd und schaute sich so unauffällig wie möglich auf dem Geheimplatz um, um dann seinen Blick doch wieder auf Jenny zu richten.

Die schaute verlegen weg, fragte dann aber: „Ich hab Durst, kommt jemand mit mir in den Supermarkt?"

„Ja, ich", meldete sich Toni und stützte sich am Hocker auf.

„Okay." Jenny nickte und hopste innerlich vor Freude.

Die beiden gingen in den vollen Supermarkt und Toni meinte: „Du guckst so besorgt? Ist es meinetwegen?"

„Ich gucke doch nicht besorgt! Und schon gar nicht deinetwegen!", stritt Jenny etwas zu heftig ab.

„Ach so, ich dachte ja nur …", beteuerte Toni beschwichtigend. „Du siehst aber tatsächlich sorgenvoll aus", fing er nach einer Weile wieder an.

„Ach, komm", meinte Jenny. „Tue ich nicht. Was kaufst du dir?" Schnell wechselte sie das Thema und Toni ging darauf ein.

„Schon gut", sagte er. „Ich nehme eine Cola und eine Packung Gummibärchen. Du?"

„Ich kaufe mir eine Schokoladentafel und vielleicht noch ein Himbeereis draußen an der Eisdiele."

„Stimmt, so ein Eis besorge ich mir auch noch, die Kugeln bei der Eisdiele schmecken immer besonders lecker", stimmte Toni zu. Nachdem die beiden sich ihre Sachen und eine Tüte Chips zusätzlich gekauft hatten, verschwanden sie aus dem Laden und stellten sich an der Schlange der Eisdiele an.

„Die reicht ja fast bis zum Friseur da drüben", stellte Toni fest.

„Ja, ob wir wohl noch in diesem Monat unser Eis bekommen?", scherzte Jenny ungeduldig.

„Wahrscheinlich nicht", gab Toni zurück.

Ohne dass es Toni auffiel, musterte Jenny ihn von oben bis

unten und starrte ihm danach wie in Trance in die Augen. Während er sich fragte, wieso sie ihn anstarrte, zählte Jenny die Farben in seinen Augen. Sie kam durcheinander, als er plötzlich fragte: „Woran denkst du?“

„Äh“, stotterte sie etwas verwirrt.

„Du brauchst es nicht sagen“, warf Toni ein.

„Nein, nein“, versuchte sie es. „Ich, äh, ich … habe über sehr viel nachgedacht, über den Fall, über meine Eltern, über den Club ...“

„Oh“, nickte Toni etwas unsicher. „Ich verstehe.“

„Übrigens sind deine Augen total schön“, rutschte es Jenny heraus.

„Was wollt ihr?“, fragte der Verkäufer, denn inzwischen waren sie schon weit nach vorne gelangt. Doch Toni war so von dem Kompliment in den Bann gezogen, dass er Jenny verlegen anstarrte und dann meinte: „Oh, äh, wirklich? Na ja, dein Lächeln ist immer noch das schönste, das ich je gesehen habe.“ Er wurde rot.

„Oh?“, fragte Jenny, die sich fühlte, als würde ihr Bauch von den Flugzeugen, die da drin herumschwirrten, bald getroffen werden und platzen. Hochrot vor Verlegenheit stammelte sie: „Danke.“

„Außerdem sind deine Augen noch viel wunderbarer als meine“, erklärte Toni lachend.

„Nein!“, widersprach Jenny verlegen kichernd.

Der Verkäufer räusperte sich: „Wenn das Paar sich jetzt genug Komplimente gegeben hat, darf es bestellen. Die Leute hinter euch werden schon ungeduldig.“

„Oh, ja“, nickte Jenny, die nicht wusste, wie sie sonst aus ihrer Verlegenheit hätte kommen können. „Also für mich eine Himbeerkugel und eine Joghurtkugel. Ach ja, und so ganz nebenbei sind wir kein Paar“, meinte sie vor lauter Verlegenheit zitternd.

„Wirklich?“, fragte der Verkäufer scheinheilig. „Und für dich, mein Junge?“

„Ich nehme eine Blaubeerkugel und eine Karamellkugel." Toni schaute den Mann freundlich an. „Und ganz nebenbei sind wir vielleicht aber bald ein Paar." Er lachte verlegen und auf Jennys verwirrten Blick hin fügte er hastig hinzu: „Aber das hat eine Wahrscheinlichkeit von einem Prozent, da wir beide wohl den Gedanken nicht für eine allzu tolle Idee halten." Bis das Eis kam, sprachen Jenny und Toni kein Wort miteinander. Sie nahmen ihr Hörnchen wortlos entgegen, bezahlten stumm und gingen zu ihrem Geheimplatz.

Nachdem Freddy keuchend von der Frittenbude zurückgekommen war – und sich über den neuen Verkäufer aufgeregt hatte, der ihm den Burger zu langsam gemacht hatte –, Sophie sich auf einen Hocker fallen gelassen und Jenny und Toni jeweils eine ihrer Kugeln aufgegessen hatten, besprachen die vier Lupen ihr Vorgehen für die nächsten Stunden. Sie kamen schließlich zu dem Schluss, dass sie zusammen etwas unternehmen könnten. Nachdem Sophie einen Stift und ein Papier geholt hatte, um die verschiedenen Möglichkeiten zu notieren, fingen die Freunde an abzustimmen.

„Wir haben fünf Dinge ausgewählt, um über sie abzustimmen. Bei Gleichstand entscheidet das Los", erklärte Toni, der wie ein Lehrer mit dem Papier in der Hand dastand und Aufmerksamkeit verlangte.

„Welche Möglichkeiten gibt es noch mal?", fragte Freddy, der seine Brille zurechtrückte, als würde es helfen, das Blatt besser zu sehen.

„Siehst du es nicht?", fragte Sophie ihn leise.

„Nee", raunte er seufzend zurück.

„Entweder wir gehen ins Kino, auf die Kirmes, in den Zirkus, in den Tierpark oder ins Freibad", las Jenny vor.

Freddy nickte und die Abstimmung begann.

„Wer ist fürs Kino?", fing Toni an.

Alle Hände blieben unten.

„Keiner. Wer möchte auf die Kirmes?", fragte er weiter.

Freddy streckte seine Hand hoch, doch alle anderen blieben weiterhin unten.

„Einer. In den Zirkus?“

Wieder keiner. Die Spannung stieg gewaltig.

„In den Tierpark?“ Sophies Hand schoss in die Höhe.

Schon wissend, wie es ausgehen würde, fragte Toni zuletzt: „Und ins Freibad?“ Seine und Jennys Hand hoben sich und die Entscheidung war eindeutig. „Okay, wir gehen ins Freibad“, entschied Toni lächelnd.

„Wann treffen wir uns?“, fragte Freddy.

„Eben, wir müssen schließlich unsere Badesachen holen – und ein Buch für mich“, warf Sophie mit hochgezogenen Augenbrauen ein.

„Wie wär es mit ein Uhr? Dann hätten wir noch Zeit für einen Snack oder so und müssten uns nicht hetzen“, schlug Toni vor.

„Von mir aus.“ Jenny war einverstanden.

„Ja, okay, wie viel Uhr ist es denn, Sophie?“, fragte Freddy.

„Du fragst ja jede Sekunde.“ Sophie war leicht genervt. „Zwanzig nach zwölf.“

„Ja, tut mir leid!“ Gespielt beleidigt schaute Freddy weg. „Okay, von mir aus können wir ausfliegen.“

„Ich bin auch bereit“, meldete sich Jenny zu Wort.

„Dito“, stimmte Sophie zu.

„Gut, wir sehen uns dann“, beendete Toni das Gespräch.

Nach einem großen „Wo ist meine Tasche?“, „Hat jemand mein Armband gesehen, ich hab es auf den Tisch gelegt!“, „Ich gehe jetzt! Ach, nee, doch nicht!“, „Meine Mutter geht nicht ans Telefon!“ und anderem Hin und Her waren alle Mitglieder der vier Lupen schließlich verschwunden.

7

Als Freddy hereinstürmte, bereitete seine Mutter gerade mithilfe ihrer Tochter Essen für ihren Mann vor, der heute einen langen Arbeitstag hinter sich hatte.

„Hallo Mama, moin Fenni." Freddy verschwand nur Sekunden nach seiner Begrüßung in seinem Zimmer.

Seine kleine Schwester Jennifer war ein schlaues Mädchen mit hellbraunen Locken und unendlich vielen Sommersprossen und ging schon in die vierte Klasse. Weil sie so aufgeregt gewesen war, hatte Jennifer einmal zu einer Freundin ihrer Mutter gesagt: „Ich heiße Fennijer ... äh, ich meine Jennifer!" Seitdem nannte ihr großer Bruder sie immer *Fenni.* Inzwischen war sie allerdings so daran gewöhnt, dass es sie überhaupt nicht mehr störte. Nur wenn sie einmal sehr schlecht drauf war und man meinen könnte, sie sei kein liebes, freundliches Mädchen mehr, sondern ein großer, gefährlicher Tiger, regte sie sich über den Spitznamen auf.

Freddy trottete zum Schrank, wühlte in seinen Sachen und schaute in jeder Schublade nach. Plötzlich fiel ihm ein, dass er letztens mit seiner Familie ins Freibad hatte gehen wollen und die Sachen darum schon herausgenommen und sie im Wohnzimmer liegen gelassen hatte. Eilig lief er dorthin und sein Blick fiel auf den Tisch. Auf dem lagen ein Handtuch, ein Micky-Maus-Taschenbuch, eine Badehose, eine Schwimmbrille und ein Strandtuch. Schnell packte er seine Sachen und ging zurück in sein Zimmer. Er schnappte sich einen auf dem Boden liegenden Leinenbeutel, stopfte die Badesachen hinein, griff nach Unterwäsche und einem Fotoapparat, der auf seinem Nachttischchen stand, und packte alles zusammen ein.

Schließlich warf er den Beutel auf sein Bett und war schon kurze Zeit später in der Küche anzutreffen. Er öffnete den Kühlschrank, griff wahllos etwas heraus, stellte es aber zurück, als er sah, dass es ein Stück Schimmelkäse war, suchte sich einen Joghurt, stellte ihn auf den Tisch und setzte sich seufzend hin.

Zur gleichen Zeit lachte Sophie laut in der Kästnerstraße auf. Ihr kleinster Bruder Jimmy hatte ihr gerade voller Eifer ein Blatt Papier gezeigt, auf dem er ein Haus gemalt hatte. Als Sophie das Gekritzel begutachtete, kam James angelaufen und mit einem kurzen Blick auf das Blatt meinte er: „Das ist doch wohl eher ein Auto!“ Nachdem auch der achtjährige Jerome seinen Senf dazugegeben hatte, verschwand Sophie in ihrem Zimmer. Dort widmete sie ihre ganze Aufmerksamkeit ihrem Bücherregal. Nach einigem Überlegen schnappte sie sich ein Buch mit dem Titel *Detektive im Schein des Lichtes* und öffnete ihren Kleiderschrank. Nachdem sie sich ihren dunkelblauen Badeanzug und alle sonstigen Badesachen zusammengesucht hatte, legte sie diese auf ihr Bett, verschwand im Flur und kam nur wenig später mit einer Tasche wieder. Zügig packte sie die Sachen ein, legte das Buch dazu, dachte kurz nach, schnappte sich Wechselunterwäsche und schon hörte man das *„ZZZ“* des Reißverschlusses ihrer Tasche. Sophie schnappte sich in der Küche ein Brötchen, beschmierte es hastig mit Nutella und biss hinein. Als ihr James entgegenkam und auch ein Brötchen wollte, setzten sich die Geschwister gemeinsam an den Esstisch und plauderten ein wenig. James war schon zehn, hatte braune Haare und dunkle Augen, mit denen er jedes Mädchen in den Bann zog. Während sich die beiden älteren Geschwister unterhielten, kletterte Jimmy auf Sophies Schoß, kuschelte sich darauf zusammen und hörte mit halbem Ohr zu. Der Fünfjährige schnappte etwas von Schule und Freizeit auf, doch bevor er mehr erfahren konnte, war er eingeschlafen.

Währenddessen suchte Jenny verzweifelt nach ihrem Haustürschlüssel. Er musste doch irgendwo sein! Nervös sah sie in den Garten ihres Hauses und warf schnell einen Blick auf die Haustür. Keiner zu sehen. Stöhnend stand sie vor dem Gartentor ihres eigenen Hauses und konnte nicht hinein. Es war zum Mäusemelken! Zum fünften Mal suchte sie in ihrer Hosentasche, wühlte in ihrem Geldbeutel, schaute auf den Boden und schüttelte kraftlos den Kopf. „Keine Ahnung", dachte sie seufzend, als ihr Vater ihr auf dem Bürgersteig entgegenkam.

„Hallo Jenny, Schatz!", begrüßte er sie lächelnd. „Du, ich glaube, das ist deiner, es ist nämlich bestimmt nicht meiner und genauso wenig der deiner Mutter." Er hielt ihr einen Schlüssel hin und nickte freundlich. „Ich hab den auf dem Weg hierher gefunden, nicht zu übersehen, das Prachtstück", rief Jennys Vater aus.

„Danke, Papa", gab diese zurück.

„Pass aber das nächste Mal besser auf. Ich bin nicht jedes Mal da und hebe deinen Schlüssel für dich auf", warnte ihr Vater.

„Schon gut, Papa, ich passe auf", beschwichtigte ihn Jenny und schloss das Gartentor auf. „Was machst du eigentlich hier?", fragte sie nach einer Pause und Vater und Tochter schritten durch den Garten, schlossen das Tor, atmeten genüsslich den Duft der Blumen, Büsche und Bäume ein und sahen einander an.

„Ich muss heute zu Hause weiterarbeiten, wir haben ein spezielles Projekt", erklärte Jennys Vater.

„Ach so." Sie nickte verständnisvoll.

„Und du?"

„Ich muss nur schnell meine Badesachen holen, dann bin ich schon wieder weg", meinte Jenny ausweichend.

„Okay, Schätzchen."

Nachdem Jenny die Haustür aufgeschlossen hatte, verschwand ihr Vater in seinem Büro und sie stand alleine in ihrem Zimmer. Eine rote Tasche mit goldenem Henkel und Verzierungen lag auf ihrem Bett, ein Handtuch gleich daneben und eine wertvolle Sonnenbrille nahm neben dem Handtuch ihren Platz ein. Jenny öffnete einen ihrer Schränke, griff behutsam nach einem Strandtuch mit einer Strandszene darauf und schloss den Schrank wieder. Auch eine Schwimmbrille verschwand in der roten Tasche, genau wie ein Witzebuch und ein paar Klamotten zum Umziehen. Nachdem sie auch ihr Handy eingepackt hatte, stopfte sie das Handtuch und die Sonnenbrille hinzu und schloss die Tasche. Ihre Kleidung streifte sie lässig ab und zog sich einen grünen Bikini mit weißen Pünktchen an, den ihre Mutter ihr geschenkt hatte. Sekunden später sah man sie in einem ihrer Schränke suchen, bis sie endlich ihre dunkelblaue Tunika gefunden hatte, die sie sich überzog. Ein Fünfer verschwand in ihrer Faust und schon war sie startklar. Kurz verabschiedete sie sich noch von ihrem Vater und stand wenige Sekunden später schon wieder vor ihrem Gartentor. Langsam schloss sie ab, vergewisserte sich noch einmal, dass alles paletti war, und verschwand um die Ecke. Bei der Eisdiele blieb sie stehen, kaufte ein Joghurteis und nahm den nächsten Bus zum Geheimplatz der vier Lupen.

Zum selben Zeitpunkt diskutierte Toni in der Peterstraße mit seiner Schwester.

„Du räumst die Geschirrspülmaschine jetzt ein, ich hab das schon heute Morgen gemacht!“, beschwerte sich seine Schwester.

„Ich muss aber gleich los!“, rechtfertigte sich Toni.

„Du kannst deine Verabredung verschieben“, regte seine Schwester sich auf. „Immer muss ich deine Aufgaben mitmachen!“ Wütend starrte Anabelle ihren Bruder an.

„Ja, tut mir leid“, versuchte Toni seine Schwester zu beruhigen. „Aber ich hab echt keine Zeit. Ich muss mich wirklich beeilen!“

„Kinder, hört auf zu streiten!“, hörte Toni seine Mutter aus der Küche rufen. „Ihr müsst euch beeilen, einer von euch macht das jetzt, aber schnell!“

„Ja, ja“, murmelte Toni und warf seiner Schwester einen wütenden Blick zu. Mit einem Stöhnen trabte er in die Küche, räumte langsam und mit schlechter Laune die Geschirrspülmaschine ein und schaltete sie an, nachdem er fertig war. Danach spurtete er in sein Zimmer, zog seine Hose aus, griff nach seiner Badehose und streifte diese über. Dann packte er Wechselkleidung und ein Handy mit Kopfhörern in eine Tasche, die an der Wand an einem Haken hing, schnappte sich einen Donut, drückte seiner Mutter einen Kuss auf die Wange und war aus dem Haus gehastet, bevor seine Schwester „Geschirrspülmaschine“ sagen konnte.

Toni traf etwas später am verabredeten Platz ein als die anderen, da er sich unterwegs noch eine Kugel Eis gekauft hatte. Doch als alle Mitglieder der vier Lupen anwesend waren, konnte es losgehen.

„Alle startklar, nichts vergessen?“, fragte Sophie noch einmal in die Runde und alle nickten. „Gut, dann ab zum Freibad!“

Voller Erwartung gingen die Mitglieder der vier Lupen vom Geheimplatz auf den Bürgersteig und liefen den Weg zum Freibad, das gleich an der nächsten Ecke lag. Als sie endlich angekommen waren, hatten sie so gute Laune wie lange nicht mehr. Nachdem die Freunde ihre Eintrittskarten bezahlt hatten, suchten sie sich einen halbwegs leeren Platz auf der Wiese, breiteten ihre Strandtücher aus und seufzten glücklich. Das Freibad war reich bevölkert, vereinzelt waren noch freie Plätze zu sehen. Schon Ausrufe wie „Sie stehen auf meinem Strandtuch!“, „Das ist meine Sonnencreme, nicht Ihre!“, „Was machen Sie hier mit Ihren Füßen an meinem Kopf?“ waren nicht zu überhören und Freddy war überglücklich, einen freien Platz für die vier Lupen ergattert zu haben. Die Wiese war zwar überfüllt, doch davon war im Becken nichts zu merken. Während sich die halbe Stadt auf der Wiese sonnte, schwammen nur höchstens zwanzig Leute im kühlen Wasser, das trotz der wenigen Schwimmer große Wellen schlug.

„Ich geh mich dann mal fürs Schwimmen umziehen“, meldete Freddy.

„Ich auch", sagte Sophie und lächelte Toni und Jenny an. „Wir beeilen uns! Ihr könnt natürlich schon mal rein!" Die beiden verschwanden in den Umkleidekabinen und ließen Toni und Jenny allein, die ihre Sachen bereits anhatten.

„Na, gehen wir rein?", schlug Toni vor und schaute Jenny in die Augen.

„Äh", verlegen druckste diese herum. „Ich geh lieber noch nicht." Ihr grüner Bikini mit den weißen Pünktchen machte sie nervös. Wieso hatte ihre Mutter ihr nur keinen Badeanzug gekauft?

„Wieso nicht?", fragte er etwas enttäuscht.

„Na ja, ich würde mich gern noch ein wenig sonnen", fiel Jenny gerade noch eine Ausrede ein.

„Okay, dann plaudern wir halt ein wenig", meinte Toni lächelnd und fragte nicht weiter nach.

„Klar, gerne", nickte Jenny.

„Und, freust du dich schon auf den Abschlussball?", fragte Toni kurze Zeit später.

„Abschlussball?" Erschrocken sah Jenny ihn an. „Den hab ich ganz vergessen! Bis dahin muss der Fall aber gelöst sein!"

„Ja, jetzt krieg mal keine Panik, wir schaffen das mit Links", beschwichtigte Toni sie.

„Wäre toll", meinte Jenny nicht ganz so zuversichtlich.

„Jetzt komm, wir sind bestimmt rechtzeitig fertig", sagte Toni. „Was ziehst du denn an?"

„Meine Mutter hat mir drei Kleider vorgeschlagen … vor ein paar Wochen. Aber die sind grässlich, die würde ich nie anziehen!" Sie seufzte. „Ich bringe, wenn ich dran denke, in den nächsten Tagen ein Foto mit einer Auswahl an Kleidern mit, damit ihr mit mir entscheiden könnt, okay?"

„Ja, klar." Toni nickte. „Du siehst aber bestimmt in jedem gut aus." Er schaute verlegen.

„Na, ja", gab Jenny zu bedenken, „die, die meine Mutter vorgeschlagen hat, sind nicht gerade so wundervoll, wie du denkst."

„Bring einfach mal die Auswahl mit, dann sehen wir weiter“, sagte Toni nur.

„Ja, mach ich. Und du, was ziehst du an?“, fragte sie ihn.

„Mein Vater und ich gehen noch einen Anzug einkaufen“, erklärte Toni. „Schuhe hab ich ja schon.“

„Du wirst unglaublich aussehen“, rutschte es Jenny raus, die vor Verlegenheit rot wurde. Mit aller Kraft versuchte Toni ein „Danke“, doch sein Kopf bekam auch nur die Farbe einer Tomate und daher wandte er sich verlegen ab.

„Na ihr zwei!“, unterbrach Sophie die peinliche Stille. „Noch nicht im Wasser?“

Die beiden schüttelten nur den Kopf.

„Na dann wird's aber Zeit!“, sagte Freddy gut gelaunt.

„Ich lese lieber noch ein paar Witze aus meinem Buch“, wich Jenny schnell aus.

„Schade“, meinte Toni. „Aber du kommst dann bald auch rein, oder?“

„Ja, keine Sorge.“

Während ihre Freunde im Wasser planschten, Witze rissen und die Rutschen „hinunterflutschten“, wie Jenny es amüsiert nannte, zog sie ihre Tunika am Rand des Beckens aus und genau in dem Augenblick drehte sich Toni in ihre Richtung. „Jenny!“ Mit großen Augen und einem geöffneten Mund starrte er sie an.

„Ja?“, fragte sie und hatte das Gefühl, die Flugzeuge in ihrem Bauch würden bald in die Realität durchbrechen und das ganze Freibad in ein Höllenszenario verwandeln.

„Du bist total schön“, schwärmte er.

„D...danke“, stotterte sie und sprang ins Becken.

„Ach, Jenny, auch schon da!“, begrüßte Freddy sie und spritzte sie nass. Jenny lachte nur und schwamm zu Sophie, die mit ihren grünen Augen eine solche Fröhlichkeit ausstrahlte, wie Jenny sie nur von ihr kannte.

„Da bist du ja! Dein Bikini sieht nicht schlecht aus.“ Zwinkernd knuffte sie ihre Freundin in den Bauch. „Ich werde ja fast neidisch auf meine hübsche Freundin." Jenny streckte ihrer Freundin die Zunge raus.

Währenddessen machten Freddy und Toni ein Wettschwimmen, bei dem Toni gewann. Daraufhin ging Freddy mit beleidigter Miene zu seinem Strandtuch, Toni folgte ihm mit Sätzen wie „Ach, komm schon, das war nur ein Spielchen!", „Hey, nimm es doch nicht so ernst" oder „Freddy, so kenn ich dich ja gar nicht!"

Doch Freddy schaute nicht nach hinten, sondern maulte nur: „Du mogelst doch."

Nach einigem Hin und Her meinte Toni: „Ich kauf dir einen Hamburger, aber sei nicht mehr so beleidigt!"

„Okay", sagte Freddy, drehte sich um und meinte noch: „Aber gleich, nachdem wir das Freibad verlassen haben!"

Toni nickte, und nachdem Sophie und Jenny auch prustend aus dem Becken gestiegen waren, trocknete Freddy seine Hände ab und rief die anderen drei Mitglieder der vier Lupen zu sich.

„Was haltet ihr davon, wenn wir ein Foto machen, auf dem wir alle aus dem Wasser in die Luft springen?" Erwartungsvoll schaute er in die Runde.

„Klar!" Sophie war voller Begeisterung und schaute die anderen beiden an, als wüsste sie, dass diese auch zustimmen würden.

„Wieso nicht?", folgte Jenny der Erwartung Sophies und nickte sichtlich gespannt.

„Gute Idee", schloss sich Toni an und die Mädchen sahen ihm an, dass er sich auch darauf freute.

„Selbstauslöser?", fragte Sophie noch schnell und Freddy nickte.

Toni bedeutete den Mädchen mit einer Handbewegung, ins Wasser zu kommen. Die beiden folgten ihm und schon wenig später sah man alle drei, wie sie konzentriert darauf warteten, dass Freddy ihnen ein Zeichen gab.

Plötzlich hörten sie ein: „Aufgepasst! In zehn Sekunden

schießt die Kamera das Bild, auf eure Positionen, ich komme!", von Freddys Richtung her und schon raste er ins Wasser, sprang neben Toni. Er rief: „Jetzt!", und schon waren alle in der Luft. Genau in dieser Sekunde, in der die vier Lupen in der Luft schwebten, fühlten sie sich so frei wie nie. Und schon war der Moment vorbei. Die vier tauchten ins Wasser ein und kamen kichernd wieder an die Oberfläche. Sie sprangen aus dem Pool und rannten zu ihrem Platz, als wäre der Teufel hinter ihnen her. Endlich schauten sie auf das Foto und da …

„Was?" Jenny stöhnte.

„Wessen Hintern ist das denn jetzt?", wunderte sich Freddy und lachte laut auf.

„Wieso musste genau in dem Moment jemand vorbeilaufen?" Toni verdrehte die Augen und seufzte.

„Na, eigentlich war es doch noch ganz lustig so in der Luft zu sein", witzelte Sophie und wie immer sahen ihre drei Freunde sie als vollkommene Optimistin.

„Tzz ...", kam es nur von Toni.

„Kann ich euch helfen?" Als die vier Lupen sich umdrehten, um die Stimme ihrem Besitzer zuordnen zu können, blickten sie in ein schmales, geschminktes Gesicht, welches von blonden, sorgfältig zu einem Zopf gebundenen Haaren umrahmt wurde. Hellblaue, ovale Augen stachen heraus, die durch Rouge roten Wangen glichen denen eines Topmodels und die Frau vor den Freunden strahlte vollkommene Ruhe aus.

„Äh", setzte Freddy an, brach aber vor Verlegenheit ab.

„O…oh", versuchte Toni, doch auch er brachte es nicht weiter.

„Danke, das wäre sehr nett!", half Sophie den Jungs und lächelte die Frau mit ihrem bezauberndsten Lächeln an.

Jenny nickte nur freundlich und starrte die schlanke Hilfsbereitschaft in Person mit offenem Mund an. „Wow", hauchte sie tonlos.

Sophie erklärte der Dame, die sich als Nadine Loré vorstellte, was sie und ihre Freunde vorhatten und was Frau Loré machen sollte. „Okay." Nadine nickte. „Wenn ich *Los!* rufe, dann springt ihr!", rief sie den Detektiven noch nach, dann gingen diese auf ihre Positionen und warteten auf besagtes Zeichen.

„Auf die Plätze!", hörte man von ihrem Platz her. „Fertig!" Ihre Köpfe fingen vor Konzentration an zu rauchen. „Los!"

Alle vier sprangen exakt zum selben Zeitpunkt dem Himmel entgegen, lachten ehrlich und nicht nur für das Foto, warfen zum Teil ihre Hände mit voller Kraft in die Höhe und spürten diese Freude, die wie Regen ihre Körper durchströmte. Zwar war der Moment in Wirklichkeit nur höchstens eine Zehntelsekunde lang, doch die vier genossen ihn, als ginge es um eine Ewigkeit.

Als sie wieder aufgetaucht waren, liefen sie zu Nadine Loré und versammelten sich gespannt um den Fotoapparat. „Wow, sehe ich aber dumm aus", war Jennys erster Satz, als die das Foto zu sehen bekam.

„Mann, ihr seht alle voll cool aus", gab Freddy von sich, nachdem er einen Blick auf das Bild erhascht hatte.

„Das Foto ist richtig gut geworden!", kommentierte Toni wahrheitsgemäß. „Da war wenigstens nicht nur ein Hintern drauf."

„Das haben Sie wunderschön gemacht, Frau Loré, ich hätte das nicht so gut hinbekommen“, sagte Sophie und strahlte die Fotografin anerkennend an.

„Danke“, sagte diese. „Ich bin froh, dass ich euch helfen konnte, aber ich muss jetzt gehen.“ Freundlich blickte sie in die vier Augenpaare. „Hat mich sehr gefreut, bleibt so nett.“ Zwinkernd ging die Schönheit davon und die vier Lupen fingen an zu diskutieren.

„Voll das tolle Foto, das hätte echt keiner von uns so geschafft!“, meinte Toni mit großen Augen.

„Sie ist total schön ...“, seufzte Jenny und schaute Frau Loré hinterher.

„Stimmt“, bekräftigte Freddy Jennys Aussage und fragte dann: „Wollen wir nicht noch ein wenig schwimmen?“

„Also ich hab irgendwie keine Lust mehr“, kam es von Toni und er sah fragend auf die beiden anderen.

„Ich würde schon gerne noch eine Runde ins Wasser“, sagte Sophie.

„Ich sonne mich besser noch ein wenig“, antwortete Jenny und ließ sich zur Bekräftigung ihrer Aussage auf ihr Strandtuch fallen.

„Gut, dann viel Spaß, ihr beiden“, meinte Freddy noch und winkte noch, bevor er in den Pool sprang.

Sophie tat es ihm gleich und Jenny und Toni rekelten sich jeder auf seinem Strandtuch. Toni kramte sein Handy und seine Kopfhörer hervor, Jenny nahm sich ihr Witzebuch aus der Tasche und keiner sprach ein Wort. Keiner schien sich für die beiden zu interessieren, um sie herum cremten Frauen Männern die Rücken ein und umgekehrt, kleine Kinder weinten, schrien, brabbelten, zwei Brüder stritten wegen eines Balls, Eltern riefen besorgt nach ihren Sprösslingen und ein Hund rannte auf der Wiese herum wie ein Verrückter, um das Stöckchen, das sein Herrchen geworfen hatte, zu holen. „Äh“, sagten Toni und Jenny gleichzeitig und sahen sich verlegen an.

„Du zuerst“, ließ Toni ihr den Vortritt.

„Nee, du kannst erst."

„Egal, du kannst schon."

„Okay", stotterte Jenny. „Was für Lieder hörst du denn so?"

„Pop und Rock", antwortete Toni. „Und du?"

„Immer unterschiedlich", erwiderte Jenny. „Und was wolltest du sagen?"

„Lies doch mal einen Witz vor."

„Oh, ähm", sagte sie. „Klar."

Sie fing an, einen Witz vorzulesen, und hörte nicht mehr auf, Toni saß neben ihr und lachte sich schief. Manchmal warf er Kommentare ein wie „Der war gut", „Hätte jemand anders ihn vorgelesen, wäre er nicht lustig gewesen", „Wie blöd kann man sein" oder „Den kannte ich". Die beiden lachten, wenn es lustig war, und sie lachten, wenn es nicht lustig war, sie wünschten sich, sie könnten für immer so dasitzen und glücklich sein. Irgendwann unterbrach sie plötzlich eine Stimme, die sie keinem zuordnen konnten: „Hey, mein Süßer möchte sich hier hinlegen!"

Jenny und Toni drehten sich in die Richtung, aus der die Stimme kam, und blickten auf rosarote Stöckelschuhe, die einen mindestens zehn Zentimeter hohen Absatz hatten und welche Jenny locker auf Größe 45 schätzte. Vier Hundebeine waren neben den Schuhen zu sehen, die aufgeregt im Gras scharrten.

Als die beiden Freunde ihren Kopf langsam nach oben bewegten, sahen sie zuerst auf die massigen Beine, danach auf rosa Hotpants und schon bald blieb ihr Blick an dem beleibten Oberkörper hängen, der mit einem weißen, luftigen Top versehen war. Als sie beim Kopf angelangt waren und die große, runde Brille sowie die Schweißperlen auf der Stirn, die Kulleraugen und den pinken Hut genaustens studiert hatten, meinte die Dame ungeduldig: „Fertig geglotzt? Also, mein Bester möchte sich jetzt hier hinlegen, also Abmarsch!"

„Wie bitte?" Toni konnte nicht ganz glauben, was diese dicke Frau da von ihm verlangte. Er sollte weggehen?

„Wasch dir die Ohren, Junge!“, zischte die Frau. „Zusammengefasst: Du sollst da abhauen!“

„Aber er war zuerst da, Frau ...“, beschwerte sich Jenny.

„Justinger. Elisabeth Justinger “, sagte die Dicke. „Das hat nichts damit zu tun. Bello hat das Vorrecht, alle müssen es ihm recht machen, und wer das nicht tut, dem poliere ich persönlich das Mundwerk.“ Die Frau meinte es ernst. Toni sollte allen Ernstes von seinem Platz aufstehen und woanders hingehen, um dem Köter – den Jenny zwar ziemlich süß fand, es aber trotzdem nicht einsah, wieso Toni seinen Standplatz wechseln sollte – einen Liegeplatz zu bieten.

„Aber Frau Justinger“, setzte Toni an, „Ihr Hund kann sich natürlich neben mich kuscheln! Oder einen Platz auf meinem Strandtuch bekommen, wenn er möchte. Aber ich werde meinen Platz behalten.“ Trotz allem versuchte Toni, höflich und freundlich zu sein, und setzte sein nettestes Gesicht auf.

„Bello braucht Freiraum. Der kann sich nicht einfach zu dir quetschen, er braucht ein eigenes Plätzchen“, warf Frau Justinger mit einem unergründlichen Gesichtsausdruck ein.

„Ihr Bello bekommt einen Platz, Frau Justinger“, schaltete sich Freddy ein, der eben dazugekommen war.

„Was hast du denn da mitzubestimmen, das ist mein Platz!“, beschwerte sich Toni.

„Aber Toni“, erwiderte Freddy, der tropfnass zu den beiden Freunden trat. Er setzte ein tadelndes Lehrergesicht auf und flüsterte seinem Freund zu: „Wir gehen doch jetzt.“

Toni nickte verständnisvoll, murmelte: „Okay, klar“, stand auf und packte seine Sachen zusammen. Wenig später waren die vier Lupen in den Umkleidekabinen verschwunden, duschten und zogen sich um.

„Na, wie war es mit Jenny?“, fragte Freddy neugierig, als die beiden Jungen am Umkleiden waren.

„Total lustig und schön, und wenn diese blöde Frau Justinger nicht dazwischen gekommen wäre, wären wir vielleicht sogar ein Paar geworden“, schwärmte Toni und wusste, während er sprach, tief in seinem Inneren, dass sie bestimmt kein Paar geworden wären.

„Freut mich“, lächelte Freddy und auf Tonis erschrockenen Blick hin fügte er hastig hinzu: „Ich meine, dass ihr eine gute Zeit hattet, nicht dass die dicke Frau Justinger euch unterbrochen hat.“

Die beiden Freunde sahen sich an und wussten, dass sie beide dasselbe dachten. Und zwar, dass der richtige Zeitpunkt, an dem Jenny und Toni zusammenkommen würden, noch auf sich warten ließ. Fröhlich pfeifend, weil er so einen tollen Freund hatte, den er durch Blicke verstand und der einem zuhörte, trat Toni aus der Umkleidekabine. Natürlich würden sie beide auf die Mädchen warten müssen, weil sie ja Mädchen wären – sagten jedenfalls die Jungs, doch sie hatten sich getäuscht, denn die beiden Freundinnen standen bereits fertig angekleidet am Ausgang und warteten auf Freddy und Toni.

8

Die vier Lupen waren schon wenig später an ihrem Geheimplatz anzutreffen und unterhielten sich über den Besuch im Freibad. Sie waren sich einig, dass Freddys Idee mit dem Foto eine tolle Sache gewesen war und überhaupt der Besuch im Freibad eine gute Abwechslung zu den ganzen Befragungen der letzten Tage. „Wie spät ist es eigentlich?“, fragte Freddy, als keinem mehr ein Gesprächsthema einfiel.

„Kurz vor drei “, antwortete Sophie.

„Aha, das erklärt, wieso mein Bäuchlein so knurrt.“ Liebevoll strich er über die kleine Wölbung, die nach einem extragroßen Burger verlangte, warf Toni einen vielsagenden Blick zu, der diesen an sein Versprechen im Freibad erinnerte, und verschwand daraufhin mit ihm zur Frittenbude.

„Und, wie läuft es so mit dir und Toni?“, erkundigte sich Sophie, als die Jungs außer Hörweite waren.

„Äh ... keine Ahnung ...?“, antwortete Jenny ausweichend.

„Und ich dachte, dass Verliebte wissen, wie es so läuft.“

„Ach, wie soll’s schon laufen“, antwortete Jenny nun, um ihre Freundin zufriedenzustellen, aber wie es so unter guten Freunden war, hörte Sophie keinen genervten Unterton. „Er ist nett zu mir, macht mir Komplimente, lächelt, ... soll er doch mal seine Karten auf den Tisch legen!“ Jetzt lag ein Anflug von Wut vermischt mit Enttäuschung und Hoffnungslosigkeit in ihrer Stimme.

„Wer soll seine Karten auf den Tisch legen?“

Die Jungenstimme, die urplötzlich in die Ohren der Mädchen drang, kam eindeutig von Toni. Jenny rutschte das Herz in die Hose. Ihr wurde heiß und kalt, und obwohl sie ihren Füßen befahl, sich umzudrehen, blieb sie wie angewurzelt in ihrer Position. Jenny überlegte fieberhaft, was sie antworten sollte. Sophie sagte nichts, um Jenny die Entscheidung zu überlassen, Freddy hielt sich auffällig im Hintergrund, was Jenny ein wenig misstrauisch machte, doch ihr war jetzt alles egal. Sie stand vor einer Entscheidung: Lüge oder Wahrheit, alles oder nichts. Nachdem sie tief ausgeatmet, einmal geschluckt und ihre Augen fest zusammengepresst hatte, gehorchten ihre Füße ihr wieder und sie drehte sich zu Toni. „Karten auf den Tisch legen." Das Gestotter war nicht eingeplant, es sollte ein lässiges Geständnis werden. „Ganz cool bleiben", ermahnte sie sich in Gedanken. „Bei was soll man schon die Karten auf den Tisch legen?"

Als könne sie Gedanken lesen, zog Sophie Freddy mit sich. Er ließ es mit sich geschehen, verstand aber erst eine halbe Ewigkeit später, wieso sie das machte. Jenny war erleichtert und nahm sich vor, Sophie nachher ein großes Dankeschön auszusprechen, doch erst musste sie mit dem Jungen ihrer Träume einiges klären.

„Äh ... Ich weiß nicht, was du meinst", meinte Toni schluckend.

„Gefühle! Bei Gefühlen sollte man die Karten auf den Tisch legen", antwortete Jenny und innerlich fügte sie hinzu: „Ich wusste nie, dass der Junge meiner Träume ein Dummkopf ist." Es war aus ihr raus. Am liebsten wäre sie im Boden versunken und hätte alles rückgängig gemacht. Aber die Realität ließ nun mal nicht zu, dass eine Fee kam und ihr drei Wünsche gab.

„Wie ... wie meinst du das?", stotterte Toni, dessen Herz wie nach einem Sprint klopfte.

„Dass Jungen so schwer von Begriff sind", sagte Jenny nun und plötzlich fühlte sie eine Ruhe in sich aufkommen, die ihr das Gefühl gab, es nicht vermasseln zu können. „Der junge Herr, mit dem ich gerade ein paar Worte wechseln darf, soll doch bitte seine Karten in Sachen Gefühle mal auf den Tisch legen. Hat der Herr es nun verstanden, wenn nicht, wiederholt die Magd es gerne ein weiteres Mal." Sie verdrehte ihre Augen.

Toni schmunzelte über ihre Wortwahl, doch dann antwortete er verlegen: „Jenny, es tut mir leid, ich bin ein Feigling ..."

Jenny fasste sich ans Herz. „Was kommt denn jetzt?", fragte sie sich erschrocken.

„Eigentlich hab ich mir jeden Morgen vorgenommen, es dir zu sagen, aber ich habe mich nie getraut. Ich hätte nicht gedacht, dass ein Mädchen so mutig sein kann wie du gerade!"

Jenny musste schlucken. Machte er ihr nur wieder Komplimente? „Was willst du mir sagen?", fragte sie schüchtern.

„Dass du das tollste Mädchen bist, das ich kenne, dass ich in dich verliebt bin, dass du schöne Augen hast, dass ich mit dir zusammen sein möchte ... mir fällt noch viel mehr ein!"

Wow. Jenny war erstaunt. Dass er zu so etwas fähig war, hätte sie nicht gedacht. Außerdem hatte er gerade gesagt, dass er sie liebte! Nein, das konnte nicht sein. Sie musste sich verhört haben! Beide standen da, sahen sich vor Verlegenheit nicht in die Augen und fanden keine Worte.

„Äh", fingen sie nach einer ewig langen Pause gleichzeitig an.

„Du zuerst", sagte Toni mit einem *Ladies first*-Blick.

„Ladies first but men just before", wandte Jenny ein und Toni diskutierte nicht weiter.

„Ich hab das jetzt nicht einfach so runtergeleiert", stotterte Toni los. „Ich meine es wirklich ernst."

Jenny rutschte das Herz in die Hose. „Was meinst du?", fragte sie, als hätte sie den Satz davor nicht gehört.

„Na, dass du das tollste Mädchen bist, das ich kenne, dass ich in dich verliebt bin, dass du schöne Augen hast, dass ich mit dir zusammen sein möchte ...", wiederholte Toni.

„Er hat es tatsächlich gesagt", schoss es Jenny durch den Kopf. Laut sagte sie allerdings nur: „Oh."

„Liebst du mich auch?", fragte Toni nach einer Weile mit hochrotem Kopf, Augen, die auf alles gefasst waren, einem angespannten Gesichtsausdruck und fest aufeinandergepressten

Lippen. Jenny fand keine Worte. Ja zu sagen, wäre doch total altmodisch! Als sie nach einer Weile noch immer nicht geantwortet hatte, wiederholte Toni seine Frage.

Jenny atmete tief durch und nickte dann. „Ja“, hauchte sie tonlos und in dem Augenblick war es ihr so egal, ob es altmodisch klang oder nicht.

Beide wussten nicht, was jetzt an der Reihe war, sie standen beide nur blöd rum und starrten sich an.

Nach einer Ewigkeit fragte Toni, nur um etwas von sich zu geben: „Sind wir jetzt schon zusammen?“

Genau in dem Augenblick, in dem Jenny sich entschieden hatte, zu nicken, kam Freddy mit einem „Hey Leute, wie wär es mit einem Eis?“ angesaust. Beide schauten ihn erschrocken an, fassten sich dann und zuckten die Schultern.

„Von mir aus“, meinte Toni, ohne seinen Blick von Jenny abzuwenden.

„Mir egal“, sagte Jenny, um Toni dann verstohlen ein Zwinkern zu zuwerfen und zu nicken. Toni zwinkerte zurück und grinste.

„Dann los“, unterbrach Freddy das stumme Gespräch und zog beide mit sich.

Sophie folgte ihnen mit einem inneren Schmunzeln und spürte, dass sich um Jenny und Toni herum inzwischen nur noch Herzchen befanden. Als die Freunde bei der Eisdiele waren, zog Sophie Freddy zu sich, damit Jenny und Toni noch einmal alleine sein konnten. Leise, sodass keiner außer Freddy es hören konnte, raunte sie ihm zu: „Lass die beiden sich doch ein bisschen näherkommen!“

„Was meinst du?“, fragte Freddy vollkommen irritiert.

„Hast du nicht gemerkt, wie verliebt sie sind?“ Sophie schüttelte den Kopf.

„Ach so, also … schon, aber irgendwie habe ich da gerade überhaupt nicht dran gedacht, sorry“, antwortete Freddy verlegen.

„Na dann, jedenfalls sollen die beiden sich nicht von ihren

Freunden bedrängt fühlen oder so“, flüsterte Sophie. „Wenn wir sie unaufhörlich anstarren, wird das nie was mit dem ersten Kuss!“

„Erster Kuss?“ Freddy schaute etwas angeekelt. „Spricht die Dame aus Erfahrung?“

Sophie lächelte. „Na ja“, meinte sie nur und ging nicht weiter darauf ein.

Freddy – die Neugier in Person – hakte nach. „*Na ja* ist keine Antwort, wertes Fräulein.“

„Ach komm, sprechen wir über etwas anderes“, schlug Sophie verlegen vor.

„Hey, wer A sagt, muss auch B sagen!“ Freddy ließ nicht locker.

„Okay, ich war schon mal in der Situation. Also, jetzt lass uns das Thema wechseln“, gab Sophie nach.

Doch hatte sie einmal angefangen, wollte Freddy natürlich alles wissen. „Und dann?“

Sophie seufzte. „Du musst nicht alles wissen“, versuchte sie, sich vor der Erklärung zu drücken, und schaute flehend.

„Bitte Sophie, ich sag es keinem“, versprach Freddy mit einem Hundeblick.

Schmunzelnd presste Sophie die Lippen aufeinander, doch dann meinte sie: „Na gut. Also, ich war einmal mit jemandem zusammen …“ Es schien schwer für sie zu sein, darüber zu sprechen. „Der Junge hieß Larry. Er war eigentlich Amerikaner, lebte aber schon über fünf Jahre in Deutschland. Seine braunen Locken, die sein Gesicht umrahmten wie eine Löwenmähne, seine strahlend grünen Augen, die in der Sonne blitzten, und seine schmalen Lippen, die jedes Mal, wenn ich in sein Gesicht blickte, ein Lächeln aufwiesen … all das machte ihn bei den Mädchen beliebt. Aber ich verliebte mich in sein gutes Herz, das jedem Bettler einen Euro schenkte, in seine Lust am Leben, die jedem Hoffnung gab, in seine lustige Art, die mich immer zum Lachen brachte, und in seinen verständnisvollen Charakter. Wir waren ein Traumpaar, das kannst du dir nicht vorstellen, wir schworen uns, wir würden uns niemals in jemand anderen verlieben, wir würden uns niemals trennen und nichts und niemand würde unsere Beziehung zerstören können. Jeder freie Nachmittag war für uns reserviert, wir entdeckten immer Neues und mit ihm wurde mir nie langweilig." Sophie stiegen die Tränen in die Augen. Freddy sah sie besorgt an und nahm sie in seine Arme. „Er war immer da für mich, wenn ich ihn brauchte, ich konnte mich an ihn kuscheln, ihm alles sagen, und wenn ich weinte, war er da, um meine Tränen abzuwischen und mich zu trösten. Weißt du, es gab auch Momente, in denen wir dachten, es gäbe nur uns, nichts anderes. Wenn ich nicht in seine Augen blicken konnte, dann war für mich alles unwichtig. Wenn ich nicht seine Hand in meiner spüren konnte, dann war mir alles egal. Ich brauchte ihn zum Leben wie die Luft zum Atmen! Es war die glücklichste Zeit meines Lebens ...", fuhr Sophie fort und ließ ihren Tränen freien Lauf. Wie ein Wasserfall strömten sie nun über ihre Wangen, um dann den sandigen Boden zu bewässern.

„Du musst nicht weiter darüber sprechen, wenn es dich traurig macht, es tut mir leid", erklärte Freddy besorgt schluckend.

Doch Sophie lächelte ihn nur mit ihren geröteten Augen an und flüsterte: „Wer A sagt, muss auch B sagen." Dann fuhr sie fort: „Immer wenn meine Freunde und seine Freunde uns anstarrten und *Jetzt küsst euch doch mal!* riefen, war es unglaublich schwer, dem anderen einen Kuss zu geben. Bis heute weiß ich nicht, wieso, aber es ging einfach nicht. Wenn sie zuguckten, aber nicht daran interessiert waren, dass wir uns küssten, ging es, aber sonst nicht. Wir waren so unglaublich glücklich ... bis zu diesem einen Tag."

Sophie versuchte, die Trauer einfach runterzuschlucken, und presste sich die Hände vor das Gesicht. „Joghurt", schluchzte sie hektisch in Freddys Ohr, als sie sah, dass sie an der Reihe waren.

„Einmal Joghurt und einmal gemischtes Obst, bitte", bestellte Freddy und drückte Sophie das Eis in die Hand, als der Verkäufer ihm beide überreichte. „Schenke ich dir", flüsterte er ihr zu und zog sie dann aus der Reihe.

Sophie war unfähig, etwas dagegen zu sagen, darum nickte sie einfach nur dankbar und folgte ihrem Freund. „An dem Tag …" Sie wurde durch ihre heftigen Tränen unterbrochen, wischte sie hastig weg und erzählte weiter: „An dem Tag kam Larry nicht zur Schule. Eigentlich musste ich mir deshalb keine großen Sorgen machen, schließlich wird jeder mal krank, aber er rief nicht einmal an, und als ich es bei ihm versuchte, ging seine Mutter dran. Sie war total verheult und schluchzte ins Telefon, dass ihr Sohn und ihr Mann einen Motorradunfall gehabt hätten und beide dabei umgekommen seien. Ich dachte mir: Okay, die ist total verrückt geworden. Larry kann gar nicht gestorben sein, so was passiert nur in Filmen. Aber am nächsten Tag in der Schule wurde es mir bestätigt. Unser Lehrer teilte uns die Nachricht von Larrys Tod mit." Ein ironischer Ton war in Sophies Stimme gekommen, vermischt mit Wut. „Larry! Du glaubst es nicht, aber es war *mein* Larry, von dem sie alle sprachen! Der, mit dem ich zwei Tage zuvor noch Eis gegessen hatte, der mir mit einem Strahlen erklärt hatte, dass er am nächsten Tag mit seinem Vater Motorrad fahren dürfte. Der Junge, den ich liebevoll auf den Mund geküsst hatte und der eine Mutter hatte, die Gold wert war. Derjenige, den ich nie verlassen wollte und der mich nie verlassen wollte. Es war genau von jenem Larry die Rede, der mein Leben verändert hatte. Du weißt nicht, wie schwer das war, wie viel ich geweint habe … noch Monate später hörte man mich oben in meinem Zimmer schluchzen wegen jenes schrecklichen Tages. Der Tag hat mein ganzes Leben wie ein eingerahmtes Bild von der wunderschönen Wand heruntergerissen und in Scherben zerschmettert. Der 8. Juni." Sophie hörte auf zu sprechen und stampfte mit ihrem Fuß voller Wut, Trauer und Enttäuschung auf den Boden. „Ich liebe dich, Larry", sagte sie liebevoll mit dem Kopf gen Himmel gedreht. „Und ich werde alles halten, was wir uns versprochen haben. Ich werde dich nie vergessen."

Freddy war gerührt von der Geschichte seiner Freundin, von der er geglaubt hatte, längst alles zu wissen. Inzwischen waren sie automatisch wieder zum Geheimplatz gelaufen. Sophie zog ein paar Mal die Nase hoch, trocknete sich die Tränen mit ihrem Pulli ab und versuchte, den 8. Juni zu vergessen. Als Freddy und sie beide zur Hängematte rannten, um sich den Platz zu ergattern, kam Freddy zuerst an, doch als er Sophies verkrampftes Lächeln sah, ließ er ihr den Vortritt mit der Ausrede: „Ich muss die beiden da mal wieder in die Realität zurückbringen." Er schlenderte zu dem Tisch, an dem die beiden Verliebten saßen, kickte einen Stein, der sich im Sand verirrt hatte, weg, und setzte sich neben sie. „Moin", versuchte er ganz lässig den Anfang einer Konversation. Doch keiner der beiden antwortete oder beachtete ihn und somit wiederholte er: „Moin."

Jetzt drehte sich Tonis Kopf zu seinem Freund, er lächelte, als wollte er ihm *Danke* für seine Tipps und sein Beistehen sagen, murmelte etwas Unverständliches und wandte sich dann wieder Jenny zu.

„Oh, hallo, Freddy", begrüßte Jenny Freddy schließlich, als sie ihn nach ein paar Minuten bemerkte, was diesem so vorkam wie eine Ewigkeit. „Wieso hat Sophie denn vorhin geweint?"

Freddy war überrascht. „Oh, ihr habt es gesehen? Und ich hab gedacht, ihr wärt so verliebt gewesen, dass …", neckte er sie.

„Ach was", meinte Toni mit einer wegwerfenden Handbewegung. „Jetzt sag schon."

„Da war nichts weiter", versuchte Freddy, die beiden zufriedenzustellen.

„Sophie weint nicht jeden Tag", sagte Toni misstrauisch.

„Aber heute, was dagegen?", wimmelte Freddy ihn ab.

„Nein, aber da muss etwas passiert sein", mischte sich Jenny ein.

„Nichts Wichtiges“, meinte Freddy und wechselte das Thema. „Und bei euch? Seid ihr jetzt zusammen?“

Das wirkte. Die beiden wechselten Blicke, schauten ihren Freund verlegen an und nickten dann gleichzeitig.

„Ja“, bestätigte Toni glücklich.

„Na endlich“, seufzte Freddy.

Jenny lächelte nur und gab Toni zur Bekräftigung seiner Aussage ein Küsschen auf die Wange.

„Uuuh“, machte Freddy neckend. „Ich gehe dann mal wieder … viel Spaß noch.“ Er verschwand in das kleine Baumhaus und wählte Ninas Nummer und begrüßte sie mit einem „Hi“, als sie abnahm.

„Hey“, kam es vom anderen Ende gut gelaunt zurück.

„Wo bist du gerade?“, fragte er, um etwas zu sagen.

„In unserem Hotel, wieso?“

„Ach, nur so. Also, eigentlich habe ich angerufen, um dich einzuladen …“, setzte Freddy an.

„Wozu denn?“, fiel ihm Nina gespannt ins Wort.

„Na ja, wir haben in der Schule so einen Abschlussball, da sind Freunde und Bekannte – und natürlich Verwandte – der Schüler herzlich willkommen“, stotterte er verlegen.

„Cool! Und du willst mich dahin einladen?“ Nina schien voller Begeisterung zu sein.

„Ja, das war mein Vorschlag …“, erklärte Freddy.

„Bin ich denn als Freundin oder als Bekannte eingeladen?“, fragte sie ein wenig neckend.

„Also, ich lade dich als Freundin ein.“ In dem Moment war Freddy unglaublich froh, dass sie sich nur über das Telefon unterhielten, denn sein Kopf hatte eine rosa Farbe angenommen.

„Ich fühle mich geehrt“, sagte Nina und kicherte verlegen. „Und wann ist dieser Ball?“, erkundigte sie sich gleich darauf.

„Nächsten Freitag, am 8. Juni.“ Plötzlich wurde Freddy bewusst, was er da sagte. Am 8. Juni! Die arme Sophie. Er warf einen Blick auf die Hängematte, in der sie lag, doch sie schien wieder überaus glücklich zu sein, was Freddy einerseits freute, andererseits aber auch Sorgen bereitete. „

Nina erkundigte sich besorgt: „Ist was?"

„Nein, nein, alles bestens", beschwichtigte Freddy sie hastig.

„Okay", gab sich Nina zufrieden und fragte nicht weiter nach. „Um wie viel Uhr?"

„Äh", stotterte Freddy und musste erst mal einen klaren Kopf bekommen. „Es fängt um 18 Uhr an und geht bis Mitternacht."

„Aha", antwortete Nina. „Und wo kriegt man die Karten?"

„Ach, also, die kann ich für dich besorgen, die bekommt man bei uns in der Schule."

„Oh, das wäre aber nett", bedankte sich Nina. „Ich komme deiner Einladung gerne nach."

Freddy schluckte. Sie würde kommen! Um nicht vor lauter Freude loszujubeln, meinte er nur: „Das freut mich. Ja, also ... das war es auch schon ... Ach warte, ich hätte noch eine Frage."

„Ja?"

„Hast du heute noch was vor?"

„Hmm ... nein, eigentlich nicht, wieso?"

„Möchtest du vielleicht mit mir ins Freibad gehen?"

„Also, das tut mir jetzt echt leid, aber ich war heute schon schwimmen und zweimal am Tag mach ich das nicht gerne", entschuldigte sich Nina.

„Ach so, ja dann möchtest du vielleicht in den Tierpark?", schlug Freddy vorsichtig vor.

„Oh, das wäre wunderbar, ich liebe Tiere. Sagen wir um 16 Uhr?"

„Klar, um 16 Uhr am Eingang", schloss Freddy.

„Abgemacht. Okay, ich muss dann auch schon Schluss machen, meine Mutter ruft mich."

„Ja, ich auch, ich muss noch etwas erledigen. Wir sehen uns dann um 16 Uhr, ich freue mich!", verabschiedete sich Freddy und war froh, den letzten Satz herausbekommen zu haben.

„Ich freue mich“, murmelte er noch einmal leise, nachdem er aufgelegt hatte, und lächelte. Ungeduldig rief er seine Freunde zusammen und einigte sich mit ihnen, dass es jedem nun freistand zu gehen oder zu bleiben.

„Ich geh dann mal“, erklärte Freddy schließlich und beeilte sich, den Geheimplatz zu verlassen.

„Ja, wir sehen uns dann ja morgen in der Schule“, winkte Toni ihm noch, doch da war Freddy schon verschwunden.

9

Im Bus rutschte Freddy auf seinem Sitz hin und her, während er angestrengt nachdachte. Es war kurz vor halb vier. Um vier musste er beim Eingang des Tierparks sein, um Nina nicht warten zu lassen. Zuvor wollte er ein besonderes Geschenk für seine Liebste kaufen, um sie zu beeindrucken. Leider hatte er keinen blassen Schimmer, was er ihr kaufen sollte. Sollte er Sophie um Rat fragen, sollte er einfach das Nächstbeste kaufen, was glitzerte und nach Mädchen aussah, sollte er eine Verkäuferin fragen oder einfach auf sich selbst vertrauen?

Was mochte Nina? Lieber etwas Schlichtes oder etwas Prunkvolles, lieber groß und teuer oder klein und schön? Womit würde er ihr die meiste Freude bereiten, was zeigte ihr, dass sie toll war? Freddy war so in Gedanken versunken, da Tausende von Fragen durch seinen Kopf schossen, dass er gar nicht merkte, wie ein Mädchen sich neben ihn setzte und ihn anstarrte. Sie war nicht besonders groß, um die 13 Jahre alt, hatte blonde, glatte Haare, die ihr fast bis zum Gesäß reichten, wasserblaue Augen, die traurig die Umgebung beobachteten, Lippen, die einen schmalen Strich zogen. Ihre Nase war geschwungen, dünn und keinesfalls eine Stupsnase, ihre Ohren kantig, so wie ihr Gesicht. Ein schlichtes, praktisches Kleid umhüllte ihren Körper, ein dunkler Teint wurde an manchen Stellen sichtbar, die ganze Erscheinung des Mädchens wirkte starr.

Doch als Freddy in ihre Augen blickte, musste er lächeln. „Hallo“, rutschte es ihm heraus, und er wunderte sich, dass er einfach ein wildfremdes Mädchen begrüßte, das nur neben ihm im Bus saß.

„Hallo“, erwiderte das Mädchen, ohne ein Zucken, ganz zu Schweigen von einem Lächeln oder einem Nicken. Ihr Gesichtsausdruck blieb verschlossen.

„Ich bin Freddy, und du?“, sagte Freddy, der das Verlangen hatte, dieses Mädchen näher kennenzulernen.

„Marry“, antwortete sie, ohne mit der Wimper zu zucken.

„Äh“, stotterte Freddy, der nicht weiterwusste, wenn Leute ihm keine Fragen stellten, sondern nur antworteten. „Und wohin fährst du?“

„Zum Kaufhaus.“

Freddy fing an, sich an ihre kurzen, knappen Antworten zu gewöhnen. „Oh, ich auch“, meinte er und fuhr fort. „Weißt du, ich hätte da eine Frage …“ Er versuchte zu erkennen, ob sie mit einer Frage einverstanden war, doch anscheinend fand sie, er hätte vorher auch die ganze Zeit ohne Vorwarnung Fragen gestellt, also bräuchte er es jetzt auch nicht mehr tun.

„Also … weißt du, es gibt da ein Mädchen …“ Sie schien ihm aufmerksam zuzuhören. „Das finde ich sehr nett.“ Freddys Gesprächspartnerin sagte nichts. „Und jetzt will …“ Er wusste nicht, warum er ihr das erzählte.

„Jetzt willst du ihr ein Geschenk kaufen“, vervollständigte Marry seinen Satz.

„Äh.“ Freddy stotterte nur, dann nickte er.

„Und ich soll dir helfen, weil du nicht weißt, was Mädchen mögen?“ Das Mädchen war anscheinend schnell von Begriff.

„Oh, ja, das wäre wirklich nett“, sagte Freddy nur und hoffte, dass sein Gegenüber nicht merkte, wie überrascht er war.

„Wie ist das Mädchen denn?“, fragte Marry nach.

„Äh.“ Freddy stockte. „Sie ist mittelgroß, hat braune Locken und glasklare, grüne Augen … ihr Lächeln …“

Weiter kam Freddy nicht, denn er wurde von dem Mädchen unterbrochen: „Ich meine, nett, lustig …?“

„Ach so.“ Peinlich berührt fing Freddy wieder an: „Sehr nett, verständnisvoll, ruhig, lustig, …“

„Also ich würde eine Halskette mit einem liebevoll ausgesuchten Stein wundervoll finden“, fing Marry an. „Sie sollte dünn und silbern sein.“

„Ich soll ihr eine Halskette schenken?“, folgerte Freddy unsicher.

„Das war der erste Vorschlag“, erwiderte Marry etwas streng. „Der zweite wäre etwas Brauchbares. Das heißt ein Kugelschreiber mit ihrem Namen drauf, ein verzierter Geldbeutel oder etwas in der Art.“

„Gibt es auch einen dritten?“, erkundigte sich Freddy vorsichtig.

„Klar“, antwortete Marry, als hätte er gefragt, ob sie gerade im Bus fahren würden. „Ein süßes Bärchen mit einem Herz oder ein kleines Kissen mit einem Spruch drauf wäre auch nicht schlecht. Oder du entscheidest dich für den Klassiker: Rosen“, schlug Marry vor.

„Alles?“

„Es tut mir leid, dass ich nur vier Vorschläge habe“, zischte das Mädchen und verdrehte die Augen. „Und ein kleiner Tipp am Rande: Teure Klunker ziehen bei uns Mädels gar nicht. Du brauchst also gar nicht versuchen, ein goldenes Häschen als Liebeserklärung mitzunehmen, da wird sie höchstens gezwungen lächeln.“

„Okay …“ Freddy lächelte unsicher. „Danke.“

Marry antwortete nicht, sondern stieg wortlos bei der nächsten Haltestelle aus.

„Seltsames Mädchen, hier ist doch gar nicht das Kaufhaus“, murmelte Freddy noch, dann dachte er eingehend über das Gesagte nach. „Eine Halskette? Da kenne ich mich nicht so aus ... dann vielleicht etwas Brauchbares? Was soll ich da nehmen ... einen Kugelschreiber mit Namen? Nein, dann ist schon ein Bärchen besser ... mit einem Herz? Oder besser ...“ So überlegte er hin und her, stieg wie ein Roboter vollautomatisch aus und lief die Straßen lang, als wäre der Weg in ihm einprogrammiert. Freddy lief hektisch durch das Kaufhaus, sein Blick wanderte immer wieder zur Uhr.

„Wetten wir, ich finde so schnell kein Geschenk?", wiederholte er innerlich wieder den quälenden Gedanken, der schon dreiundsiebzigmal durch seinen Kopf geschossen war. Nebenbei gingen seine Augen in Sekundenschnelle die verschiedenen Kuscheltiere, Decken, Kissen und sonstigen Stoffsachen durch, die sich in dieser weiträumigen Abteilung befanden.

„Mann, ist der hässlich", dachte er, als er einen braunen Teddybären betrachtete, der einen Hut aufhatte, den vielleicht Freddys Großvater einst getragen hatte. Ein kleines Mädchen sah das wohl ganz und gar anders, denn als ihr Blick auf das braune Tierchen fiel, stieß sie ein liebevolles „Oh!" aus und drückte es voller Begeisterung an sich.

Freddy wandte seinen Blick ab und durchstreifte die Regale weiter kritisch, ohne seine Schritte zu verlangsamen. Seine Gedanken schweiften ab, hin zu Toni und Jenny, die sich wahrscheinlich gerade in diesem Augenblick verliebt ansahen, weiter zu Nina, die bestimmt von einem tolleren Jungen als ihm, angesehen wurde, bis zu seinen Eltern, die ganz sicher gerade ausgelassen lachten, während er hier voller Hast fast vergaß zu atmen. Nachdem er in Gedanken auch noch Sophies, Nicks und Beethovens Tätigkeiten durchgegangen war, beschäftigte er sich wieder mit den Stofftieren in der Abteilung. Keines gefiel ihm, ihm kam es vor, als wären mit Absicht keine tollen dabei, um ihn zu ärgern.

Doch als plötzlich sein Blick an etwas Wundervollem hängen blieb, änderte sich seine Meinung schlagartig. Es war ein seltsames Stoffding, welches Freddy vage als Kissen erkannte, denn es war rund, dick, wuschelig und weich und ein anderer Begriff fiel Freddy dafür nicht ein. Die Farbe war ein dunkles Blau und in einem cremefarbenen Ton war ein „SMILE, sweetheart" gestickt, hinter dem ein süßer Smiley das i-Pünktchen bildete.

„Ein einfaches, liebes, wunderschönes Geschenk", dachte sich Freddy und nahm das Kissen in die Hände. Fest drückte er es an seine Wange und hauchte ein leises Küsschen drauf, wobei er sich total komisch vorkam und zu prusten anfing. Sein ausgelassenes Lachen schien alle Sorgen zu vertreiben, und als das Mädchen mit dem hässlichen Teddy ihn sah und abfällig auf das kleine Kissen schaute, drehte er sich nur um und ging zur Kasse.

Als er mit einer unaussprechlichen Selbstzufriedenheit aus dem Kaufhaus trat, hielt er in der einen Hand die Tüte mit dem tollsten Kissen der Welt, wie er meinte, und in der anderen Hand einen Fünfer. *Blumen erweichen das Herz jeder Frau*, hatte er einmal gelesen und musste bei dem Gedanken, ein Herz zu erweichen, laut loslachen. Seine Laune hatte sich nach dem Fund des Kissens deutlich gebessert. Fröhlich pfeifend wanderte Freddy schließlich durch die Fußgängerzone, als wäre er ein anderer Mensch, vorbei an Klamottenläden, Klamottenläden und Klamottenläden. Einer glich dem anderen, die Leute gingen hinein und kamen heraus, die einen mit Tüten, die anderen ohne, nur ein Laden hob sich von den anderen ab, fast so, als gehöre er nicht dahin. Es war ein heller Laden, der an Lichtern nicht gespart hatte, dafür aber an Personal. Eine einzige einsame Frau konnte Freddy durch die Tür an der Theke sehen, die vergeblich auf Kunden wartete. Weiße, rote, gelbe, lilafarbene, blaue und orangefarbene Blumen waren durch den ganzen Laden verteilt. Ob Tulpen oder Rosen, Orchideen oder Primeln, Veilchen oder Margeriten, viele Blumensorten waren in dem kleinen Geschäft vertreten, sodass Freddy sich gar nicht sattsehen konnte. Vier Tische mit Kerzen und Blumenvasen waren im Laden verteilt, unzählige Bünde von Blumen waren in große Behälter gesteckt worden, welche auf dem Boden standen, das Blühen schien gar nicht mehr aufzuhören. Nachdem Freddy alles genauestens studiert hatte, zwang er sich dazu, das Geschäft zu betreten. Der Duft der verschiedenen Blumenarten schlug ihm so plötzlich entgegen, dass er erst den Bruchteil einer Sekunde stehen bleiben musste, um die verschiedensten Gerüche vertragen zu können.

„Guten Tag", begrüßte ihn die Frau hinter dem Tresen so selbstverständlich, als sei er ein Stammkunde. „Was darf es denn sein?"

„Ähm, also", druckste Freddy verlegen herum, der nicht wusste, welche Blumen Nina am liebsten hatte. „Ich …", fing er an, als die Dame ihn unterbrach: „Möchtest du Blumen für eine junge Frau kaufen?"

„Ein junges Mädchen", erklärte er rasch.

„Aha", meinte die Frau, als wüsste sie genau, wen er meinte. „Und welche Blumen dürfen es sein?"

Freddy stöhnte. Die Verkäuferin wusste also doch nicht, was für Blumen geschickt wären, obwohl er es sich so erhofft hatte. „Äh", war alles, was er herausbrachte.

„Du weißt es nicht?", stellte die Dame ruhig fest. „Na dann musst du mir ein wenig Auskunft über das Mädchen und eure Beziehung geben, denn ich sage immer: Für jedes Problem gibt es eine Blume."

Freddy sah sich zweifelnd um. Die vielen Blumen wirkten plötzlich ganz anders auf ihn, fast befremdend. „Also …", fing er vorsichtig an. „Sie ist so alt wie ich, hat braune Locken und ein fröhliches Lächeln. Sie bringt mich immer wieder zum Lachen, hat ein großes Herz und immer ihren Hund an ihrer Seite. Ich kann nicht glauben, dass eine wie sie sich in jemanden wie mich verliebt, aber ich hoffe es sehr." Er warf einen kurzen Blick auf seinen Bauch.

„Zusammengefasst: Du bist in sie verliebt und du weißt nicht, ob sie in dich verliebt ist." Die Dame schien ihn verstanden zu haben und so nickte Freddy. „Zu diesem Bild passen viele Blumen. Möchtest du ihr denn eine Liebeserklärung machen, denn dafür werden rote Blumen benutzt. Wenn du allerdings nicht in die Richtung gehen möchtest, solltest du keine roten Blumen für deinen Strauß benutzen."

Freddy schaute verlegen umher und murmelte dann vorsichtig: „Vielleicht."

„Ich würde dir diesen Strauß vorschlagen", erklärte die Verkäuferin, ohne genauer auf Freddys Aussage einzugehen. Sie ging in ihrem Laden übermütig umher, schnappte von hier und da zwei, drei Blumen, bis sie einen wunderschönen Strauß in den Händen hielt. „Hier", meinte sie und streckte ihn Freddy entgegen. „Dahlien, Rosen und Margeriten. Was für Bedeutungen diese Blumenarten haben, ist bei euch sicher nicht so wichtig, und ich denke, es ist bestimmt eine gute Wahl." Sie lächelte freundlich.

Freddy wusste nicht genau, wovon sie sprach, als sie von den „Bedeutungen dieser Blumenarten" redete, fragte allerdings auch nicht nach. Dafür warf er einen Blick auf die Blumen in der Hand der Verkäuferin und konnte seine Überraschung kaum verbergen: Was für ihn nach viel mehr ausgesehen hatte, als die Dame in ihrem Geschäft umhergelaufen war, entpuppte sich als ein dreifarbiges Sträußchen mit etwa sieben Blumen und einem sympathischen Duft, der in Freddy eine ihm unbekannte Ruhe hervorrief.

„Und … wie viel soll das kosten?", erkundigte er sich.

„Weil du es bist … sagen wir neun Euro." Sie lächelte erneut.

Als stände er unter Schock, stand Freddy wortlos da – die Augen geweitet. „Neun Euro?", fragte er noch einmal schluckend nach und versuchte, sein Erstaunen über die unangenehme Überraschung zu verbergen. Die Verkäuferin nickte. „Und das geht wirklich nicht billiger?" Er stotterte ein wenig und erkannte sich selbst nicht wieder. Die Dame schüttelte bedauernd den Kopf, während Freddy dachte, dass sie es innerlich wohl überhaupt nicht bedauerte. Also kramte er in seinem Geldbeutel, da der Fünfer in seiner Hand wohl doch nicht genug war. Nachdem er die Blumen bezahlt hatte, ging er nach draußen und warf einen Blick auf die Uhr. Bis zu ihrem Treffen am Tierpark war es nicht mehr lange.

10

Pünktlich um vier Uhr wartete Freddy am Tierparkeingang, die eine Hand in der Hosentasche, die andere um den Blumenstrauß und das eingepackte Kissen geschlossen. Ein Strahlen huschte über sein Gesicht, als er das Mädchen seiner Träume kommen sah, ihren Liebling an der Leine, welcher übermütig bellte. In seinem Bauch tanzten die Schmetterlinge nur so herum und er vergaß, warum er vor einem Tierpark stand.

„Hallo“, begrüßte auch Nina ihn verlegen.

„Hallo“, sagte Freddy und konnte gegen die rosa Farbe in seinem Gesicht kaum ankommen. „Für dich“, nuschelte er und hielt ihr den Blumenstrauß entgegen.

„Oh.“ Die roten Wangen standen ihr nicht schlecht, fand Freddy. Sie lächelte überrascht und nahm den Blumenstrauß dankbar entgegen.

„Und“, fing Freddy vorsichtig an, „ich hoffe, das hier wird dir gefallen.“ Das kleine Päckchen schien Nina zu gefallen, und als sie es in den Händen hielt, betrachtete sie es genauer.

„Das packe ich dann später aus“, schlug sie vor. „Danke. Ich hab jetzt leider nichts für dich, … aber die Karten gehen dann auf meine Kosten.“ Sie machte eine Handbewegung Richtung Tierpark.

„Das“, meinte Freddy schmunzelnd, „wird wohl nicht möglich sein.“ Er zog seine zweite Hand aus der Hosentasche – gemeinsam mit zwei Eintrittskarten.

Nina schaute ihn verdutzt an: „Na gut. Dann bezahle ich das Eis.“ In ihrem Blick lag nichts Triumphierendes, nur etwas Gutmütiges, was Freddy gefiel. „Wollen wir?“, lud er ein und führte sie in den Park.

Zur selben Zeit saß Sophie im Bus und schaute lustlos aus dem Fenster. Sie stöhnte. Freddy war verliebt, Jenny und Toni mittlerweile zusammen, sodass keiner der drei mehr Zeit für sie aufbrachte und sie alleine war. Keine Freundin, keinen Freund, nur traurige Erinnerungen, die sie in einer Truhe im Inneren ihres Herzen eingeschlossen hatte. Noch nie hatte sie sich so nutzlos gefühlt, so unbrauchbar und einsam. Eine Welle von Selbstmitleid überkam sie und schwemmte sie irgendwohin, wo sie mit einer Reihe von Freunden und Larry gemeinsam lachte. Sie versank so sehr in ihre Träume, dass ihr beinahe die Augen zu fielen. Sie verfiel in einen Tagtraum und erst, als der Bus hielt, wachte sie wieder auf. Sie gähnte.

Während sie nach Hause ging, malte sie sich aus, was Freddy und Nina zu diesem Zeitpunkt taten, was Jenny im Moment dachte und Toni gerade zu ihr sagte. Sie überlegte, was Larry wohl jetzt wollen würde – sollte sie zum Abschlussball gehen oder nicht. Immerhin war der 8. Juni sein Todestag. Sie fragte sich, wie er reagieren würde, wenn sie einen neuen Freund hätte, und als sie die Haustür aufschloss, das Haus betrat und ihre Mutter sie begrüßte und fragte, wie es so gewesen war, wehrte sie mit einer Handbewegung ab, um in ihr Zimmer zu gehen, ohne den Gedankenwasserfall zu unterbrechen. Irgendwann kam sie zu einem Schluss, der sie schlagartig in eine fantastische Laune versetzte. Sie fühlte sich, als wäre eine schwere Last von ihr gefallen.

Jenny und Toni saßen immer noch nebeneinander am Tisch, der auf dem Geheimplatz ein Zuhause gefunden hatte, hörten nicht auf zu lächeln und tauschten sich aus.

„Weißt du noch, als ich dich fast getreten habe?“, fragte Jenny, die sich nie hatte vorstellen können, mit Toni darüber zu reden.

Toni nickte verschwörerisch und schmunzelte. „Da warst du aber so was von zickig.“

„Hey!“, beschwerte sich Jenny gespielt wütend und tat so,

als würde sie ihn schlagen. „Und du warst voll die beleidigte Leberwurst", gab sie zurück.

„Tz, von wegen!", grinste Toni und schüttelte den Kopf.

„Ach, lassen wir das", sagte Jenny amüsiert.

„Eben, schließlich sind wir jetzt ...", fing er grinsend an, doch Jenny unterbrach ihn, indem sie ihm ihren Zeigefinger auf den Mund legte.

„Still." Sie klang nicht barsch oder gar streng, nein, ihr Tonfall war sanft und liebevoll. „Bleibt es geheim?"

„Klar." Toni verstand sie sofort.

„Okay", nickte Jenny und seufzte glücklich. „Was, glaubst du, machen Freddy und Nina gerade?" Toni zuckte die Schultern und schwieg. Er schien nicht so auf Reden aus zu sein, wie Jenny fand, und sie fragte daher nicht weiter nach, sondern lehnte sich nur an seine Schulter. Die Blicke, die sich die beiden zuwarfen, sagten mehr, als Worte es hätten tun können.

Nachdem Freddy mit Nina durch den ganzen Tierpark gegangen war und Ninas Ausrufe wie „Wie süß!", „Guck mal, ist das nicht niedlich?", „Der sieht aber lustig aus!" oder „Hast du so was schon mal gesehen?" mit viel Humor aufgenommen hatte, standen die beiden wieder vor dem Eingang.

„Was hältst du von einem Eis?", schlug Nina begeistert vor.

„Hört sich gut an", entgegnete Freddy.

Die Freunde schlenderten die Straße entlang, als wären sie im Paradies, betrachteten hin und wieder die ausgestellten Sachen in den Schaufenstern, bestaunten die kreativen, unterschiedlichen Häuser und hatten jedes Mal einen anderen Grund, weshalb sie in die nächste Eisdiele gehen sollten, statt in diese. Munter und übermütig lachten sie über Witze, die Freddy riss, grüßten freundlich, wenn jemand nicht gerade in höchster Eile war, plauderten über die wichtigsten Ereignisse, die in Kürze stattfinden würden, und tauschten Erlebnisse aus. Als sie sich endlich einigen konnten, welche Eisdiele einigermaßen perfekt für beide erschien, reichte die Schlange bestimmt schon bis zur nächsten Straße. Doch das machte keinem von ihnen etwas aus, zum einen, weil nichts und niemand ihre gute Laune verderben konnte, und zum anderen, weil ihnen niemals die Themen ausgingen. Einmal redeten sie über die Schule, dann über Freunde, gleich danach über die Feste, die bevorstanden, und schon gelangten sie zum Thema Geschenke.

„Die Blumen riechen echt gut", meinte Nina und sog den Duft tief ein, sodass er durch ihren ganzen Körper strömte.

„Das freut mich", lächelte Freddy, der sich ziemlich blöd vorkam.

„Und die Farben passen super zueinander", erklärte Nina bewundernd. „Bist du unter die Blumenexperten gegangen?"

„Äh, nee." Freddy lachte verlegen und sagte: „Die Verkäuferin kannte sich wohl gut aus."

Nina stimmte in das Lachen ein. „Hätte ich mir ja denken können."

Es kam Freddy vor, als kenne er Nina schon ewig, als seien sie schon von klein auf beste Freunde gewesen und wüssten alles voneinander. Dieses Gefühl wollte er auf keinen Fall zerstören.

„Magst du jetzt das Päckchen auspacken?" Gespannt sah Freddy Nina in die Augen.

„Klar, ich bin voll gespannt", nickte Nina aufgeregt. Sie nahm die dunkelblaue Schleife vorsichtig von dem Papier, sodass es nicht riss, und hielt sie Freddy hin. „Kannst du die kurz halten?" Er nickte und sie fuhr fort, das kleine Päckchen auszupacken. Behutsam löste sie einen Tesafilmstreifen nach dem anderen, bis das Geschenkpapier ganz ab war und stolz seinen Inhalt zu präsentieren schien. „Wow", sagte Nina nur staunend und sah Freddy begeistert an. „Das ist aber echt total knuffig." Sie war überwältigt.

„Es gefällt dir?", fragte Freddy unsicher nach.

„Und wie", nickte Nina, während sie das Kissen liebevoll begutachtete und an sich drückte. „Vielleicht hört sich das kindisch an, aber dieses Kissen ist einfach wunderschön."

Freddy strahlte. „Cool, das freut mich aber, hatte schon Bedenken." Grinsend nahm er ihr das Geschenkpapier ab und betrachtete das Mädchen vor sich.

„Und der Spruch ist ernst gemeint?", fragte dieses neckend.

„Das musst du selber wissen", erwiderte Freddy geheimnisvoll.

„Wenn der Herr befiehlt." Nina betrachtete die Schlange vor der Eisdiele. Es waren noch gut fünfzehn Leute vor ihnen, was ihr genug Zeit zum Reden schien. „Wer kommt eigentlich zu diesem Abschlussball?"

„Eigentlich alle aus der Schule und natürlich Bekannte, Verwandte und Freunde", meinte Freddy und fragte sich, ob er das nicht schon gesagt hatte.

„Ja, schon, ich weiß, aber ich meine von Leuten, die du kennst."

Freddy verstand und nahm mit Erleichterung auf, dass sein Gedächtnis noch gut funktionierte: „Ach so, also natürlich meine Freunde aus der Detektivbande, meine Familie, Kevin und Gerd, das sind zwei Freunde von mir … Natürlich kenne ich noch die eine oder andere Gruppe aus der Schule, den Direktor oder die Lehrer, aber nicht persönlich."

Nina nickte. „Ach so. Das heißt, du bist der Einzige, den ich dort kenne?"

„Bis jetzt schon, aber das kann sich ja schnell ändern", ermunterte Freddy sie, der die unterdrückte Enttäuschung aus ihrer Stimme heraushörte.

„Echt? Das wäre knuffig! Ich brenne schon total darauf, deine Detektivfreunde kennenzulernen." Die Aufregung in ihren Worten zu bemerken, war nicht schwer. „Und was ist mit eurem Fall?"

„Was meinst du?" Freddy schien etwas verwirrt.

„Ich meine, wann wir euer Fall gelöst sein", erklärte Nina, die nie genervt zu sein schien, wenn sie etwas zweimal sagen musste.

„Ach so, sorry, äh …“, fing Freddy an. „Bis zu der Abschlussfeier wird er abgeschlossen sein. Denke ich.“

„Cool, du musst mir dann alles erzählen, das ist bestimmt total knuffig!“ Nina schien nie etwas zu haben, bei dem sie nicht fröhlich war. Und auch das Wort *knuffig* schien sie besonders zu mögen ... Immer noch das blaue Kissen in der einen und die Rosen in der anderen Hand sah sie Freddy begeistert an. Die smaragdgrünen Augen schienen ihn zu verzaubern und die dunklen Locken setzten ein Gefühl von Freiheit in ihm frei. Dieses vor Hoffnung und Fröhlichkeit sprühende Mädchen vor ihm schien seinen Blick auf die Welt komplett zu verändern und ihm zu helfen, seine eigenen Bedürfnisse auch mal in den Hintergrund zu stellen. Er wandte sich ab, um nicht laut loszujubeln, um aller Welt zu verkünden, dass er das Mädchen, welches in seinem Leben gefehlt hatte, gefunden hatte.

„Was ist los?“ Nina schaute ihn fürsorglich an.

„Nichts“, meinte Freddy freundlich.

„Doch, ich sehe es dir an“, hakte sie nach und sah ihn eindringlich, aber doch sanft an.

„Ich hab nur ein wenig nachgedacht“, erklärte Freddy.

„Nichts weiter?“, fragte sie noch einmal mit einem klitzekleinen Anflug von Sorge nach.

„Nichts weiter“, bestätigte Freddy. „Mach dir keine Sorgen“, murmelte er noch, dann realisierte er, dass nur noch zwei Leute vor ihnen in der Schlange standen. „Was nimmst du für eine Sorte?“

„Hmm … Karamell und Joghurt. Du?“

„Schokolade und Rumrosine, meine Lieblingssorten“, erwiderte Freddy grinsend.

Nina stimmte mit einem „Uii, so jung und schon Alkohol?“ in sein Grinsen mit ein. Nachdem sie für sie beide bestellt hatte und sie ihr Eis in den Händen hielten, setzten sie sich auf die nächstbeste Bank, suchten sich das nächstbeste Thema und redeten weiter.

Wahrscheinlich war der Grund, wieso die beiden keine Langeweile empfanden, dass Freddy immer irgendeinen Witz parat hatte. Eine Reihe mit Fritzchen, dann wieder Blondinen und schon ging es über Allgemeines. Nina prustete das eine Mal nach dem anderen los, meinte sogar zu sterben, kippte fast von der Bank und setzte noch eins drauf. Freddy machte es unglaublich glücklich, dass jemand so viel Freude an seinen Witzen hatte. Keiner der beiden wusste später mehr, wie lange sie so da gesessen hatten, doch irgendwann sagte Nina: „Du, ich glaube, ich muss bald nach Hause, es ist schon ziemlich spät."

Freddy nickte, als ihm einfiel: „Aber warte … wollen wir nicht vorher noch ein bisschen bummeln gehen oder so? Nur so für ein paar Minütchen." Die Aufregung, die er bis vorhin vollkommen vergessen hatte, meldete sich wieder zu Wort.

„Okay", stimmte Nina zu.

Eine kurze Zeit gingen sie schweigend nebeneinander her. Freddy suchte förmlich nach den richtigen Worten. „Also, ich wollte dir etwas sagen", fing er an, als sie schließlich bei einer weiteren abgelegenen Bank ankamen. „Du …" Er hatte Angst, etwas Falsches zu sagen. Gedanken schossen ihm durch den Kopf, die ihm sagten, er solle warten, bis der richtige Zeitpunkt gekommen wäre. Doch Freddy wischte sie alle mit einem Kopfschütteln weg. Er wollte B sagen, wenn er A gesagt hatte, und konnte nichts aufhören, was er angefangen hatte. Konzentriert, die Stimmen, die in seinem Kopf wirrten, zu überhören, fuhr er fort: „Du bist echt nett."

„Das ist doch schon mal ein Anfang", dachte er sich.

„Oh." Nina schien zu ahnen, was er sagen wollte. Doch sie unterbrach ihn nicht weiter – hoffte sogar, dass er sich traute.

„Ja, wirklich, auch wenn ich dich jetzt erst seit Kurzem so richtig kennengelernt habe." Er stockte. „Und die Geschenke, die habe ich dir nicht einfach so gegeben, weil das höflich ist." Sein Herz begann zu rasen, doch er ignorierte es. Für ihn zählten nur der Moment und ihre Reaktion. „Ich hab es von Herzen gekauft und von Herzen verschenkt. Nina, noch nie hat ein Mädchen mir so ein Gefühl gegeben." Es schien wirklich, als hätte er poetische Gene. Innerlich lachte er darüber, doch äußerlich waren immer noch nur die Konzentration und die Aufregung zu sehen. „Okay, ich weiß, du wirst mich für verrückt halten, … aber ganz einfach gesagt … hast du mich auch gern?" Das klang in seinen Ohren ziemlich blöd, doch Nina schien beeindruckt.

„Klar." Sie klang fröhlich.

Freddy war baff. Das hatte er nicht erwartet. „Mich, so dick, dumm, unfähig, mich mag sie?", dachte er sich und konnte es einfach nicht glauben. Er musste falsch gehört haben. „Sorry, was hast du gesagt, ich glaube, ich muss mal meine Ohren putzen", fragte er noch einmal vorsichtig und ohne seinen Humor abzustellen.

„Klar, hab ich gesagt." Das Lächeln schien sich in Ninas Gesicht wohlzufühlen.

Freddy fügte schnell noch hinzu, um ja auch ganz sicherzugehen: „Bitte veräppel mich nicht."

„Du hörst dich knuffig an", gab Nina zurück. „Ich veräppel dich doch nicht, ich spreche im Auftrag der Wahrheit."

Langsam glaubte Freddy, was sie ihm sagte. „Okay." Mehr fiel ihm dazu allerdings nicht ein. Freddy verstand endlich, wie es sich anfühlte, auf der siebten Wolke zu sitzen. Und Nina sicherlich auch.

11

Am nächsten Morgen herrschte wie jeden Montag ein hektisches Treiben auf dem Schulhof. Gleich nachdem Freddy auf die siebte Wolke hochgeschoben worden war, durfte er wieder hinunterfallen, da Nina nach Hause musste. In Gedanken vertieft, die hauptsächlich Nina betrafen, war er auch gleich darauf in den Bus gestiegen, um nach Hause zu fahren. Doch obwohl es zu Hause nicht gerade toll verlaufen war, hatte er den wundervollen Tag nicht vergessen.

Nun war er wieder in der Schule und der Alltag nahm seinen Lauf. Ohne auf irgendjemanden Rücksicht zu nehmen, stolperte er die Treppe hinauf und nahm wie automatisch den Weg in sein Klassenzimmer. Dort war schon der ein oder andere eifrig damit beschäftigt, seine Bücher auszupacken, mit Freunden zu quatschen oder die Hausaufgaben nachzuarbeiten. Jenny, Sophie und Toni waren noch nicht anwesend, dafür allerdings Kevin, der gelangweilt auf seinem Stuhl saß und seinen Schwarm beobachtete.

„Moin“, grüßte Freddy.

„Moin“, kam als Antwort von seinem Freund zurück, als dieser ihn bemerkte. „Na, alles fit?“

„Jop, und bei dir?“

Freddy und Kevin kannten sich schon ewig. Ihre Eltern waren sehr gut befreundet und so hatten sich die beiden jeden Tag getroffen, bis es ins Gymnasium ging. Alles veränderte sich, die Leute, die Umgebung, einfach alles. Freddy gründete gemeinsam mit Jenny, Sophie und Toni die vier Lupen, Kevin freundete sich mit anderen Jungen an und die beiden hatten andere Hobbys. Trotzdem verstanden sie sich immer noch prima und trafen sich hin und wieder. Natürlich kannten sie auch die Geheimnisse des anderen, wenn nicht alle, dann wenigstens fast alle. Sie konnten gut miteinander reden und kamen super miteinander klar, bis auf die Tatsache, dass sie sich immer weiter auseinanderlebten. Doch es schien keinen der beiden zu stören, denn sie waren ohne einander nicht wie die Sonne ohne Licht, sondern einfach wie ein Baum mit einem Apfel weniger. Ihnen machte es nichts aus, und wenn es das getan hätte, wären sie bestimmt keine Freunde mehr gewesen.

An diesem Morgen jedoch lief das Gespräch nicht gut, sie setzten es etwas stockend so lange fort, bis Gerd hereinkam. Er war ein sympathischer Junge, cool drauf, wie Freddy fand, aber irgendwie einzelgängerisch. Auch wenn er viele Freunde hatte, darunter auch Kevin und Freddy, hatte er keinen besten. In den Pausen schlenderte er meist alleine herum, was ihn allerdings nicht großartig störte, da die anderen eh nicht so ganz sein Typ waren. Sein ganzes Wesen war ruhig und gelassen, er regte sich nur selten auf und schaute jede Person freundlich an. Von der Statur her war er eher dünn und groß, hatte kastanienbraune widerspenstige Haare und wässrige blaue Augen. Bei den Mädchen war er, trotz der hübschen Figur, nicht großartig beliebt. Sophie hatte Freddy einst mitgeteilt, dass sie ihn für vollkommen komisch hielt, da er kaum sprach. Das konnte Freddy nicht so ganz nachvollziehen, da Gerd mit seinen Freunden hin und wieder redete wie ein Wasserfall. Doch ihn störte es, genau wie Gerd, wenig, was die Mädchen über seinen Freund dachten. Er bewunderte und mochte ihn und für ihn spielte es keine Rolle, wie er aussah oder wie er sich verhielt. Für ihn war wichtig, dass es Gerd gab und dass sie miteinander reden konnten.

„Gerrii!“, begrüßte Freddy ihn und schlug ihm kumpelhaft auf den Rücken.

„Hey Frettchen!“, grüßte Gerd zurück, woraufhin Freddy ihm zum Dank die Mütze vom Kopf nahm. „Hey!“ Freddys Freund war guter Laune und lachte übermütig, während er versuchte, seine Mütze wiederzubekommen. Nach einigem Hin und Her gab Freddy sie ihm zurück und setzte sich schnaufend an seinen Platz. Inzwischen waren auch die anderen Mitglieder der vier Lupen eingetroffen und Gerd unterhielt sich mit Kevin, der sein Pultnachbar war. Freddy winkte den anderen drei noch kurz zu und gleich darauf trat ihre Deutschlehrerin ein.

„Guten Morgen", begrüßte sie die Klasse, und nachdem diese ein „Guten Morgen, Frau Graumeier" zurückgegeben hatte, fing ihr Unterricht an. Deutschstunden mit Frau Graumeier waren das Langweiligste, was Freddy sich vorstellen konnte. An diesem Tag redete sie ohne Pause oder längeres Luftholen über Goethe. Goethe hier, Goethe da, Freddy brummte der Kopf und er versuchte, einfach nicht hinzuhören und sich in die Welt der Träume zu begeben. Als es ihm einigermaßen gelungen war, war die Lektion schon fast vorüber und nur das laute Klingeln zusammen mit einem Hinweis darauf von Sophie riss ihn wieder herunter von der siebten Wolke. Doch nur wenige Minuten später schritt schon Herr Gerbe, ihr Mathematiklehrer, in den Raum und begann mit seiner tiefen und lauten Stimme den Unterricht.

Jenny konnte Mathe nicht ausstehen. Sosehr sie auch versuchte, sich all die Formeln zu merken, sie bekam es nicht hin. Sophie, die glücklicherweise neben ihr saß, erklärte ihr es hin und wieder, doch immer um ihre Hilfe bitten, wollte Jenny nun doch nicht. Also starrte sie nur gedankenversunken auf Toni, der neben Lukas, seinem Kumpel, dem er alles anvertraute, saß, und dachte sehnsüchtig über den gestrigen Tag nach.

„Jeeeenny!" Der Tonfall ihres Lehrers hörte sich so an, als hätte er das gleiche Wort schon fünfmal gesagt. Jenny schreckte auf. Sie blickte Herrn Gerbe direkt ins Gesicht, als sie ihre Augen, welche sie zum Träumen geschlossen hatte, öffnete. Sein Gesichtsausdruck verriet mehr, als Jenny wissen wollte. Streng wiederholte er: „Jenny, löse doch bitte an der Tafel die Aufgabe."

Jenny erstarrte. Verzweifelt suchte sie nach Sophies Blick, doch diese war viel zu sehr in ihre eigene Rechnung vertieft und schien alles um sie herum überhaupt nicht wahrzunehmen. Als Jenny merkte, dass ihre Freundin ihr wohl gerade nicht helfen konnte, schritt sie wohl oder übel nach vorne. In der krakeligen Handschrift ihres Lehrers war eine Rechnung an die Tafel geschrieben, von der sie sich sicher war, sie in zehn Jahren noch nicht zu verstehen. „Äh", murmelte sie verzweifelt, ohne dass jemand sie hörte. Der Blick von Herrn Gerbe würde sie in wenigen Sekunden aufspießen, befürchtete sie. „Haben wir das schon gelernt?", fragte sie leise eher zu sich selbst oder um Zeit zu sparen als zu ihrem Lehrer.

„Jenny, ich höre dich so schlecht." Herrn Gerbes Stimme klang unglaublich laut in Jennys Ohren.

Sie war erleichtert, denn eigentlich hatte sie nicht vor, ihn das hören zu lassen. Er würde sie bestimmt nur anschimpfen und ihr vor der ganzen Klasse wütend erklären, wie dumm sie sei und dass sie besser aufpassen sollte. So schwieg sie nur.

Die Stille schien unerträglich, ein Mitschüler hustete auffällig laut, um sie irgendwie zu brechen, doch es funktionierte nicht, man hörte sogar Sophies Bleistift, der ohne Pause Lösungen zu Papier brachte. „Entschuldigen Sie, Herr Gerbe, mir ist schlecht." Sie sah ihre letzte Chance bereits mit einem freundlichen Nicken vorübergehen und malte sich mit einem Kloß im Hals aus, wie sie mit der weißen Kreide irgendeinen Mist an die Tafel schrieb und die gesamte Klasse sie auslachte.

Doch anstatt sie streng anzuherrschen, meinte ihr Lehrer nur: „Na dann, du weißt, wo die Toilette ist." Anscheinend war Jennys ganze Erscheinung so erbärmlich, dass man ihr die Ausrede ohne Weiteres abnahm. Erleichtert stürzte sie aus dem Klassenzimmer, setzte sich in der Toilette auf das nächstbeste Klo und verbrachte dort die ganze Zeit bis zum Ende der Stunde.

Der Rest des Schultags verlief unglaublich schnell. In den Pausen diskutierten die vier Lupen noch ein wenig über den

Fall, waren jedoch hauptsächlich auf den Nachmittag gespannt. Fragen wie „Was will Herr Schuhmann uns erzählen?", „Legt er vielleicht ein Geständnis ab?" oder „Weiß er, wer der Täter ist?" standen im Mittelpunkt.

Nach der schlimmsten Biologiestunde seines Lebens stürmte Toni auf den Schulhof. Als auch Freddy, Sophie und Jenny eingetroffen waren, schlugen sie gemeinsam den Weg zu ihrem Geheimplatz ein. Dort angekommen warf Freddy sich ganz selbstverständlich in die Hängematte, Jenny und Toni setzten sich auf die Stühle um den Tisch herum und Sophie nahm auf der Treppe des kleinen Baumhäuschens Platz.

„Wie spät ist es, Sophie?", kam Freddys Stimme gedämpft aus der Hängematte.

„Gegen drei", brummte Sophie gähnend. „Wir haben noch eine Stunde."

„Ich mache Hausaufgaben", meldete sich Toni und kramte in seiner Tasche herum.

„Oh nee, Hausaufgaben", grummelte Freddy, packte dann allerdings doch seinen Schulrucksack und machte sich an die Aufgaben.

Nachdem die vier Freunde ihre Hausaufgaben erledigt und sich ein wenig über ihre Meinungen bezüglich des Falls, der Hausaufgaben und bestimmter Personen ausgetauscht hatten, warf Sophie einen Blick auf die Uhr. „Vier!", erklärte sie laut, sodass alle sie hören konnten. Nur den Bruchteil einer Sekunde später standen die Freunde startklar am Eingang ihres Geheimplatzes.

„Gehen wir."

Auf Tonis Aufforderung hin schritten die Freunde mit gemischten Gefühlen los. Der Weg zur Bushaltestelle betrug höchstens 500 Meter, somit waren die vier nur wenig später am Ziel und sahen Herrn Schuhmann nervös auf und ab gehen. Ihm galt an diesem Tag ihre ganze Aufmerksamkeit. „Guten Tag", begrüßte Toni ihn und der Angesprochene schreckte aus seinen Gedanken auf.

„Hallo“, erwiderte Herr Schuhmann und nickte ihnen zu.

„Kommen Sie mit, wir kennen eine ruhige Bank in der Nähe“, forderte Jenny ihn auf und die vier führten den Mann zu einem einsamen Plätzchen gegenüber ihres Geheimplatzes.

Es gab nicht nur eine Bank, sondern zwei, die sich gemütlich an eine Hausmauer lehnten. Ein einsames Bäumchen stand wie verirrt in der Gegend herum und die Stille war nahezu unerträglich.

„Was wollten Sie uns denn erklären?“, fragte Sophie, nachdem sich die vier Freunde auf einer Bank niedergelassen hatten und Herr Schuhmann auf der zweiten Bank Platz genommen hatte.

„Also“, fing Herr Schuhmann nervös an. „Ich war es nicht. Ich habe das Lied nicht gestohlen.“

„Das sagen Sie die ganze Zeit.“ Freddy antwortete kühl.

„Nun ja, das ist nicht das Einzige, was ich sagen will.“

„Dann sagen Sie uns, was Sie sonst noch sagen wollen“, forderte Freddy ihn auf.

„Ich war bei meinen Eltern.“ Herr Schuhmann sprach das so selbstverständlich aus, dass die vier Freunde beinahe dachten, er mache einen Scherz.

„Bei Ihren Eltern?“, fragte Jenny nach.

„Ja, sie können euch das sicher bestätigen, um zwölf Uhr bin ich bei ihnen angekommen und um siebzehn Uhr habe ich das Haus wieder verlassen.“ Er lächelte nervös.

„Und das sagen Sie uns jetzt?“ Sophie kamen Zweifel.

„Ich weiß, das war ein Fehler, aber sie sind schon sehr alt, ich dachte, sie hätten es vielleicht vergessen, und dann wäre ich noch stärker verdächtigt worden“, bereute Herr Schuhmann.

„Und gerade heute erzählen Sie uns das?“ Toni verstand immer noch nicht ganz.

„Ja, ich habe meine Eltern angerufen und gefragt, was am Freitag war, und sie meinten nur: *Du warst bei uns, Jens, hast du das denn schon vergessen?* Also war alles geklärt.“

„Wieso haben Sie denn nicht früher nachgefragt?“

„Wisst ihr, ich bin wirklich viel mit Klavierspielen beschäftigt, ich habe gar keinen Gedanken an diesen Fall verschwendet und somit auch nicht daran gedacht, was vielleicht mit mir passiert, wenn ihr denkt, dass ich der Täter bin", erklärte Herr Schuhmann, verzweifelt, dass keiner ihm Glauben schenkte.

„Okay, dann geben Sie mir doch die Nummer Ihrer Eltern", verlangte Sophie, um dem Ganzen ein Ende zu bereiten.

„Aber gerne, bitte schön." Herr Schuhmann hatte sie bereits auf einen zerknitterten Zettel geschrieben, welchen er aus seiner Hosentasche zog.

Sophie wählte die Nummer und wurde von einer älteren Dame begrüßt. „Hallo, wer ist da?"

„Hallo, ich bin Sophie, eine Detektivin. Ich rufe wegen Ihres Sohnes an", meldete sich Sophie.

„Ach so, wieso denn das?", erkundigte sich die Dame am anderen Ende.

„Ich würde gerne wissen, ob am Freitag jemand bei Ihnen zu Besuch war?"

„Ja, Jens, mein Sohn. Wieso willst du das wissen, mein Kind?", erklärte Frau Schuhmann.

„Ihr Sohn ist Tatverdächtiger unseres Falls", gab Sophie Auskunft. „Wann kam er denn an und wann verließ er Ihr Haus?"

„So gegen zwölf Uhr war er da und um siebzehn Uhr war er wieder weg. Was soll er denn ausgefressen haben, mein lieber Junge?" Die alte Dame wirkte ein wenig erregt.

„Das hat sich geklärt, Frau Schuhmann, er hat nichts getan", erwiderte Sophie freundlich.

„Aber weißt du was, Kind, der Jens, der hat glatt gedacht, ich hätte vergessen, dass er da war, am Freitag. Was denkt man nicht alles von uns altem Gemüse. Aber nein, ich hätte das nie vergessen, wenn mein Sohn zu Besuch ist, nie." Frau Schuhmann lachte herzlich.

„Ja, ja, meine Großmutter wird auch immer unterschätzt", stimmte sie zu. „Vielen Dank, Frau Schuhmann, Sie haben mir sehr geholfen."

„Kein Problem, du darfst mich gerne noch einmal unterhalten", bot Frau Schuhmann munter an.

„Das werde ich. Auf Wiedersehen." Nachdem auch Jens Schuhmanns Mutter sich verabschiedet hatte, teilte Sophie den anderen flüsternd das Ergebnis mit.

„Ihre Mutter hat das Alibi bestätigt", verkündete Toni, damit Herr Schuhmann auf dem neuesten Stand war.

„Das hatte ich nicht anders erwartet", erwiderte der. „War es das?"

„Wenn Sie nichts mehr zu sagen haben", lächelte Jenny freundlich, „dann können Sie gehen."

„Nein, ich habe nichts mehr zu berichten, das war alles", erklärte Herr Schuhmann und stand auf.

„Vielen Dank und noch einen schönen Tag." Sophie verabschiedete Jens Schuhmann, während sie und die anderen drei sich auch bereit zum Gehen machten.

„Kein Problem, tschüss!" Freundlich winkte Herr Schuhmann den vieren zu, dann ging er mit schnellen Schritten los zur Bushaltestelle. Die Freunde überquerten an der nächsten Fußgängerampel die Straße und verschwanden auf dem Geheimplatz.

„Okay, Jens Schuhmann scheidet aus", fing Freddy an, als die vier Freunde wieder an ihrem Geheimplatz angekommen waren und es sich gemütlich gemacht hatten.

„Stimmt. Bleibt Wolfgang Derbe", schloss Toni.

„Hey, Leute, sorry, ich muss euch mal kurz beim Diskutieren unterbrechen", tönte Jennys Stimme laut dazwischen. „Ich habe eine Frage." Alle Köpfe drehten sich zu ihr, interessierte Augenpaare durchbohrten sie und sahen sie neugierig an. „Ich habe Toni schon gesagt …", sie warf ihm einen liebevollen Blick zu, „… dass ich euch wegen des Abschlussballs zu eurer Meinung befragen werde." Sophie und Freddy blickten etwas verwundert drein und sahen abwechselnd zu Toni und Jenny. „Wie jetzt?" Freddy konnte seine Ahnungslosigkeit gut zum Ausdruck bringen.

„Na ja, es geht um mein Kleid. Ich habe so viele, dass ich einfach nicht weiß, welches ich anziehen soll. Darum dachte ich mir, ihr könnt mir vielleicht helfen, darum habe ich eine Auswahl an Kleidern fotografiert und das Bild mitgebracht."

Lächelnd schaute Jenny in die Runde. „Hier." Sie kramte ein wenig in ihrer Tasche, bis sie ein Foto in den Händen hielt und ihren Freunden präsentierte. Darauf waren zwei Reihen Kleider zu sehen, von denen Freddy, Toni und Sophie nicht einmal geahnt hätten, dass es sie gab. „Die zwei …" Sie zeigte auf die beiden Kleider unten links, die aussahen, als seien sie für Schneewittchen, Aschenputtel oder Dornröschen gemacht worden. „Und das …", ihr Zeigefinger wanderte zu einem anderen Kleid, welches an vierter Stelle in der unteren Kolonne Platz gefunden hatte, „hat meine Mutter vorgeschlagen." Sie stöhnte theatralisch. „Schrecklich, nicht wahr? Na ja, ich wollte sie euch nur zeigen, die anderen finde ich alle sehr schön." Mit einem fragenden Lächeln versuchte sie, die Gedanken ihrer Freunde zu lesen. „Was denkt ihr?", erkundigte sie sich schließlich, als keiner einen Ton herausbrachte.

„Wow, die sind echt hübsch", antwortete Toni als Erster und lächelte anerkennend. „Ich denke, die stehen dir alle super."

„Ja, die sind wirklich wundervoll", hauchte Sophie. „Dieses

hier finde ich besonders toll.“ Sie zeigte auf das zweite Kleid von links in der oberen Reihe.

„Stimmt, das sieht schön aus.“ Freddy nickte zustimmend. „Aber zu Jenny passt es nicht so.“ Er zuckte lässig die Schultern.

„Du, Jenny, wenn du das nicht nimmst, darf ich das dann vielleicht von dir ausleihen für den Ball?“, fragte Sophie hoffnungsvoll.

„Ja, klar!“ Ihre Freundin nickte selbstverständlich und lächelte. „Okay, danke für die Komplimente, aber ich kann mich wirklich nicht entscheiden.“ In ihrem Tonfall lag keine Ungeduld, sondern eher ein Hauch von Verzweiflung.

„Also, für mich sieht das hier voll knuffig aus“, entschied Freddy und schob seinen Zeigefinger auf das dritte Kleid von links in der oberen Reihe. Nina schien ein neues Wort in seinen Sprachgebrauch eingefügt zu haben.

„Ja, das ist sehr hübsch, wobei ich alle sehr toll finde“, stimmte Toni zu und grinste Jenny verliebt an.

„Was denkst du, Sophie?“, fragte Jenny interessiert.

Sophie nickte zustimmend. „Jap, das find ich auch voll schön, ich denke, es steht dir super.“

„Okay.“ Jenny lächelte. „Das ging schnell, danke!“ Fröhlich grinsend steckte sie das Foto wieder ein und sah in die Runde. „Tut mir leid für die Unterbrechung. Diskussion kann weitergehen“, sagte sie in einem Nachrichtensprecher-Ton und lachte über sich selbst.

„Kein Problem. Meine sehr verehrten Damen und Herren, entschuldigen Sie die Pause, es geht nun weiter mit: Das gestohlene Lied“, antwortete Toni im gleichen Tonfall, und obwohl Jenny sich normalerweise über *Nachmacher* aufregte, lachte sie nur ein weiteres Mal und lehnte sich verliebt gegen ihren Freund.

„Also, Wolfgang Derbe. Ich würde sagen, wir reden noch mal mit ihm und vor allem mit seinen Familienmitgliedern“, schlug Sophie vor und recherchierte Sekunden später schon im Internet über besagte Leute. Ihre Freunde wussten, dass sie nicht stören sollten, und so hielt das Schweigen an, bis Sophie meinte: „Okay.“ Freddy, Jenny und Toni drehten ihre Köpfe zu ihr und versuchten neugierig, ihre Gedanken durch Blicke herauszubekommen. „Wolfgang Derbe hat eine Schwester, Sabine Derbe …“

Nachdem Sophie den anderen Mitgliedern der vier Lupen ihre Informationen mitgeteilt hatte, machten sie sich in Zweiergruppen auf den Weg, Toni und Jenny wollten selbstverständlich miteinander gehen, und so schlossen sich die beiden anderen Lupen zu einer Gruppe zusammen. Freddy und Sophie sollten sich mit Wolfgang Derbe unterhalten und danach seine Schwester aufsuchen, während Jenny und Toni den Plan hatten, seine Eltern und seine Frau zu befragen. Frau Derbe arbeitete etwas weiter weg und daher wohnte sie für einen Teil der Woche in einem kleinen Haus außerhalb der Stadt.

Während Freddy und Sophie im Bus saßen, wie gebannt aus dem Fenster blickten und sich überlegten, was sie zu Herrn Derbe sagen wollten, sprachen sie kein Wort. Freddy sehnte sich verträumt nach Nina und überlegte sich intensiv, was sie gerade machte. Auch Sophie hing ihren Gedanken und dem Wunsch nach einer besten Freundin nach. So sehr sehnte sie sich nach einem Mädchen, dem sie vertrauen konnte, mit dem sie Spaß haben konnte und das ihr immer zur Seite stand. Nie zuvor hatte sie sich etwas derart stark gewünscht, nie hatte sie so oft an etwas gedacht wie an eine beste Freundin. Eine, bei der sie sagen konnte „Wir gehen zusammen durch dick und dünn“, eine, bei der sie sich wohlfühlte und die auch in schlechten Zeiten zu ihr stand.

„Nächste Haltestelle: Ziegelstraße“, kündigte die Lautsprecherdurchsage an und riss damit die Freunde in die Realität. Hastig drückte Sophie den Halteknopf, der gleich vor ihr angebracht war, rückte ihre Jacke und ihre kleine Tasche zurecht und erhob sich. Nachdem sie und Freddy ausgestiegen waren, gingen sie zielstrebig auf das bescheidene Mietshaus zu, von dem Jenny und Toni ausführlich erzählt hatten.

Nachdem sie bei *Derbe* geklingelt hatten und er geöffnet hatte, fingen sie sogleich an, ihn zu bestürmen: „Wann hätten Sie denn das Lied von Herrn Beethoven gekauft?"

„Vorgestern", erwiderte Herr Derbe.

„Vorgestern?", fragte Freddy nach.

„Ja."

„Das heißt, jetzt werden Sie es nicht mehr kaufen können?", erkundigte sich Sophie.

„Genau, das heißt, es könnte natürlich sein, dass Herr Beethoven mir noch ein Angebot macht, wegen dieses Diebstahls – aber das würde nur gehen, wenn ihr das Lied wiederfindet", erklärte Herr Derbe fachmännisch.

Die Freunde wechselten vielsagende Blicke und Sophie meinte: „Vielen Dank, das war es schon, was wir wissen mussten."

„Kein Problem." Vielsagend blickte er die beiden an.

„Jop, tschau!" Freddy nickte.

„Auf Wiedersehen", erwiderte Herr Derbe und führte die beiden zur Wohnungstür.

„Wiedersehen", verabschiedete sich Sophie höflich. Freddy winkte zum Schluss noch einmal freundlich, dann fiel die Tür ins Schloss.

Ihr Handy verlangte mit einem ungeduldigen Klingeln nach Aufmerksamkeit und Jenny nahm ab: „Hallo."

„Hey, Jenny", hörte sie Freddys Stimme am anderen Ende der Leitung.

„Moin, was gibt es?", fragte sie.

„Derbe wollte eigentlich gestern das Lied kaufen, das heißt, es ist jetzt schlecht für ihn, dass es weg ist", erklärte Freddy.

„Na ja, hätte er es gestohlen, wäre es nicht schlecht", entgegnete Jenny.

„Ja, schon, aber wieso sollte er es stehlen?", erwiderte Freddy nicht ganz überzeugt.

„Das wollen wir ja herausfinden“, meinte Jenny. „Vielleicht ist ein Grund, dass er es bei einem Diebstahl nicht bezahlen muss ...“

„Gut, also wir waren bei seinen Eltern. Die konnten uns nichts sagen, sie scheinen keinen Kontakt mehr zu ihm zu haben.“ Nach einer kurzen Pause fiel Jenny ein: „Obwohl, warte mal, sie haben gesagt, sie können uns nichts sagen, dafür wüsste aber seine Frau alles, … aber diese sei bis Mittwoch im Ausland.“

„Das nennst du nichts?“, fragte Freddy neckend. „Okay, dann könnt ihr ja schon mal zum Geheimplatz gehen – oder auch zu seiner Schwester, wenn ihr wollt.“

„Warte kurz.“ Jenny drehte sich zu Toni, erklärte ihm kurz und knapp, was los war, und erhielt eine geflüsterte Antwort.

„Jenny?“

„Ja, sorry, also, wie passt es euch denn besser?“, erkundigte sich Jenny.

„Uns ist es egal, wir sind gerade auf dem Weg zur Schwester“, erklärte Freddy. Nach einem kurzen Hin und Her, welches aus vielen Fragen und Antworten bestand, da Jenny sich nicht entscheiden konnte, entschied Freddy kurzerhand, dass die beiden am besten erst mal zum Geheimplatz gehen sollten.

„Okay, tschüss“, verabschiedete sich Jenny und beendete damit das Gespräch.

Sie und Toni saßen an einer Bushaltestelle und hatten sich bis zu Freddys Anruf intensiv unterhalten. Kaum hatten sie ein Gesprächsthema abgeschlossen, fiel ihnen das nächste ein, was dazu führte, dass ihre Konversation kein Ende fand und gleichzeitig nicht langweilig wurde. Nachdem Jenny ihrem Freund mitgeteilt hatte, was Freddy und sie nun entschieden hatten, kam auch schon der Bus.

„Was machen wir am Geheimplatz?“, fing Jenny ein neues Thema an, nachdem sie das Handygespräch beendet hatten.

„Hmm … was essen?“, schlug Toni vor.

„Gute Idee.“ Jenny war begeistert.

Das frisch verliebte Pärchen fühlte sich, als wäre es das einzige auf der ganzen Welt. Sie dachten jeder für sich, dass niemand je ihre Liebe zerstören könnte, und dass, obwohl sie erst einen Tag zusammen waren. „Freddy könnte es nie verstehen", dachte Jenny, schmiegte sich an ihren Freund und fühlte sich unglaublich geborgen. Liebevoll drückte Toni seine Freundin an sich und das Gefühl, das er dabei bekam, war unbeschreiblich und ihm unbekannt. Doch er wusste, es war wundervoll.

Erst als Toni Jenny eine Weile später anstupste und zärtlich auf die Anzeige wies, welche in roter Schrift *Gasserstraße* zeigte, öffnete sie langsam die Augen und kam wieder in die Realität zurück. „Ein wenig geschlafen?", fragte Toni.

„Nein, ich hab nur geträumt", erklärte Jenny. Die beiden stiegen erst aus, als der Bus seine Türen schon fast wieder schließen wollte, und gingen dann den gewohnten Weg zu ihrem Geheimplatz. Erst als sie dort angekommen waren, fiel ihnen ein, dass sie sich eigentlich etwas zu Essen hatten holen wollten, also schlenderten sie, ohne ein Wort zu sagen, in den Supermarkt und besorgten sich ein paar Snacks.

Während Jenny und Toni im Bus gesessen hatten, waren Sophie und Freddy gerade aus ihrem ausgestiegen und auf dem Weg zu Sabine Derbe, Wolfgang Derbes Schwester. Nachdem sie hereingebeten worden waren und ihr erzählt hatten, wer sie waren, kam ein Mädchen in ihrem Alter in den Raum gestürzt. Freddy und Sophie sahen es erstaunt an und ein Lächeln schlich sich auf Sophies Lippen, während sich das Mädchen neben seine Mutter setzte und freundlich meinte: „Hallo, ich hab zugehört, ihr seid Detektive!"

„Stimmt", lächelte Sophie breit. „Ich bin Sophie, und du?" Die Neugierde war ihr ins Gesicht geschrieben.

„Ich heiße Simone", erwiderte diese. „Ihr könnt schon starten, ich will nicht stören."

„Freddy und Sophie fingen sofort mit ihrer Befragung an: „Haben Sie noch viel Kontakt mit Ihrem Bruder?"

„Nicht viel und nicht wenig", antwortete Frau Derbe und

legte einen Arm um ihre Tochter, als müsste sie sie beschützen.

„Können Sie uns vielleicht ein wenig über ihn sagen?“, fragte Freddy.

„Na ja“, fing Simones Mutter an und starrte auf den Kerzenleuchter, der direkt über ihnen hing. „Er ist wirklich sehr freundlich, in Sachen Organisation eine totale Niete, aber dafür hat er ja seine Frau. Er ist zuvorkommend, aber ein wenig eigen.“

„Eigen? Inwiefern?“, hakte Sophie nach.

„Er hat ein sehr starkes Selbstbewusstsein, nimmt Dinge immer gerne selbst in die Hand, obwohl er weiß, dass andere es besser könnten und ihm auch helfen würden. Er ist im Allgemeinen ziemlich selbstverliebt. Aber ich denke, die Leute um ihn herum, also seine Frau, ich und auch Simone, meine Eltern und seine besten Freunde haben sich daran gewöhnt und kommen inzwischen gut damit klar“, erklärte Frau Derbe ausführlich und wandte ihren Blick wieder den beiden Kindern zu.

„Aha“, meinte Freddy mit einem Kopfnicken, welches so aussah, als wäre er ein Psychiater, dessen Patient gerade seine Probleme dargelegt hatte. „Und zu seinem Geschäft können Sie auch etwas sagen?“

Frau Derbe richtete ihre Aufmerksamkeit nun auf ihre Tochter, welche gespannt und interessiert zuhörte. „Über sein Geschäft weiß ich nicht viel, aber da könnt ihr seine Frau fragen, sie weiß darüber wirklich alles.“

„Okay, vielen Dank.“ Sophie lächelte freundlich und betrachtete Simone unauffällig von oben bis unten.

„Ich würde gern noch einmal telefonieren. Eine Sekunde bitte“, kündigte Freddy an, der merkte, wie viel Interesse Sophie an Simone hatte, sie darum mit ihr alleine ließ und im Flur verschwand.

„Ich gehe nur schnell Wasser holen“, erklärte Frau Derbe und verließ ebenfalls den Raum.

Simone und Sophie saßen regungslos und wortlos da und

sahen einander ohne ein Wimpernzucken an. Nach einer endlosen Stille fragte Sophie: „Wie alt bist du?“

„Dreizehn, und du?“, fragte Simone zurück.

„Ich auch“, meinte Sophie.

„Ist das dein Freund?“, erkundigte sich Simone neugierig.

„Mein Kumpel“, korrigierte Sophie schmunzelnd, da sie wusste, was ihr Gegenüber dachte.

„Ach so.“ Simone grinste breit. „Was machst du in deiner Freizeit?“

„Lesen, recherchieren, Fälle mit meinen Freunden lösen …“ Sophie zuckte ein wenig gleichgültig die Schultern. „Und du?“

„Rumhängen, Computer spielen … ich hab keine Freunde, mit denen ich was unternehmen kann“, antwortete Simone, während sie verzweifelt versuchte, die Trauer, die sie überkam, zu unterdrücken.

Plötzlich zeichnete sich in Sophies Gesicht Mitleid und gleichzeitig eine Spur Entsetzen ab. Doch bevor sie etwas sagen konnte, trat Frau Derbe mit einem Tablett in den Raum, stellte die vier Wassergläser und die Schale Chips auf den Glastisch und ließ sich neben ihrer Tochter nieder.

„Na, habt ihr euch ein wenig unterhalten?“, fragte sie interessiert. „Das ist schön.“ Bevor sie die zwei jedoch mit noch mehr Fragen löchern konnte, trat Freddy in das Wohnzimmer.

„Eine Frage hätte ich noch“, fing er an, als wäre er gar nicht weg gewesen. „Wo waren Sie denn am Freitag zwischen 14:30 und 15 Uhr?“

„Ich war zu Hause, zusammen mit Moni “, antwortete Frau Derbe mit einem liebevollen Blick auf ihre Tochter, die zustimmend nickte.

„Okay, vielen Dank“, meinte Sophie. „Wollen wir uns vielleicht mal treffen?“, flüsterte sie Simone noch zu, während diese sie zusammen mit ihrer Mutter zur Tür begleitete.

„Das wäre toll“, flüsterte Simone zurück. „Vielleicht mal im *Zum besten Freund*?“

Sophie war sichtlich begeistert von dem Vorschlag. „Gute

Idee. Ich rufe dich noch mal an, dann machen wir einen Zeitpunkt aus." Mit einem Grinsen verließ Sophie das Haus der Derbes und war den weiteren Weg nach Hause richtig happy.

„Hey, was Neues?", waren die ersten Worte, die Freddy zu hören bekam, als er Jenny anrief.

„Na ja, Derbes Schwester sagte, dass seine Frau alles bezüglich des Geschäfts wüsste, aber die käme ja erst am Mittwoch zurück."

„Jop, das heißt, wir warten ab und befragen übermorgen dann seine Frau, richtig? ", fragte Jenny nach, während sie es sich an Tonis Schulter gemütlich machte. „Morgen kann ich sowieso nicht."

„Würde ich vorschlagen. Ich könnte auch einen freien Tag gebrauchen", meinte Freddy. „Könntet ihr vielleicht seine Eltern noch mal anrufen und fragen, um wie viel Uhr Katharina Derbe ankommt?"

„Wird gemacht", erwiderte Jenny, als wäre sie Freddys Managerin. „Sonst noch was?"

„Nee, passt. Wir sind auf dem Weg zu euch."

„Okay." Damit erklärten beide das Gespräch für beendet und legten auf.

Toni sah seine Freundin erwartungsvoll an, doch Jenny schien ihn nicht groß zu beachten, sondern wählte Beethovens Nummer.

„Beethoven am Apparat, guten Tag?", meldete sich eine Stimme am anderen Ende der Leitung.

„Guten Tag, hier ist Jenny von den vier Lupen."

„Ach, hallo, Jenny." Beethovens Stimme klang etwas überrascht. „Was gibt es?"

„Sie haben doch bestimmt die Nummer von Wolfgang Derbe?", fragte sie.

„Ja, er hat kürzlich hier angerufen und da habe ich mir die Nummer aufgeschrieben. Ihr möchtet sie haben, vermute ich?"

Jenny kam es vor, als hätte Herr Beethoven geradezu auf den Anruf gewartet. „Genau", entgegnete sie ihm. Herr Beethoven gab die Nummer durch, und nachdem Jenny sich verabschiedet und aufgelegt hatte, sah man sie schon die nächste Nummer wählen.

„Wolfgang Derbe hier“, tönte eine männliche Stimme in Jennys Ohren.

„Hallo, hier ist Jenny von den vier Lupen“, erklärte sie rasch.

„Was kann ich für dich tun?“, fragte Herr Derbe zurück.

„Ich hätte gerne die Nummer von Ihren Eltern, wir haben noch ein paar Fragen an sie“, gab Jenny Auskunft.

„Ach ja, einen Moment bitte …“

Jenny genoss es ein wenig, wie eine Erwachsene behandelt zu werden, und wurde daher nicht ungeduldig, obwohl Herr Derbe sich minutenlang nicht meldete. „Wieder da?“, fragte Jenny, als ein schweres Atmen in ihr Ohr drang.

„Ja, entschuldige bitte. Also …“

Wie zuvor erhielt sie die Nummer und schrieb sie auf die Serviette, die Toni zu seinem Karamelleis bekommen hatte. Zur Erklärung schrieb sie dazu *D. Eltern*, damit Toni wusste, wessen Nummer es war, und gab ihm dann zu verstehen, dass er dort anrufen sollte. Während sie sich noch einen Augenblick mit Wolfgang Derbe über den Ermittlungsstand unterhielt, hatten seine Eltern bereits abgenommen.

„Guten Tag?“ Toni meinte, die Stimme einer älteren Dame zuordnen zu können.

„Guten Tag. Ich bin Toni von den vier Lupen, der Junge, der heute mit einem Mädchen bei Ihnen war“, versuchte er sich vorzustellen.

„Ach ja. Was gibt es denn?“

Toni sah Hilfe suchend zu seiner Freundin, da er keine Ahnung hatte, wieso er angerufen hatte. Diese flüsterte ihm kurz „Wie viel Uhr – Katharina Derbe?“ zu und ihr Freund verstand. „Ich hätte noch eine Frage an Sie“, erklärte Toni.

„Was ist denn?“ Frau Derbe schien etwas in Eile.

„Um wie viel Uhr wird Katharina Derbe von ihrer Auslandsreise zurückkommen?“

„Wieso fragst du denn da nicht meinen Sohn, Junge?", fragte Wolfgang Derbes Mutter irritiert.

Toni stöhnte. Sie hatte ja so recht, doch Jenny hatte bereits aufgelegt. „Den haben wir nicht erreicht", wich er mit einer Notlüge aus. „Wissen Sie es denn?"

„Ihr Flugzeug soll gegen zwölf Uhr landen", erwiderte sie.

„Gegen zwölf", wiederholte Toni, damit Jenny es auch mitbekam. „Okay, vielen Dank, Sie haben uns in unseren Ermittlungen ein Stück weitergebracht. Auf Wiederhören." Auch Frau Derbe verabschiedete sich und nur wenig später tauschten Toni und Jenny ihre Ergebnisse aus.

„Lange nicht gesehen!" Freddy und Sophie schritten langsam und gut gelaunt auf den Geheimplatz fallen.

„Stimmt", meinte Toni und klopfte seinem Freund kumpelhaft auf den Rücken. „Na, schon Hunger?"

Erst jetzt fiel Freddy auf, wie laut sein Bauch knurrte, erschrocken fragte er: „Wie spät?"

„Halb sechs", antwortete Sophie.

„Was?" Freddy tat so, als wäre gerade die Welt untergegangen, und Jenny musste unwillkürlich lachen. Doch er beachtete sie nicht, sondern spurtete nur zur Frittenbude hinüber, um sich einen – oder auch zwei – Burger zu holen.

„Was, schon halb sechs?", wunderte sich nun auch Jenny und schaute sich um. Es war Mai und daher hell, die Sonne schien keinesfalls schon „Guten Abend" zu sagen.

Sophie nickte nur geistesabwesend, denn ein Tagtraum verschlang sie, in dem sie fröhlich mit Simone in der Stadt herumschlenderte, jede ein Eis in der Hand, und sie beide sich ohne Scham alles von der Seele redeten. Ein Kettchen mit einem Anhänger, auf dem in goldener Schreibschrift *BFF* eingraviert war, verzierte ihren und Simones Hals. Glücklich sagten sie sich gegenseitig „Du bist die Beste" und wussten, es würde nie vorbeigehen. Als könnte sie ihr Glück kaum fassen, lächelte Sophie und ging auf die Hängematte zu, die einsam hinter dem kleinen Baumhaus hing. Mit geschlossenen Augen warf sie sich hinein und lächelte einfach nur, als könne sie dadurch den Traum wahr machen.

„Hey, Leute!“ Tonis laute Stimme ließ Sophie aufschrecken. Das Sonnenlicht blendete sie, als sie langsam ihre Augen öffnete und blinzelnd zu ihren Freunden blickte. Toni und Jenny saßen unverändert auf ihren Stühlen und Freddy hockte keuchend auf der Treppe des Baumhauses, als hätte er gerade einen Sprint hinter sich. Gemächlich richtete sie sich auf und schlenderte zu Toni und Jenny hinüber, während Freddy es ihr gleichtat.

„Also, ich würde vorschlagen, wir gehen jetzt nach Hause – wir machen ja nichts Bestimmtes mehr. Morgen machen wir uns einen gemütlichen, Lupen-freien Tag und übermorgen treffen wir uns wieder gleich nach der Schule hier, die eine Gruppe geht zu Derbes Frau und die andere zu Derbe selbst. Aber das können wir dann noch ausführlicher besprechen.“

„Typisch Toni“, dachte Jenny. „Wenn er erst mal angefangen hat, einen Vorschlag zu machen, hört er fast nicht mehr auf.“

„Gute Idee.“ Sophie nickte.

„Jap, ich stimme zu und gehe dann gleich“, meldete Freddy.

Jenny nickte und murmelte: „Ich bin vollkommen einverstanden.“ Dann lehnte sie sich gähnend gegen Toni und war kurze Zeit später nicht mehr ansprechbar.

„Anstrengender Tag, was?“, sagte ihr Freund mehr zu sich selbst als zu ihr.

Freddy war bereits zum kleinen Baumhaus getrottet, um sich dort die Schultasche auf den Rücken zu schwingen und den Geheimplatz zu verlassen. Auch Sophie packte ihre Sachen und winkte dem Pärchen, welches immer noch am Tisch saß. „Bis morgen in der Schule“, verabschiedete sie sich lächelnd und war nur wenig später verschwunden.

Toni lächelte vergnügt und war glücklich, alleine mit Jenny sein zu können. „Und, bist du dir jetzt sicher wegen des Kleides?“, fragte er, als sie ihre Augen wieder öffnete.

„Klar, ich nehme das, das ihr gut fandet.“ Sie gähnte. „Willst du nicht auch irgendwann nach Hause?“

„Weiß nicht, und du?“ Toni wollte sie nicht dazu zwingen, zu bleiben, obwohl er sich wünschte, noch eine Zeit mit ihr verbringen zu können, darum erzählte er ihr nicht, wie wenig er eigentlich wegwollte. Wenn er nur in ihr Gesicht blickte, spürte er, dass sie sich am liebsten in ihr Bett kuscheln würde.

„Schon.“ Sie gähnte erneut und stöhnte. „Ich bin total müde.“

Das konnte Toni gut verstehen, denn sie hatte ihm erzählt, wann sie ins Bett gegangen war. Außerdem wusste er, dass sie die Schule jeden Tag anstrengend fand. „Dann solltest du besser nach Hause gehen“, meinte er fürsorglich.

„Da hast du recht“, murmelte sie mit bleiernen Augenlidern.

„Komm“, forderte er sie auf, „ich nehme deine Sachen und dann gehen wir gemeinsam zur Bushaltestelle, okay?“

„Okay.“ Jenny zwang sich, ihre Augen offen zu halten, erhob sich und versuchte, ihrem Freund zu helfen, der eifrig ihre Taschen einsammelte und sie zusammen mit seinen vom Geheimplatz schleppte. „Sorry“, meinte sie noch leise und gleich darauf saßen sie schon an der Bushaltestelle.

„Das ging aber schnell“, sagte Toni gut gelaunt, als der Bus Sekunden später angerauscht kam, und half Jenny hinein. Als sie nach gefühlten fünf Minuten aussteigen musste, nahm sie ihre Taschen selbst in die Hand und kam mit Tonis Hilfe wohlbehalten aus dem Bus. Da er sie nicht nach draußen begleiten konnte, musste sie das letzte Stück alleine durchhalten.

Toni saß nun etwas gestresst, aber trotzdem glücklich neben einem Mann mittleren Alters, der mit seinem Handy rumspielte. Er wusste nicht, wieso, aber Toni freute sich auf zu Hause, und er fühlte sich so, als würde er es vermissen. Das Haus seiner Eltern war nicht klein und nicht groß, obwohl seine Eltern ziemlich gut verdienten. Doch das Geld, was sie nicht unbedingt brauchten, spendeten sie an UNICEF oder andere Hilfsorganisationen, was Toni bewunderte. Er war stolz auf seine Familie und sein Leben.

Das Zimmer, welches er sein nennen durfte, war, wie alle anderen Schlafzimmer, im zweiten Stock untergebracht. Es war kleiner als die anderen, dafür aber gemütlicher und schöner, wie er fand. Ein Sitzsack war in eine Ecke gequetscht, ein Bett neben das Fenster gestellt und ein großer Schreibtisch nahm den Platz vor dem anderen Fenster ein. Ansonsten waren zwei Schränke nebeneinander an die Wand geschoben worden und eine Tür zu dem Bad, welches er mit seiner Schwester teilte, war gleich daneben platziert worden.

Ohne mit irgendjemandem ein Wort zu wechseln, verschwand Toni in sein Zimmer, drehte den Schlüssel um und warf sich auf sein Bett. Wenn er an keinem Fall arbeiten oder in die Schule gehen musste, verbrachte er beinahe den ganzen Tag darin. Sein Computer stand dort, sein Essen nahm er im Bett zu sich, er hörte Musik, las und schlief und hin und wieder schaute er von hier aus einen Film in dem kleinen Fernseher, den er sich von seinem Geld gegönnt hatte. Na gut, er tanzte außerhalb des Betts, aber Ausnahmen bestätigten bekanntlich die Regeln. Er liebte das Tanzen. Den Rhythmus zu hören und im Beat mitzuschwingen, Moves auszuprobieren und zu erfinden – das war genial. Beim Tanzen konnte er alles um sich herum vergessen, sich vollkommen auf die Musik konzentrieren, alles abschütteln, was in seinem Kopf umherschwirrte, ihn nicht in Ruhe ließ.

Glücklich drückte er das Kissen an sich, welches er schon seit einer Ewigkeit besaß. Obwohl er nun schon „erwachsen wurde“, wie alle sagten, würde er es nicht wegwerfen, das hatte er sich geschworen. Toni trabte ins Bad, um seine Zähne zu putzen und zu duschen, gähnte laut und verschwand hinter dem Duschvorhang. Nachdem er sein Abendritual hinter sich hatte, legte er sich ins Bett, nahm sein vor Kurzem angefangenes Buch hervor und las die nächsten paar Zeilen. Ohne zu merken, wie die Zeit verging, las und las er. Als er einen

Blick auf die Uhr warf, erschrak er: 21:30 Uhr! Schnell ließ er das Lesezeichen zwischen den Seiten verschwinden, knipste das Licht aus und musste sich nicht groß bemühen, um einzuschlafen.

12

Den Lupen-freien Dienstag hatten sich die Freunde wirklich verdient. Nach der Schule einfach mal ausspannen oder sich mit belanglosen Dingen wie Hausaufgaben beschäftigen, das war da angesagt, obwohl es unter anderem auch sehr langweilig war. Dafür freuten sie sich alle schon auf Mittwoch, an dem es wieder mit dem aufregenden Fall weitergehen würde.

Am Mittwochmorgen um sieben Uhr klingelte Sophies Wecker. Gähnend schaltete sie den Störenfried aus und reckte und streckte sich. Sie war nicht der Typ Mensch, der den Wecker wütend ausstellte und dann doch weiterschlief, sondern eher der Typ Mensch, der den Tag nicht an sich vorbeigehen lassen wollte. Mit einem weiteren Gähnen stand sie auf und zog sich um. Statt zu duschen, wusch sie nur ihr Gesicht und ging mit schnellen Schritten ins Badezimmer, welches sie mit der ganzen Familie teilte, um sich ihre Zähne zu putzen. Morgens war sie immer schnell fertig für das Frühstück und kam so ohne Ausnahme pünktlich zum Unterricht, im Gegensatz zu ihren Brüdern.

Jimmy und James, der Kleine und der Große, wie ihre Eltern zu sagen pflegten, waren die hartnäckigsten Langschläfer, die Sophie kannte. Klingelte der Wecker, schliefen sie weiter, kamen die Eltern ins Zimmer, schliefen sie weiter, doch wenn sie das zweite Klingeln hörten, welches 7:30 Uhr ankündigte, waren sie schneller fertig, als Sophie gucken konnte. Denn um 7:50 Uhr fuhr ihr Bus und um 8 Uhr mussten sie auf ihren Plätzen sitzen, obwohl es bei Jimmy nicht viel machte, da er in den Kindergarten ging. Erst im nächsten Schuljahr, welches bereits nahte, würde er eingeschult werden. Doch da ihre Geschwister noch nicht auf das Gymnasium gingen, waren die Lehrer auch noch nicht so streng.

Sophies Eltern arbeiteten in einem Restaurant, wo sie nicht allzu schlecht verdienten, was sie aber auch nicht zu den „*Reichen*“ gehören ließ. Sophie störte das jedoch überhaupt nicht, wenn sie hörte, was für Probleme solche Leute hatten – da brauchte sie sich nur mit Jenny zu unterhalten. Nein, Sophie liebte diese glückliche Atmosphäre in ihrer Familie, wo zu den Hauptthemen weder „zu wenig Geld“ noch „zu wenig Zeit“ gehörten. Natürlich gab es einige Dinge, auf die Sophie verzichten musste, aber das war es ihr eindeutig wert.

Nach dem Frühstück griff sie hastig nach ihrer Schultasche, murmelte ein „Tschüss“ und schon war sie aus dem Haus verschwunden. Ihr Bus kam pünktlich um 7:40 Uhr, da ihre Schule weiter entfernt lag als die ihrer Brüder.

„Hey!“ Jennys fröhlicher Ton war unverwechselbar.

„Hey!“ Sophie ging gut gelaunt auf ihre Freundin zu. „Heute kommt Frau Derbe, bin schon total gespannt, was sie zu berichten hat“, flüsterte sie Jenny ins Ohr.

„Ich auch“, gab diese zurück und hielt nach den Jungs Ausschau.

„Freddy hat sich mit Klaus und Gerd verdrückt“, erzählte Sophie, als wäre es ein großes Geheimnis.

„Dieser Lausebengel!“, witzelte Jenny, indem sie den Ton einer verärgerten Mutter nachahmte. Sophie grinste und ihre Zahnspange blitzte in der Sonne. Sie fühlte sich plötzlich pudelwohl mitten in dem großen Trubel, der auf dem Pausenhof veranstaltet wurde. „Lass uns hochgehen“, schlug Jenny vor, als sie Toni nirgends entdecken konnte.

Gemeinsam stiegen die beiden die Treppen hoch, als sei es der Mount Everest, und trotteten in ihr Klassenzimmer.

„Hallo!“ Nun entdeckte Jenny auch Toni, welcher zusammen mit Lukas in einer Ecke stand und sich intensiv unterhielt.

„Morgen!“, begrüßte Toni seine Freundin, entschuldigte sich kurz bei seinem Freund und ging auf Jenny zu. Doch ehe sie ein wenig miteinander plaudern konnten, klingelte es und Frau Rot kam herein. Sie war die beleibte Biolehrerin der Schule und nicht mehr in den besten Jahren. Ihr guter Sinn für Humor war sehr beliebt, wobei sie aber auch sehr streng und unangenehm werden konnte. Die ganze Klasse wurde still und jeder verzog sich auf seinen Platz, um nicht von Frau Rot aufgefordert werden zu müssen.

„Guten Morgen, Kinder“, begrüßte die Lehrerin ihr Schüler.

„Guten Morgen, Frau Rot“, antworteten alle im Chor. Die Biostunde verlief wie jede Biostunde mit Frau Rot. Was Sophie an den Biostunden am liebsten hatte, war die Art, wie Frau Rot den Unterricht gestaltete. Immer wieder hatte sie neue Ideen, die ihre Schüler ins Staunen versetzten. Einst hatte sie ihren eigenen Hund mitgebracht, und konnte jemand eine Frage richtig beantworten, durfte dieser Raccie unentwegt streicheln. Frau Rot wusste genau, dass die 7a eine totale Schwäche für Tiere hatte.

Nach der Biostunde hatten sie eine Stunde Mathematik mit Herrn Gerbe, welche ohne Zwischenfälle verlief, was Jenny allerdings nicht dabei half, es besser zu verstehen. Als es zur Pause klingelte, packten die Schüler erleichtert ihre Bücher und Hefte weg und rannten übermütig auf den Schulhof.

„Mathe und Bio waren total langweilig“, brummte Freddy, als er sich zusammen mit Jenny, Sophie und Toni auf einer Bank auf dem Pausenhof niedergelassen hatte.

„Stimmt“, murmelte Toni und kickte stöhnend einen kleinen Stein weg.

„Na ja, ich fand es eigentlich gar nicht so schlecht“, widersprach Sophie und fragte sich, was mit den Jungs los war.

„Mathe ist immer doof“, beschwerte sich Jenny. „Aber Bio fand ich gar nicht so schlecht.“ Sophie freute sich, dass sie wenigstens nicht ganz alleine dastand.

Sie waren sich alle einig, als Jenny meinte, die Pause wäre viel zu schnell vorbei, da nur wenig später die Schulglocke erklang. „Das waren höchstens zwei Minuten“, meckerte Freddy unzufrieden, während er die Treppenstufen hinaufstieg. Seine Freunde nickten, doch ihre Beschwerden halfen nichts dagegen, dass der Unterricht wieder begann.

Nach mindestens drei Jahren, wie Freddy meinte, ertönte die ersehnte Klingel, die die Schüler aufrief, nach Hause zu gehen. Doch statt dies zu tun, schlenderten die vier Lupen gemeinsam in die Gasserstraße, die glücklicherweise nicht weit von ihrer Schule entfernt war. Vorbei an Büschen, Haustüren und schreienden Kindern bogen die Freunde schließlich auf ihren Geheimplatz ein. Seufzend ließen sie sich um den Tisch herum auf die Stühle fallen, stellten ihre Schultaschen ab und stützten ihre Ellenbogen auf die Tischplatte.

„Also“, fing Sophie etwas fragend an.

„Also“, wiederholte Toni und fuhr ohne großes Trara fort: „Die einen gehen zu Derbe, die anderen zu Frau Derbes Haus.“

„Oder wollen wir Derbe anrufen und fragen, ob seine Frau da ist?“, schlug Jenny vor.

„Das ginge auch, wobei ich uns eigentlich nicht ankündigen will, da wir am besten mit Frau Derbe alleine reden sollten“, entgegnete Toni.

„Mir egal“, murmelte Freddy nur, als Sophie ihn ansah, als solle er auch etwas sagen.

„Ich würde eigentlich gerne zu ihrem Haus fahren“, brach Sophie nach kurzer Zeit das Schweigen.

„Okay, dann machen wir das so.“ Toni blickte die anderen beiden an. „Wohin wollt ihr?“

„Mir egal“, meinte Freddy erneut.

Jenny schaute Toni nur an, welcher daraufhin erklärte: „Ich möchte am liebsten noch einmal bei Herrn Derbe vorbeischauen.“

Jenny wollte gerade sagen, dass sie auch gerne zu Herrn Derbe gehen wollte, als Freddy ihr zuvorkam: „Ich auch.“

Sophie war erstaunt. Freddy, der gerade noch total gelangweilt da gesessen und gemeint hatte, ihm wäre es egal, schoss Jenny dazwischen, welche ohne Weiteres mit Toni gegangen wäre, wenn sie gekonnt hätte.

„Okay, dann gehe ich mit Sophie", hörten Jennys Freunde sie plötzlich sagen, als wäre nichts passiert.

„Gut, dann los." Toni versuchte, die Konversation noch zu retten, und rappelte sich auf.

Etwas später saßen Toni und Freddy im Bus, der sie zu Herrn Derbe bringen sollte. Das Schweigen schien sie noch umzubringen, doch keiner der beiden wusste, wie man es hätte brechen können, obwohl Freddy sonst immer sehr gesprächig war. Daher verlief die Fahrt ohne ein einziges Wort, und erst als der Bus hielt, sahen sie sich an. Sie stiegen aus, ohne lange zu warten, und es kam ihnen vor, als ständen sie nur eine Sekunde später vor dem Mietshaus.

Auf das Klingeln hin summte die Tür und die Freunde traten in das stickige Treppenhaus. Aus Erfahrung wussten sie, wo Herr Derbe seine Wohnung hatte, und so traten sie ohne Weiteres vor seine Wohnungstür, welche augenblicklich geöffnet wurde.

„Guten Tag, Herr Derbe", begrüßte Toni den Mann vor ihm höflich.

Freddy nickte nach Herrn Derbes Begrüßung nur gezwungen freundlich und erklärte dann: „Wir wollten eigentlich nur fragen, ob Ihre Frau da ist."

„Nein, tut mir leid, sie wollte vom Bahnhof aus in ihr Häuschen gehen, um ein wenig zu arbeiten", sagte Herr Derbe mit einem bedauernden Gesichtsausdruck.

„Kein Problem, bitte entschuldigen Sie die Störung", meinte Toni und war dabei, den Rückzug anzutreten, als Herr Derbe meinte: „Aber ihr könnt ruhig reinkommen."

„Nein, danke", entgegnete Freddy.

„Okay. Auf Wiedersehen!" Herr Derbe winkte noch freundlich und schloss dann mit einem heftigen R*ums!* die Tür.

Das Haus Katharina Derbes war ausgesprochen schön, darin waren sich die Freundinnen einig. Eine große grüne Wiese umrahmte das Gebäude zusammen mit einzelnen Bäumchen. Es war beinahe wie im Märchen: ein Haus, einfach wahllos irgendwohin gebaut und trotzdem wunderschön. Auch wenn es ziemlich bescheiden und klein war, es sah unglaublich gemütlich aus. In einem Babyblau war es angestrichen und hier und da tauchten einige rosa und gelbe Tupfer auf. Eine kleine Terrasse war an der Seite zu finden und an jeder Hausseite zwei Fenster mit grünen Gardinen. Man kam nur über ein kleines Treppchen zur Haustür, welche verhältnismäßig schmal und klein war, sodass der größte Mann der Welt sicherlich nicht hindurchgepasst hätte. Jenny und Sophie waren so bezaubert von dem Anblick, dass sie eine Weile auf der Wiese verharrten, nur um das Häuschen zu betrachten und zu bestaunen. Doch plötzlich ging ein Fenster auf und eine Frau mit sehr hellen, blonden Haaren streckte den Kopf heraus. Ihr Blick fiel auf die beiden Mädchen und sie kam schleunigst aus der Haustür gestolpert. „Hallo, Kinder, was macht ihr denn hier?", fragte sie überrascht, während sie noch auf dem Weg zu den Freundinnen war.

„Guten Tag, Frau Derbe, wir sind Detektivinnen", erklärten Jenny und Sophie ausgesprochen freundlich.

„Sie haben wirklich ein sehr, sehr nettes Häuschen", bemerkte Jenny kurz.

„Danke." Etwas hilflos schaute die Dame die beiden Mädchen an. Ihre grünen Augen spiegelten Ernst und Lebensfreude gleichermaßen wider und ihre kräftige Statur kam bei den Freundinnen äußerst sympathisch rüber. „Kommt doch erst mal herein", schlug sie nach einer kurzen Pause vor und führte die Detektivinnen in die gute Stube.

„Aha", vermerkte Frau Derbe, nachdem die beiden ihr das Nötigste erzählt hatten. „Und jetzt wollt ihr also von mir ein wenig über das Geschäft erfahren?" Die Mädchen nickten. „Na gut, also man könnte es so ausdrücken: Wir haben fast alles Geld verloren.“ Jenny und Sophie sahen sich überrascht an.

„Fast alles Geld verloren?“, fragte Sophie nach einem kurzen Schweigen erstaunt.

Frau Derbe nickte und nahm einen Schluck Wasser.

„Wann?“, erkundigte sich Jenny neugierig.

„Schon Anfang März, was natürlich sehr praktisch war, denn man muss ja nicht gleich herumerzählen, dass man beinahe pleite ist, und daher war es wirklich sehr gut, dass wir sowieso jeden März geschlossen haben.“ Frau Derbe wusste nicht, wie sehr sie ihren Mann damit belastete, da die Freunde ihr nur erzählt hatten, dass er ein Zeuge des Falls war.

„Und was war der Grund dafür?“, fragte Sophie etwas verwundert.

„Mein Mann spielt um Geld, Glücksspiel“, erklärte Frau Derbe nüchtern. „Sonst noch Fragen?“

„Ja, wir haben noch die eine oder andere Frage“, sagte Sophie und schüttelte kurz ihren Kopf, wobei ihre kurzen, glatten Haare im Takt wippten.

„Hätten Sie für das Lied von Herrn Beethoven noch Geld gehabt?“, erkundigte sich Jenny.

Frau Derbe schüttelte bedauernd den Kopf. „Nein, leider nicht.“

„Oh.“ Der Blickwechsel zwischen den Freundinnen sag-

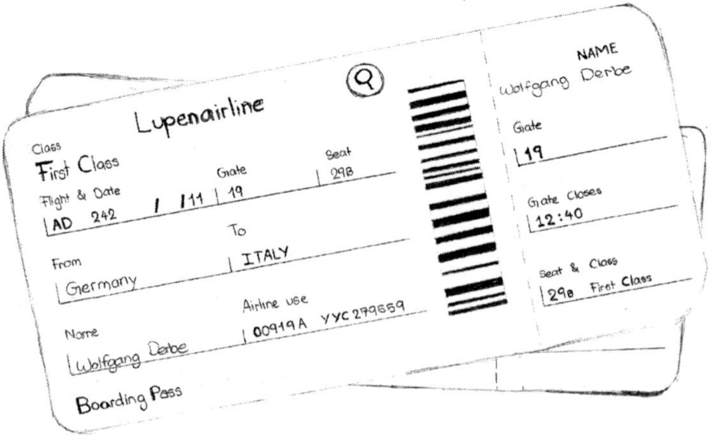

te mehr, als es Worte hätten tun können. Jennys Blick fiel plötzlich auf zwei Tickets, welche übereinandergelegt auf dem Wohnzimmertisch lagen und auf denen groß *Lupenairline* und etwas weiter unten *To ITALY* stand. Darunter schließlich war klein, aber fein *Wolfgang Derbe* geschrieben. „Sie fliegen weg?“, fragte sie und blickte Frau Derbe interessiert in die Augen.

„Ja, dieses Wochenende“, nickte Frau Derbe. „Mit meinem Mann – wir wollen einmal so richtig ausspannen nach all dem Stress.“

„Dann wünsche ich Ihnen viel Spaß!“, meinte Jenny freundlich und warf einen zweiten Blick auf die Tickets. *Gate Closes 12:40 Uhr*, fiel ihr ins Auge, was wohl bedeutete, dass der Abflug gegen 12:40 Uhr stattfand. „Und wann kommen Sie zurück?“

„Wahrscheinlich nehmen wir den Rückflug am Sonntag um 17 Uhr“, antwortete Frau Derbe.

„Ah“, sagte Jenny und dann: „Wir melden uns, wenn noch etwas ist.“ Sie ließ sich gemeinsam mit Sophie zum Ausgang führen.

„Einverstanden. Auf Wiedersehen und viel Erfolg bei der Aufklärung eures Falls!“, rief Frau Derbe den beiden Mädchen hinterher, bevor sie die Haustür sachte schloss.

„Was ist so interessant daran, dass sie nach Italien gehen?“, fragte Sophie verwundert, als sie mit ihrer Freundin zur Bushaltestelle schlenderte.

„Das heißt sturmfreie Bude!“, erklärte Jenny, als müsse Sophie mit dieser Erklärung alle Antworten auf ihre Fragen erhalten haben.

„Äh …?“ Jenny schien ihr Ziel nicht erreicht zu haben und blickte ihre bedröppelt dreinsehende Freundin an, als komme sie vom Mars.

„Na ja, wir könnten die Wohnung durchstöbern und schauen, ob das Lied da ist“, vervollständigte sie ihre Erklärung so ausführlich wie möglich und hoffte einen *Ah!-Gesichtsausdruck* in dem Gesicht ihrer Freundin erkennen zu können, doch diese schien immer noch nur Bahnhof zu verstehen.

„Hä? Und wie willst du da reinkommen?"

„Einbrechen. Freddy hat doch mal einen Freund seines Vaters erwähnt, der beim Schlüsseldienst ist und Freddy mal geholfen hat, als er nicht ins Haus reinkam."

Sophie verstand nun, hatte jedoch anscheinend ihre Zweifel. „Einbrechen?"

„Komm schon, wir wollen nur einen Beweis dafür, dass er es wirklich war, der das Lied gestohlen hat", versuchte Jenny ihre Freundin zu überzeugen. „Und dass er es war, dürfte doch wohl auf der Hand liegen."

„Was denkst du von mir? Einbrechen!!!", sagte Sophie und stieß ihre Freundin übermütig in die Seite. „Klar machen wir das!"

„Dann ist gut", grinste Jenny. „Freddy braucht nur noch diesen Freund seines Vaters zu informieren, dann klappt das schon."

Einer Meinung saßen die Freundinnen im Bus, und als Sophie Freddy am Handy von den interessanten Neuigkeiten berichtete, war dieser sofort Feuer und Flamme. „Cool, gute Idee! Jap, der Tobi ist ein feiner Kerl, er ist der beste Kumpel meines Vaters und ich hab mich auch gut mit ihm angefreundet, ich sag ihm einfach, dass Toni da rein muss, weil seine Tante in Amerika ist und ihm eine E-Mail geschrieben hat, dass sie dringend etwas aus der Wohnung braucht. Das soll er ihr dann schicken, aber sie hat den Schlüssel in Amerika, okay?"

„Gute Idee, wir kommen jetzt zum Geheimplatz", sagte Sophie.

„Okay, wir warten auf euch", gab Freddy zurück.

Sophie legte auf und nickte Jenny so zu, dass diese sofort verstand, wie Freddy reagiert hatte. So siegessicher, wie Jenny war, konnte sie keinesfalls still sitzen und so wippte sie aufgeregt hin und her. „Das wird bestimmt voll die Blamage für Herrn Derbe", meinte sie gut gelaunt und biss sich vor Aufregung auf die Lippe. Sophie nickte nur zustimmend und grinste unentwegt vor sich hin, wobei ihr dabei das liebevolle, makellose Gesicht von Herrn Derbes Frau nicht aus dem Kopf ging, was für ein kleines Anzeichen von schlechtem Gewissen sorgte. Doch sie vertrieb es mit dem Gedanken: „Wir holen nur ein Beweisstück, machen nichts kaputt, sondern setzen uns bloß für Gerechtigkeit ein."

Am Geheimplatz wurden die Mädchen mit offenen Armen begrüßt und Freddy zückte schleunigst sein Handy. „Ich rufe schnell bei ihm an und frage, ob ich morgen zu ihm kann, um mit ihm zu reden", erklärte er und verschwand im kleinen Baumhaus.

„Echt gute Arbeit", lobte Toni lächelnd.

„Danke", riefen Sophie und Jenny im Chor und ließen sich auf die Holzstühle fallen.

„Was machen wir heute noch?"

„Wie spät ist es?", war Tonis Gegenfrage.

„Fast 16 Uhr", erwiderte Sophie.

„Also eigentlich haben wir nichts mehr zu tun, morgen geht Freddy zu dem Kumpel seines Vaters und wir müssen bis Samstag warten, um bei Derbes einzubrechen."

„Stimmt. Irgendwie langweilig, ständig warten zu müssen", seufzte Jenny.

„Da hast du recht, dafür wird es dann Samstag total cool", tröstete Sophie.

„Ich gehe morgen zu ihm, das ist gebongt." Mit diesen Worten trat Freddy aus dem kleinen Baumhaus hervor und ging auf seine Freunde zu.

„Okay. Ich mache einen Terminkalender …", Jenny zückte Stift und Papier, „… in dem drinsteht, wann wir uns für welche Sache treffen müssen." Sie schaute fragend in die Runde.

„Samstag für den Einbruch", war Sophies erster Punkt.

Das Geräusch eines Bleistiftes, der auf Papier drückt, erklang. „Um wie viel Uhr?"

„Sagen wir nachmittags, gegen drei", schlug Toni vor. Jenny nickte, als hätte sie einen Befehl vom Kapitän bekommen, und setzte wieder an.

„Dann am Montag für die Festnahme", sagte Freddy, als er sah, dass Jenny fertig mit Schreiben war.

„Um wie viel Uhr?", fragte diese wieder.

„Vielleicht auch so um drei, also nach der Schule?" Sophies Vorschlag hörte sich eher wie eine Frage als eine Antwort an.

„Okay", sagte Jenny darum und schrieb alles auf. „Noch was?"

„Nächsten Freitag ist der Ball", meinte Toni ohne weiteren Zusammenhang.

„Stimmt!" Freddy schien etwas eingefallen zu sein. „Wir müssen noch unsere Werbung, die Aufklärung unseres Falls und alles andere vorbereiten!"

„Gut, am besten den Tag davor, also am Donnerstag." Alle nickten auf Jennys Aussage hin und sie kritzelte einen weiteren Termin auf den Terminkalender.

„Ich nehme am nächsten Donnerstag auch das Kleid für dich mit", meldete Jenny zu Sophie gewandt.

„Danke." Jennys Freundin lächelte gerührt. „Ich muss noch Hausaufgaben machen, und ihr?", fragte sie plötzlich und blickte jedem ihrer Freunde einzeln in die Augen.

„Ich auch", nickte Freddy und auch Toni kramte sofort in seinen Sachen.

„Ganz vergessen", murmelte Jenny etwas erschrocken und suchte sich ihr Deutschbuch heraus.

13

„Na, gut geschlafen?“, waren Jennys erste Worte, die sie am nächsten Morgen an Toni richtete.

„Ja, und du?“, fragte Toni gut gelaunt zurück und nahm gemeinsam mit seiner Freundin die ersten Stufen der Treppe.

„Auch“, lächelte Jenny zurück und sah sich kurz nach Freddy und Sophie um. „Hast du die anderen schon gesehen?“

„Ja, die sind schon oben“, berichtete Toni.

Das Paar trat ins Klassenzimmer und war nicht wenig überrascht: Alle Plätze waren besetzt bis auf ihre und an der Tafel stand in verschiedenen Farben: „Alles Gute zum Geburtstag, Herr Gerbe!“ Mucksmäuschenstill und mit den Heften und Büchern auf dem Pult sahen ihre Klassenkameraden sehr ungewohnt aus. Toni und Jenny hätten den Geburtstag ihres Mathematiklehrers beinahe vergessen! Sie setzen sich schnell auf ihre Stühle und bereiteten ihre Sachen genauso vor wie ihre Mitschüler. Als ihr Lehrer hereinkam, war alles fertig.

„Happy birthday to you, happy birthday to you …“, sangen die Schüler und Herr Gerbe war angenehm überrascht.

„Vielen Dank!“, sagte er vergnügt. „Und ich habe noch gedacht, ihr würdet sicher nicht daran denken.“ Er lachte und machte eine entschuldigende Geste. „Damit habe ich wirklich nicht gerechnet.“ Die Kinder schienen glücklich, ihrem Lehrer eine Freude bereitet zu haben, da er ein guter und sehr bemühter Lehrer war, der ihnen stets zur Seite stand. Obwohl es hin und wieder Stress, Streit oder Anrufe nach Hause gab, war er bei den Schülern insgeheim sehr beliebt.

Nach der Mathematiklektion verlief der Unterricht wie gewohnt. In den Pausen waren die vier Lupen alleine oder mit ihren anderen Freunden wie Kevin, Gerd und Lukas unterwegs. Da sie nach der Schule nicht vorhatten, sich zu treffen, nahmen sie jeder ihren eigenen Weg, als die Schulglocke ertönte. Nur Jenny und Toni stießen am Ausgang aufeinander und einigten sich, zusammen ein Eis essen zu gehen. Freddy fuhr mit dem Bus zur Polizeistation, wo er sich mit Tobias verabredet hatte, und Sophie beeilte sich, um nicht zu spät im *Zum besten Freund* anzukommen. Sie hatte bei ihrer Verabredung mit Simone nicht im Geringsten daran gedacht, dass sie bis 15 Uhr Schule hatte.

Keuchend und schwitzend vom vielen Rennen betrat Sophie schließlich das Café, in dem sie sich mit dem ihr sympathischen Mädchen treffen wollte. Simone war bereits da und wartete geduldig an einem kleinen Tisch, auf dem zwei Menükarten lagen. Ihr langes, gewelltes Haar war auf eine Seite gekämmt und fiel graziös auf ihren Oberkörper, während ihre hellblauen Augen durch die bescheidene Menge Lidschatten nur so herausstachen und ihre schmalen Lippen mit ein wenig Lipgloss verziert das i-Pünktchen bildeten. Ihre etwas größere Nase störte kein bisschen und die Brille verschönerte das ganze Aussehen sogar. Simone trug ein luftiges, cremefarbenes Sommerkleid mit verschiedenen, kleinen Blumen. Überwältigt blieb Sophie einen Moment stehen, und erst als sie die ganze Schönheit betrachtet und verdaut hatte, schritt sie auf das Mädchen zu.

„Hallo", sagte sie, während sie sich hinsetzte.

„Hallo." Überrascht wandte Simone ihren Blick, der gerade noch auf die Straße gerichtet war, auf Sophie.

Diese kam sich geradezu lächerlich vor in ihrer einfachen Jeans und ihrem leichten Top, über dem sie eine dünne Jacke trug. „Du siehst wirklich gut aus."

„Oh, danke." Verlegen blickte Simone auf. „Ich mag deine Sommersprossen, solche habe ich mir schon immer gewünscht …", fügte sie hinzu.

„Ich finde sie eher nervig." Eine ganze Weile saßen die beiden Mädchen stumm da, doch sie schienen sich trotzdem zu verstehen. Erst als eine Dame kam, um ihre Bestellung aufzunehmen, brach Simone das Schweigen: „Ich hätte gerne eine Cola und dazu eine Kugel Pistazieneis."

Die Dame nickte, notierte sich alles und sah Sophie fragend an. „Für mich bitte auch eine Cola und eine Kugel Joghurt", bestellte diese freundlich, woraufhin die Kellnerin verschwand.

„Kann ich dich *Moni* nennen?", fragte Sophie und war etwas erschrocken und gleichzeitig beeindruckt von ihren eigenen Worten.

„Klar", entgegnete Simone mit einer Selbstverständlichkeit, die Sophie erstaunte. „Hast du auch einen Spitznamen?"

„Nee, nicht wirklich." Sophie lachte bei der Vorstellung „Phie", „So", „Sop" oder „Soph" genannt zu werden.

„Wäre ja auch irgendwie komisch, wenn jemand dich *So, Phie* oder so was nennen würde", grinste Simone, als hätte sie Sophies Gedanken gelesen.

„Wieso hast du eigentlich keine Freunde? Ich meine, du bist ja total nett und so", meinte Sophie plötzlich.

Simone seufzte niedergeschlagen. „Keine Ahnung. Leute mit Zahnspange, Brille und großer Nase sind halt dumm. Besonders wenn sie kein Schokoladeneis mögen, sondern ekelhaftes Pistazieneis bevorzugen."

„Was?" Sophie konnte es nicht glauben. Teils schockiert, teils herablassend meinte sie: „Verrückt."

Simone zuckte nur die Schultern. „Hab mich dran gewöhnt."

Verständnisvolles Nicken kam von ihrem Gegenüber. „Und was ist mit deinem Vater?"

„Nichts. Meine Eltern sind schon ewig geschieden, da war ich etwa sechs, das heißt, ich kenne ihn fast nicht. Er kam uns nie besuchen, hat nie angerufen oder sich sonst gemeldet, er war sozusagen nie in meinem Leben", antwortete Simone. „Und was ist mit deinen Eltern?"

„Sie sind nicht geschieden." Sophie kam sich etwas fehl am

Platz vor, bis ihre neue Freundin begeistert fragte: „Cool! Sind sie toll?", und Sophie strahlend nickte.

Nachdem die Kellnerin, die ihre Bestellung aufgenommen hatte, mit zwei Colas und zwei Kugeln Eis wiedergekommen war, setzten die Mädchen ihre Unterhaltung fort.

„Weißt du, ich vermisse meinen Bruder", sagte Simone plötzlich und ihr stiegen ungewollte Tränen in die Augen. „Ich war fünf, als er geboren wurde, und er war ein Engel. Oft hat er ohne Pause gebrabbelt und mit mir Spiele gespielt, die ich mit keinem sonst spielen konnte. Alles habe ich ihm erzählt, und sobald er sprechen konnte, hat er auch mir immer sein kleines Herz ausgeschüttet. Jeden Tag waren wir zusammen, wenn ich in die Schule musste, hat er sofort losgeheult, und wenn ich wiederkam, hat er gelacht. Gemeinsam sind wir spazieren gegangen, waren einkaufen, haben verschiedene Ausflüge unternommen. Wir waren trotz des Altersunterschieds das beste Team, das man sich vorstellen kann. Bis zu diesem einen Tag …" Die erste Träne rollte über Simones Wange und wurde von ihrer Hand erbarmungslos weggewischt. „An dem Tag hat Paul aufgehört zu lachen. Ja, er hat einfach aufgehört. Ohne sich von mir zu verabschieden, ist er weggegangen, sodass ich nie mehr mit ihm auf Bäume klettern durfte. Nur weil ich in dieser verdammten Schule sitzen musste und nicht auf ihn aufpassen konnte. Nur weil meine Mutter einen Augenblick in einen Laden gehen musste, um etwas einzukaufen, und Paul unbedingt noch mit seinem Ball spielen wollte. Nur weil dieser dumme Ball auf die Straße gerollt ist. Nur weil Paul noch zu klein war, um zu wissen, wie gefährlich die Straße ist. Nur weil ein verdammtes Auto ihn nicht gesehen hat. Nur weil es schon zu spät war. Nur weil …" Weinend biss sie sich auf die Lippe und ließ ihren Tränen freien Lauf. Sie ertrug es nicht, weiterzusprechen, es kam sowieso nur ein Schluchzen heraus. Fürsorglich nahm Sophie die Hand ihrer neuen Freundin und zwang sich, nicht auch in Tränen auszubrechen.

„Ich weiß, wie du dich fühlst", flüsterte sie und spürte die eigenen Tränen in sich aufsteigen. „Ich hatte einmal einen Freund, er hieß Larry …“ Voller Verständnis erzählte Sophie nun ihre eigene Geschichte, sodass auch sie ihre Erzählung unter Tränen beendete. Diesmal nahm Simone Sophies Hand und drückte sie sanft.

Nachdem sie sich beide ein wenig beruhigt hatten, meinte Sophie: „Weißt du, das alles ist am 8. Juni passiert.“ Sie suchte nach den richtigen Worten. „Du weißt bestimmt, dass nächsten Freitag das gleiche Datum ist.“ Simone nickte und ihre Freundin fuhr fort: „Und am Freitag ist der Abschlussball in meiner Schule.“

Mehr musste sie nicht sagen, damit Moni sie verstand. Sofort hatte diese eine Idee: „Vergiss es.“

Sophie zog erschrocken und überrascht eine Braue hoch. „Wie meinst du das?“, fragte sie verwirrt.

„Guck, Sophie, wir können uns doch nicht für immer an diese Versprechen binden, die wir an unsere Toten gegeben haben. Larry würde bestimmt glücklicher sein, wenn du glücklich bist, statt dass du mit der Trauer wegen seines Todes für immer unglücklich bleibst. Es ist ganz natürlich, dass wir sie nicht vergessen können. Ich würde es auch nicht wollen. Aber wir können nicht unser Leben lang einfach nur Trübsal blasen“, erklärte Moni ernst und sah Sophie an. „Findest du nicht?“

Nach kurzem Überlegen nickte Sophie langsam mit zusammengepressten Lippen. „Stimmt“, hauchte sie traurig. „Aber ich kann das nicht.“

„Sicher. *Du* kannst das nicht, aber *wir* können das“, meinte Moni nun mit einem siegessicheren Lächeln.

Auch auf Sophies Gesicht stahl sich ein Zeichen von Freude. „Okay.“ Sie nickte schließlich standhaft und hatte das Gefühl, niemand könne sie und Moni je auseinanderbringen.

Die Tage gingen langsamer vorüber, als es den Freunden lieb war, und das Wochenende konnte nicht schnell genug kommen. Am Samstag konnten die Freunde es kaum erwarten, dass die Turmuhr drei Uhr schlug, und so kam es ihnen wie drei Ewigkeiten vor, bis sie endlich alle am Geheimplatz versammelt waren. Sie schienen allesamt munter und gut gelaunt und es kam ihnen vor, als könnte nichts und niemand ihnen den Tag vermiesen.

„Okay, ich rufe jetzt Tobi an, erzähl ihm die Geschichte von deiner Tante, Toni, und er kommt dann als Schlüsseldienst. Am besten gehen Sophie und Jenny ein bisschen weiter weg, wenn der Schlüsseldienst dann kommt, weil das sonst zu auffällig ist, in Ordnung?"

Die drei nickten und Toni erklärte: „Wenn wir da sind, der Schlüsseldienst aufgeschlossen hat und wieder verschwunden ist, durchsuchen wir alles. Wenn jemand das Lied gefunden hat, ruft nicht, sonst werden die Nachbarn aufmerksam, sondern geht zum nächsten Raum, um dem anderen leise davon zu berichten." Tonis Freunde nickten ernst. Das war das erste Mal, dass die eine solche Straftat begingen, um einen Fall aufzuklären. Aber es ging eben nicht anders.

„Wir teilen uns auf, einer geht ins Wohnzimmer, einer ins Schlafzimmer und ins Bad und der Letzte in die Küche. Wenn sie noch mehr Zimmer haben, suchen wir die ab, sobald ihr eure Durchsuchung beendet habt. Und wenn ihr fertig seid, bitte ebenfalls nicht laut losbrüllen, sondern zum nächsten Raum gehen und Bescheid sagen", schloss er.

Nachdem jeder ein verständnisvolles Nicken von sich gegeben hatte, zerstreuten sich die Freunde, um ihre Taschen zu holen. Nur wenige Minuten später standen die vier Lupen an der Bushaltestelle und redeten übermütig drauflos, während Freddy Tobias anrief und die Lügengeschichte auftischte.

Als sie an Derbes Haus angekommen waren, verabschiedeten sich Sophie und Jenny zunächst von den anderen beiden und taten so, als würden sie wieder zur Bushaltestelle laufen, während der Schlüsseldienst eintraf.

„Hallo Freddy!" Einer der Männer ging zielstrebig auf Freddy zu und umarmte ihn herzlich.

„Hey Tobi, voll gut, dass du kommen konntest." Freddy zeigte auf Toni. „Das ist Toni", sein Finger wanderte auf das Haus, „und das ist das Haus seiner Tante."

Toni nickte. „Guten Tag."

„Na dann erzählt mal, was braucht deine Tante denn so dringend, dass du es sogar nach Amerika schicken musst?", fragte Tobi, während seine Kollegen die Schlüssel rauskramten und versuchten, das Schloss aufzubekommen.

Freddy und Toni tauschten ertappte Blicke. Damit hatten sie nicht gerechnet.

„Äh …", fing Toni an.

„Sie hatte vor ihrer Abreise eine kreative Phase und hat da ein altes Fotoalbum für Babyfotos richtig schön beklebt und aufgepeppt, das sie irgendwann verschenken wollte, weil noch keine Bilder drin sind, und jetzt ist ihre beste Freundin schwanger, die sie in Amerika besucht, und da kam Tonis Tante die Idee, dass sie ihr das Album schenkt." Freddy seufzte erleichtert. „Gerade noch geschafft", sollte der Blick heißen, den er an Toni richtete.

„Das ist ja eine echt gute Idee", meinte Tobi begeistert. Gleichzeitig öffnete sich die Tür, in deren Schloss Tobis Kollege gerade noch herumgedreht hatte.

„Geschafft", sagte dieser freundlich.

„Tausend Dank, wie viel bekommt ihr dafür?", fragte Freddy.

„Ach, das war Ehrensache, dein Vater kann mich ja nächstes Mal einladen, wenn wir ein Bier trinken gehen", lachte Tobi.

„Oh, das ist echt nett, vielen Dank", sagte Toni.

Nachdem die beiden sich von dem Schlüsseldienst verabschiedet hatten, kamen Sophie und Jenny zurück, die aus der Ferne das Geschehen heimlich beobachtet hatten.

Nur wenig später hatten die Lupen sich auf die Zimmer aufgeteilt: Jenny durchsuchte das Wohnzimmer, Freddy die Küche, Sophie das Esszimmer und Toni das Schlafzimmer. Das angeregte Stöbern zwischen Kartons, Blättern, Geschirr, Blumen und auch Staub machte den vier Lupen trotz allem eine Menge Spaß. Nach höchstens fünf Minuten Suchen hatten sie die Polizisten vergessen, nach zehn Minuten ihre Freunde, nach fünfzehn Minuten, wo sie waren, und nach zwanzig Minuten mussten sie lange nachdenken, bis ihnen wieder einfiel, wieso sie überhaupt da waren. Hinzu kam, dass sie die Zeit vergaßen und so keinen Schimmer hatten, wie lange sie in ihrem jeweiligen Raum herumkramten, doch irgendwann waren sie fertig.

„Ohne Erfolg“, seufzte Sophie Freddy leise ins Ohr, da das Esszimmer gleich neben der Küche lag und sie sofort zu ihm gegangen war, als sie alles durchsucht hatte.

„Bei mir auch“, meinte Freddy, doch ihm schien es nichts auszumachen – er hatte viele interessante Lebensmittel, Küchenhilfen und Ähnliches gefunden und mit großer Begeisterung untersucht. Gemeinsam nahmen die beiden den Weg ins Wohnzimmer, welches am Nächsten lag, und trafen auf Jenny und Toni, die auch kein *Für Elise* gefunden hatten.

„Noch ein Bad und eine Abstellkammer“, flüsterte Toni seinen Freunden zu.

„Bad!“, meldete sich Freddy freiwillig und eine Spur zu laut.

„Pssst!“, ermahnte Toni vorsichtig. „Okay. Ich auch.“

Die Mädchen nickten und verschwanden in der Abstellkammer, während die Jungen sich ins Bad verzogen. Die Abstellkammer war weit staubiger, als alle anderen Zimmer zusammen, die die Freunde zuvor durchsucht hatten. Stapel von Papieren, Kartons voll verschiedener Souvenirs, Schreibzeug, Geschirr und anderen Sachen. Regale, gefüllt mit verrosteten und brauchbaren Schrauben, Klebeband, einem alten Computer, der wohl nicht mehr zu funktionieren schien, weiteren Stapeln von Papieren, Büchern und CDs und eine verstaubte Flöte. Die Kammer war stickig und dunkel, durch das winzige Fenster fiel kaum Sonnenlicht und einen Lichtschalter fanden Jenny und Sophie auch nicht. Es war fremd für sie, eine Abstellkammer so vorzufinden, doch sie dachten nicht lange über die Seltsamkeit nach, sondern machten sich ohne Weiteres an die Arbeit.

Das Bad war glücklicherweise nicht von anderen Bädern zu unterscheiden, eine große Badewanne mit Dusche und einem Duschvorhang, ein Klo, ein Waschbecken und ein kleines Regal mit Comics, Büchern und einem Radio füllten den Platz aus, den es gab, und so brauchten die beiden Jungen nicht lange, um herauszufinden, dass das Bad das gesuchte Stück nicht auffindbar machte. Ohne lange zu überlegen, rauschten sie zu den beiden Mädchen in die Abstellkammer, um ihnen zur Hand zu gehen. Mit vereinten Kräften stellten sie die Kammer auf den Kopf, ohne eine Unordnung über sie herrschen zu lassen.

„Da, ich hab es!“, rief Freddy plötzlich und lugte aus dem Karton hervor, in dem bis auf das Lied und einen kleinen Stapel von Papieren nichts zu sehen war. Seine laute Stimme ließ seine Freunde erschrocken aufschauen und „Pssst!“ machen, doch im Grunde freuten sie sich wie kleine Kinder, die ihr verlorenes Spielzeug wiedergefunden hatten. Um den Fundort zu kennzeichnen, malte Freddy einen braunen Punkt in den Karton. Erst als Toni sie darauf aufmerksam machte, dass sie langsam gehen sollten, legte sich ihre Begeisterung und sie verließen strahlend das Haus.

Am Geheimplatz angekommen buddelten sie sofort ohne Absprache im Sand. Alle Mitglieder der vier Lupen wussten, dass ihre wertvolle *Truhe* darin versteckt war, in der sich Lupen, Detektiv-T-Shirts, die sie zur Aufklärung des Falls überstreiften, und einige *Zaubersachen* wie die Haarclipkamera befanden. Kurze Zeit später hielten sie ihren Schatz in Händen. Der Inhalt glitzerte zwar nicht, doch die Detektiv-T-Shirts waren der ganze Stolz der Freunde, und so breitete sich ein glückliches Strahlen auf allen vier Gesichtern aus. Jenny legte das *Für Elise* so behutsam hinein, dass Freddy beinahe ungeduldig gesagt hätte: „Schneller!“, doch er verkniff sich die Bemerkung klugerweise, denn sonst hätte Jenny höchstwahrscheinlich wieder ihre Taekwondokünste angewendet.

Als die *Truhe* wieder unter dem Boden verschwunden war, richteten sie sich einer nach dem anderen auf und seufzten. Halb fragend, halb aussagend blickte Toni seine Freunde an. „Wir treffen uns dann am Montag, okay?“

Sophie, Jenny und Freddy nickten gleichzeitig und machten sich bereit zum Gehen. „Tschau“, war Freddys Abschiedsgruß und nur Sekunden später verließ auch Jenny das Grundstück. Sophie lächelte Toni freundlich an, streckte ihm die Zunge raus, als er eine Grimasse schnitt, und winkte zum Schluss. „Bis Montag“, verabschiedete sie sich und lief zur Bushaltestelle.

„Tschüss“, murmelte Toni, als Sophie bereits im Bus saß, und ließ sich gedankenverloren auf einen Stuhl fallen.

„Ich habe Jenny ja total gern“, dachte er nach kurzer Zeit. „Aber wie soll das denn aussehen? Sie kommt im schönsten Kleid und ich in Jeans und T-Shirt zum Abschlussball?“ Verzweifelt starrte er in die Luft. Seine Eltern hatten ihm gesagt, er solle die Sachen vom vorigen Jahr anziehen, und wollten nicht einsehen, dass sie ihm längst viel zu eng und zu klein geworden waren. Als er sie angefleht hatte, ihm einen neuen Anzug zu kaufen, hatten sie nur dumm geguckt und gefragt, wieso. Außerdem fand er die Krawatte hässlicher als die seines Vaters, und das wollte schon was heißen. Sobald er das Hemd anhatte, zog es hier und da, die Ärmel gingen kaum bis zum Handgelenk und es hatte eine grauenvolle Farbe: Es war hellblau. Im Jahr zuvor hatte er hellblau vergöttert, aber jetzt fand er die Farbe nur noch schrecklich. Die Hose reichte nicht bis zum Knöchel, das Jackett hatte schreckliche Streifen, seine Zehen stießen vorne am Schuh an und alles in allem sah der Anzug schon von Weitem aus wie für einen Zwerg gemacht. Toni stöhnte. „Statt das anzuziehen, würde ich wirklich eher in Jeans und T-Shirt dort erscheinen“, dachte er sich hoffnungslos.

Er nahm die kleine Tasche, die er für den Kleinkram wie Fotoapparat, Geld und Sonstiges dabeihatte, warf einen letzten Blick auf den Geheimplatz und verschwand zur Bushaltestelle. Nur wenig später saß er im Bus und konnte den Gedanken an den grauenvollen Anzug nicht loswerden und so quälte er sich schließlich die ganze Fahrt mit Lösungen, die nicht infrage kamen.

Als Toni zu Hause ankam, überraschte ihn seine Mutter. „Hallo, Toni, komm her, wir haben eine Überraschung für dich!", begrüßte sie ihn eifrig.

Immer noch mit seinen eigenen Gedanken beschäftigt folgte Toni seiner Mutter verwundert und etwas genervt, da er viel lieber in seinem Zimmer über eine Lösung seines Problems nachgedacht hätte, doch der Ton in ihrer Stimme verriet ihm, dass Widerspruch nicht helfen würde. „Was denn?", fragte er darum nur leicht stöhnend, während er um die Ecke bog und seine Mutter ihn in das Elternschlafzimmer führte.

„Du wirst schon sehen", antwortete diese nur vergnügt und ließ ihn auf dem Bett Platz nehmen. „Georg?" Sein Vater schaute auf den Ruf hin zur Tür herein.

„Da bin ich schon!", kündigte er lauter an als nötig, doch seine Frau machte ihm nicht wie sonst einen Vorwurf, sondern bat ihn mit einer Geste herein. „Hier, mein Junge, das ist für dich."

Toni konnte es kaum fassen. Sein Vater hielt ihm ein Paar neue, glänzende Schuhe und einen Anzug hin! Sprachlos vor Glück drückte er seine Eltern dankbar an sich und untersuchte sofort die neuen Sachen. Die Krawatte war rot, wie er es sich heimlich gewünscht hatte, das Hemd dazu passend schwarz und das Jackett einwandfrei, ohne eine Spur von Streifen.

„Danke", hauchte er nun fast mädchenhaft, doch ihm machte es in diesem Moment nichts aus, denn er war endlos glücklich und hätte von dieser Überraschung nicht zu träumen gewagt. Als er wieder ein wenig zu Besinnung gekommen war, fragte er halb vorwurfsvoll, halb verwundert: „Wieso habt ihr nicht gleich gesagt, dass ihr einen Anzug für mich besorgt?“

Seine Eltern tauschten Blicke, lachten und antworteten: „Es tut uns leid, wir wollten dich so gerne damit überraschen und dein Gesicht sehen.“

Toni stimmte leise in das Gelächter ein, entschuldigte sich dann jedoch eilig und rannte aufgeregt in sein Zimmer. „Ich muss die Sachen sofort anprobieren!“, dachte er sich begeistert und warf sie auf sein Bett.

14

Der Sonntag verging wie im Flug für die vier Freunde. Freddy saß den halben Tag am Krankenbett seines besten Freundes Nick, der ihn zu sich eingeladen hatte, die andere Hälfte des Tages verbrachte er mit Nina. Sophie traf sich mit Simone, die inzwischen ihre beste Freundin geworden war, und Toni und Jenny hatten sich für den Zoo verabredet, in dem sie beinahe den ganzen Tag blieben. Nina und ihre Familie waren bereits nach Deutschland umgezogen und in ihrem Haus stapelten sich nun die Kartons. Nick würde in Kürze aus dem Krankenhaus entlassen und er freute sich schon sehr auf die Zeit mit seinem alten besten Kumpel, auch wenn der jetzt gleichzeitig der Freund seiner Schwester war.

Montag kam den Freunden gefährlich nahe und damit auch die Schule. Als um Punkt 8 Uhr der Biologieunterricht begann, saßen die vier Lupen auf ihren Plätzen, als säßen sie da schon ihr ganzes Leben. Nichts deutete daraufhin, dass sie alle ein erlebnisreiches Wochenende hinter sich hatten. Erst nachdem auch die Deutsch-, Mathematik-, Chemie-, Französisch-, Religion- und Englischstunden vorbei waren, klingelte die Schulglocke, als wolle sie sagen: „Fertig gelernt, ihr könnt gehen!"

Die Freunde mussten an diesem Tag zwischen jeder Menge Leute, die offensichtlich alle gleichzeitig Schulschluss hatten, einen Weg zum Ausgang finden, als sei der Schulhof ein Labyrinth. Erfolgreich auf dem Bürgersteig angekommen nahmen die vier gemeinsam den Weg zu ihrem Geheimplatz.

„Okay, wir gehen zu Derbe und entlarven ihn als Täter. Aber was sollen wir dann mit ihm machen?", waren Freddys erste Worte, als sie sich seufzend niedergelassen und jeder eine Flasche Wasser von Sophie bekommen hatte.

„Na, die Polizei verständigen", antwortete Jenny. Gleich darauf spurteten die Freunde zu der Stelle, an der ihre Truhe vergraben war, und fingen an zu buddeln. Als sie auf die Box stießen, nahm Sophie sie stolz heraus, öffnete langsam den Verschluss und reichte Jenny, die ihr am Nächsten stand, das Lied. Auch die Detektiv-T-Shirts verteilte sie und streifte ihres sogleich über. „Ich bin startklar", vermeldete sie, als sie ihre Tasche und ihre Wasserflasche in der Hand hielt.

„Ich auch", gab Freddy zurück, dessen Detektiv-T-Shirt beinahe zu klein ausfiel, da sie alle nur die Größe M bestellt hatten. Mit einem kleinen Rucksack und einem Burger bewaffnet, den er in Höchstgeschwindigkeit von der Frittenbude besorgt hatte, stolperte er in Richtung Ausgang.

„Bereit", sagte auch Jenny, die sich am Morgen extra Leggings angezogen hatte, damit der Benutzung ihrer Taekwondokünste nichts im Wege stand.

„Okay", meinte Toni, der jedem noch eine Lupe in die Hand drückte, mit der Begründung, sie würden die vier und die Detektive allgemein auszeichnen. Ohne sich zu sträuben, nahmen die Freunde die Lupen an sich und steckten sie entweder in die Hosentasche oder drückten sie fest an sich, um sie nicht zu verlieren. Gemeinsam verließen sie den Geheimplatz und schritten guter Laune auf die Bushaltestelle zu. Kaum jemand war zu sehen, die Wartenden bestanden aus zwei Studenten, die konzentriert den Busfahrplan studierten. Nur eine ältere Dame mit einem süßen kleinen Hündchen an der Leine spazierte vorbei und der Verkehr bestand aus nicht mehr als fünf Autos. Der heranrauschende Bus schluckte die vier Lupen samt den Studenten und nur wenig später war nicht einmal die alte Dame mehr zu sehen.

Die Busfahrt verlief mehr als ruhig, die Freunde wechselten kein Wort und die sonstigen Passagiere brachten höchstens eine Fünf-Wörter-Konversation zustande. Als das Gefährt schließlich mit einem lauten Quietschen zum Stehen kam, stiegen bis auf Jenny, Sophie, Freddy und Toni keine Personen aus.

„Tief durchatmen", grinste Sophie, als sie vor dem großen Gebäude, in dem Herr Derbe eine Wohnung hatte, standen und beinahe vor Aufregung den Klingelknopf nicht zu drücken schafften.

„Und was ist, wenn seine Frau da ist?", gab Jenny vorsichtig zu bedenken. Ihre großen blauen Augen glitzerten.

„Wir sagen halt, wir möchten nur mit ihm sprechen", verscheuchte Freddy eilig die Zweifel und zuckte gleichgültig die Schultern.

Von Toni kam nur ein Nicken, bevor er die Klingel schließlich betätigte, damit keine weiteren Zweifel auftauchen konnten. Das Summen des Türöffners machte die Freunde nervös. Voller Konzentration ignorierten sie das jedoch erfolgreich und tapsten leise die Treppenstufen hoch.

„Zu viert?", fragte Herr Derbe erstaunt, als sie vor seiner Tür zum Stehen kamen und eine freundliche Begrüßung zustande gebracht hatten. „Diese T-Shirts stehen euch wirklich gut", fügte er hinzu.

„Danke", antwortete Freddy höflich, dann schwieg er.

„Was führt euch zu mir?", fragte Herr Derbe in einem *Ich bin der König und wer bist du*-Tonfall.

„Ihre Frau ist nicht da?", war Tonis Gegenfrage, die Herrn Derbe für Sekunden erstarren ließ, wie die vier Lupen verwundert feststellten, doch dann verneinte er im gleichen Ton wie zuvor und setzte ein gezwungenes Lächeln auf. „Sie ist in unserem Haus, das kennt ihr ja von eurem Besuch bei ihr."

Sophie stutze einen kurzen Moment. Ob Herr Derbe etwas ahnte. Doch diese Frage verneinte sie sich, denn dann hätte er die vier Lupen sicherlich nicht in seine Wohnung gelassen. „Wir kommen wie immer im Fall *Das gestohlene Lied*", sagte sie schließlich und beantwortete damit Herrn Derbes letzte Frage.

„Aha", meinte dieser eine Spur freundlicher als zuvor. „Und was wollt ihr schon wieder von mir?"

„Wir haben Beweise, dass Sie Herrn Beethovens Lied gestohlen haben." Jenny klang beinahe überheblich und herausfordernd.

„Ach ja?" Herr Derbe lachte nur, als hätten sie einen Scherz gemacht.

„Ja", erwiderte Toni standhaft und überzeugt.

Ihr Gegenüber merkte, dass es wohl doch kein Witz gewesen war, und fragte: „Was für Beweise sollen das denn sein?" Derbes Ton wurde noch herablassender und ungläubiger, doch die Detektive ließen sich nicht ablenken oder gar verängstigen.

„Wir haben das Diebesgut, also das Lied, bei Ihnen gefunden", erklärte Freddy.

„Das kann jeder behaupten", meinte Herr Derbe, doch innerlich breitete sich die Angst in ihm aus. Der gute Eindruck der vier Lupen, den sie zu Anfang von Herrn Derbe gehabt hatten, hatte sich inzwischen zum Negativen gewendet.

„Hier." Jenny kramte in ihrer Tasche, zog das Lied heraus und hielt es Herrn Derbe vor die Nase, ohne dass er es berühren konnte.

Herr Derbe betrachtete das Blatt interessiert und sagte dann zweifelnd: „Das könntet ihr von sonst wo haben."

„Haben wir aber nicht", erwiderte Jenny. „Kommen Sie mit uns und wir zeigen Ihnen, wo wir das Lied gefunden haben."

Einen Moment zögerte der Mann, dann stimmte er zu. Gemeinsam mit Herrn Derbe fuhren die vier Detektive nun zum Haus seiner Frau.

„Kommen Sie nur mit rein", forderte Freddy den Tatverdächtigen auf, als sie dort angekommen waren, und führte diesen in die Abstellkammer, als wäre Herr Derbe der Gast und nicht umgekehrt. „Hier habe ich es gefunden", erzählte er nebenbei beinahe stolz und kam schließlich zu dem eigentlichen Grund, weshalb er Herrn Derbe hierher gebracht hatte. „Sehen Sie das hier?" Freddy deutete auf den Punkt in dem Karton, in dem er das Lied gefunden hatte, und blickte Herrn Derbe neugierig an.

„Natürlich, ich bin ja nicht blind."

„Haben Sie das schon einmal gesehen?", fragte Freddy weiter.

„Ja", log Herr Derbe.

„Sicher?", hakte Freddy nach.

„Sicher." Herr Derbe nickte bestimmt.

„Haben Sie das dahin gemalt?", fuhr Freddy fort.

„Ja", sagte Herr Derbe erneut.

„Mit welcher Farbe?" Jenny, Sophie und Toni schauten aus ein paar Metern Entfernung zu.

„Mit Braun", antwortete Herr Derbe verwirrt, da jeder, der nicht farbenblind oder gar ganz blind war, das erkennen konnte.

„Braun, aber mit welchem Stift?", erwiderte Freddy.

„Das war vor langer Zeit, der ist schon längst im Müll", redete Herr Derbe sich heraus.

„Das kann nicht sein", erwiderte Freddy und dachte bei sich: „Ertappt!" Laut sagte er: „Wenn der Punkt vor langer Zeit gemalt worden wäre, dann wäre er jetzt verblichen und nicht so satt ausgemalt."

„Ich hab ein wenig mehr gemalt, vor Kurzem, damit es wieder gut aussieht. Was ist so schlimm daran, einen Punkt in einem Karton zu haben?", beschwerte sich Herr Derbe.

„Wenn Sie vor Kurzem mehr gemalt haben, wo ist dann der Stift? Und wieso haben Sie das nicht gleich gesagt? Nichts ist daran schlimm, nur ... dass Sie eindeutig lügen. Wir haben den Punkt nämlich dahin gemalt, und dafür gibt es einen Beweis!", überhäufte Freddy den schluckenden Herrn Derbe erbarmungslos. Seine Freunde sahen ihn beeindruckt von hinten an und staunten nicht schlecht, was in Freddy steckte.

„Den Stift habe ich meinem Freund geschenkt, der jetzt in Israel ist! Ich wusste doch nicht, dass es wichtig ist, darum habe ich es nicht gesagt! Und wenn du einen Beweis hast, dann würde ich nur allzu gerne wissen, welchen." Herr Derbe schien immer noch nicht eingesehen zu haben, dass es aus war.

„Herr Derbe, hören Sie auf. Wir haben ausreichend Beweise, die einwandfrei besagen, dass Sie der Täter sind. Sie können sich nicht mehr herausreden, Herr Derbe, also versuchen Sie es erst nicht. Herr Beethoven wird bestimmt milder gestimmt sein, wenn sie jetzt gestehen", meinte Toni nun ruhig, aber bestimmt. „Es ist aus, Herr Derbe, es ist aus." Jenny fand, Toni sprach, als würde sich das Ganze in einem Krimi abspielen, der nicht halb so echt war wie das hier.

„Nichts ist aus!", rief Herr Derbe wutentbrannt und die Freunde erschraken und wunderten sich, wie jemand so schnell seine Laune ändern konnte. Dieser Jemand, der es tatsächlich zu können schien, trat sich nun mit voller Kraft den Weg frei, einige Kartons fielen von anderen herunter, das Regal wackelte gefährlich, Papiere wirbelten durcheinander und die vier Lupen machten nur große, angsterfüllte Augen – bis auf Jenny. Sie war sofort einsatzbereit, wild entschlossen trat sie ihrem *Gegner* gegenüber, der jetzt nur noch höhnisch lachte und nichts von dem lieben Herrn Derbe hatte, der den Kindern sonst immer begegnet war. „Was willst du mir antun?", fragte er mit Augen, die zu Schlitzen geworden waren, und einem hochroten Kopf vor Zorn. Seine Nasenflügel plusterten sich erregt auf, seine Faust war zum Angriff bereit und auch sein Bein hob zum Ausholen an. Doch Jenny war um einiges flinker. Nachdem sie einmal tief durchgeatmet und die Augen fest geschlossen und dann wieder geöffnet hatte, schnellte ihr Bein vor und traf den völlig überrumpelten Herrn Derbe an der Seite – so heftig, dass er umfiel. Auf einen Gegenangriff vorbereitet stand Jenny da, ihre Fäuste geballt, die Zähne aufeinandergebissen und die Knie etwas gebeugt. Doch Herr Derbe dachte nicht daran, in einen Gegenangriff überzugehen: Er war kein Taekwondomeister und auch kein Boxer, nur ein Mann, der Gewalt hasste und nach Jennys Attacke auch nicht mehr die Kraft, sich aufzurichten oder gar weiterzukämpfen. Alles, was er tat, war, sich aufzurichten und betrübt zu seufzen: „Es ist aus."

Die Freunde atmeten erleichtert auf, halfen dem Täter auf die Beine war und begleiteten ihn schließlich zu seinem Auto.

„Du bist wirklich gut“, lächelte Herr Derbe mit einem Blick auf Jenny, die verlegen „Danke“ murmelte.

„Ihr seid in unser Haus eingebrochen“, beschwerte sich Herr Derbe eine Weile später, als er zusammen mit den vier Lupen auf dem Weg zu Beethoven war. Er hatte ihnen angeboten, sie in seinem Auto dorthin mitzunehmen.

„In größter Not ist jedes Mittel erlaubt“, erwiderten die Freunde im Chor.

Herr Derbe seufzte nur und ging nicht weiter darauf ein. „Sie geben also zu, dass Sie es waren?“, fragte Freddy, um die gefährliche Stille zu durchbrechen.

„Ja.“ Herr Derbe nickte geschlagen.

Die Stille trat erneut ein und Freddy stöhnte. „Wollen Sie Ihre Frau anrufen?“, erkundigte er sich.

„Später.“ Damit war auch dieses Thema erledigt.

Ein Ruck durchfuhr den Wagen und er kam zum Stehen. „Kommt, wir sind da“, murmelte Toni und stieg aus. Die fünf verließen das Gefährt jeder auf seine Weise: Freddy in großen Schritten, Sophie mit dem Blick auf ihr Handy gerichtet und Herr Derbe im Gänsemarsch. Gemeinsam gingen sie auf Herrn Beethovens Haus zu und Jenny betätigte die Klingel.

„Hallo!“, begrüßte Herr Beethoven seine Gäste und geleitete sie freundlich in das Wohnzimmer.

„Guten Tag.“ Die vier Lupen nickten ihm höflich zu und setzten sich auf das samtige Sofa.

„Guten Tag“, sagte auch Herr Derbe und ließ sich langsam auf einem Sessel nieder.

„Und einen Gast habt ihr auch dabei?“, fragte Herr Beethoven überrascht, als er mit sechs Gläsern zurück ins Zimmer kam.

„Ja.“ Jenny nickte.

„Okay. Was gibt's Neues?“ Leicht schnaufend ließ sich der

Musiker auf das gegenüberliegende Sofa fallen und blickte die Freunde neugierig an.

„Wir haben den Täter." Freddy kam immer gerne schnell auf den Punkt.

Ein erleichtertes Seufzen und ein „Oh" ertönten von Herrn Beethoven. „Er?" Erstaunt wanderte sein Blick zu Herrn Derbe, der mit unschuldiger Miene zuhörte.

Die Detektive nickten. „Das ist der Mann, der Ihnen das Lied abkaufen wollte", erklärte Sophie.

Herrn Beethovens Blick wurde noch erstaunter. „Wieso das denn?", fragte er ungläubig.

Toni wollte gerade sagen, er habe alles Geld verspielt und konnte es sich nicht mehr leisten, da kam ihm Herr Derbe dazwischen: „Mein Laden ist fast pleite. Hätte ich das Lied verkauft, hätte ich meinen Laden wieder aufbauen können."

Die Kinder erwarteten ein „Das hätten Sie doch auch anders machen können!" oder Ähnliches von Herrn Beethoven, doch dieser nickte nur verständnisvoll und meinte: „Ich kann Sie gut verstehen."

Auch Herr Derbe schien mit etwas anderem gerechnet zu haben, denn er hob überrascht den Kopf. „Wirklich?", fragte er verwundert.

„Ja. Mein Laden ist auch pleitegegangen, vor langer, langer Zeit. Ich habe damals auch mit dem Gedanken gespielt, zu stehlen, habe es dann allerdings nicht getan." Die Geschichte faszinierte die Freunde und auch Herrn Derbe. Er fühlte sich verstanden, fragte dann allerdings vorsichtig: „Bringen Sie mich jetzt ins Gefängnis?"

Ein Weihnachtsmann-Lachen erklang. „Aber sicher nicht", antwortete Herr Beethoven, als er sich endlich wieder beruhigt hatte. „Doch nicht wegen eines gestohlenen Liedes! Ich hätte aber schon eine andere Idee …"

Die fünf Gäste sahen ihn gespannt an. Herr Beethoven machte es so spannend, dass die Freunde es beinahe nicht aushielten. „Ich habe kürzlich einen Laden aufgemacht", begann er nach einer Ewigkeit. „Es ist ein Musikladen, in dem ich unter anderem meine neuesten Kompositionen verkaufen möchte. Für den Laden brauche ich noch dringend einen Verkäufer. Bislang habe ich leider keinen gefunden, denn er muss sich sehr gut mit Musik auskennen."

Herr Derbe konnte es kaum fassen: Als Bestrafung bekam er einen Job!

„Aber ...", fünf Augenpaare starrten den Sprechenden an, „... der Lohn ist nicht sehr hoch. Dafür bekommt man zusätzlich ein Mittagessen bei mir."

Diese Strafe schien Herrn Derbe nicht allzu schlimm. Er lachte begeistert. „Wirklich?"

Herr Beethoven nickte. „Sitzen Sie diese Strafe mindestens einen Monat ab, dann ist alles geklärt. Sie wissen ja noch nicht, was es heißt, mein Essen essen zu müssen!" Er lächelte freundlich.

Den Freunden kam es vor wie in einem schrecklich kitschigen Märchen, doch es war die pure Realität.

„Möchten Sie ein wenig alleine miteinander sprechen, wir gehen dann?", fragte Sophie freundlich.

Herr Beethoven nickte dankbar und bei dem Angebot, er könne sie zur Tür bringen, lehnten die vier lächelnd ab. Während Sophie, Freddy und Toni bereits in Richtung Haustür liefen, bat Jenny Herrn Beethoven noch flüsternd und so, dass es niemand hören konnte, um einen Gefallen. „Okay", sagte sie leise, nachdem er ihr geantwortet hatte, und verließ zusammen mit ihren Freunden das Haus.

„Was hast du gefragt?", erkundigte sich Sophie, als die vier Lupen im Laufschritt zur Bushaltestelle gingen.

„Ich hab mir das Lied ausgeborgt", antwortete Jenny so selbstverständlich, als hätte sie gesagt: „Ich habe mir einen Apfel mitgenommen."

„Was?" Sophie vermutete, etwas falsch verstanden zu haben.

„Ich hab mir das Lied ausgeborgt", wiederholte Jenny mit festerer Stimme.

„Das Lied *ausgeborgt*?“, fragte ihre Freundin neugierig.

„Ja. Das *Für Elise*. Ich will es auf dem Abschlussball vorspielen.“

„Ah.“ Das „Ah“ klang, als hätte Sophie es begriffen, aber sie starrte ihre Freundin immer noch wie ein Marsmännchen an. Doch Jenny ging nicht weiter darauf ein, sondern ließ das „Ah“ ein „Ah“ sein.

„Okay, das wäre geklärt“, warf Freddy ein und fühlte sich unglaublich gut bei dem Gedanken, den Fall abgeschlossen zu haben. „Jetzt kommt das nächste Problem.“ Sein Blick auf seinen Bauch verriet den Freunden, wie dieses Problem wohl aussah.

„Der gute, alte Burger-Fresser“, neckte Jenny.

„Hey!“ Gespielt empört sah Freddy Jenny an. „Man wird ja wohl mal etwas essen dürfen!“

„Mal schon, aber nicht immer“, setzte Sophie eins drauf und schmunzelte.

„Frech wie Oskar!“ Auch Sophie bekam einen bösen Blick von Freddy zugeworfen, doch lange hielt er nicht durch. Nur Sekunden später stimmte auch er in das Gelächter ein. Nicht einmal Toni konnte dem Lachanfall standhalten und gemeinsam stiegen sie in den Bus.

„Bald kommt das Leckerli“, beruhigte Sophie Freddys Bauch unterdessen.

„Okay, eigentlich können wir danach schon gehen, oder?“ Jennys konzentrierte sich auf den weiteren Ablauf ihres Tages.

Ihre drei Freunde nickten zögernd, aber zustimmend. „Ja. Am Donnerstag treffen wir uns dann noch mal, wegen des Abschlussballs“, fügte Sophie hinzu.

„Genau“, meinte Toni. „Wir sind gerade noch rechtzeitig mit dem Fall fertig geworden.“

„Und, was macht ihr heute noch?“, fragte Freddy lässig.

„Also, ich gehe Simone besuchen“, lächelte Sophie.

„Schon wieder?“, fragte Freddy halb gelangweilt, halb überrascht.

Sophie nickte.

„Ich muss das Kleid anprobieren“, sagte Jenny lustlos.

„Cool, kann ich mit zu dir kommen? Wir könnten ja danach Eis essen oder so“, schlug Toni begeistert vor, der den weiteren Nachmittag noch nichts geplant hatte.

„Sicher!“ Jenny war sofort Feuer und Flamme und ihre Laune besserte sich.

„Ich gehe zu Nick“, murmelte Freddy, der sich etwas einsam vorkam und nicht damit rechnete, dass jemand sich für seine Aussage interessierte.

„Nick?“, fragte Sophie zu seiner Überraschung. „Ist er noch im Krankenhaus?“

Freddy nickte. „Aber am Dienstag darf er nach Hause.“

„Und was ist mit Nina und dir?“ Wie immer war Sophie unglaublich neugierig.

„Was soll schon sein?“, fragte Freddy und versuchte so lässig wie möglich zu klingen.

„Na, seid ihr ein Paar?“

„Sophie und ihre peinlichen Fragen“, dachte Freddy und antwortete ausweichend: „Sie kommt zum Abschlussball.“ Sophie war nicht so, dass sie nicht merkte, wenn Leute über etwas nicht reden wollten, und nahm darauf Rücksicht, so oft sie nur konnte. Also meinte sie nur: „Oh, cool! Und ihre Familie auch?“

Freddy nickte und antwortete: „Wahrscheinlich.“ Das Gespräch wurde durch das ruckartige Halten des Busses beendet und die Freunde stiegen aus.

„Home sweet home!“ Jenny lächelte und breitete ihre Arme aus. Liebevoll betrachtete sie den Geheimplatz und jede einzelne Ecke. Die Hängematte, das kleine Baumhaus und die Korb-Schaukel fielen in ihr Blickfeld, dann streifte ihr Blick den Sand, in dem die *Truhe* vergraben war. Danach zog der Tisch mit den vielen Stühlen ihre volle Aufmerksamkeit auf sich und gleich darauf die steinerne Mauer, auf der die Freunde oft ihre Sachen ablegten. „Unser Platz ist der schönste Platz“, seufzte sie etwas theatralisch und kehrte wieder in die Wirklichkeit zurück.

„Ich gehe sofort, Simone erwartet mich bestimmt schon“, meldete sich Sophie zu Wort, die hastig ihre Tasche packte und mit schnellen Schritten vom Geheimplatz, auf den sie gerade erst getreten war, eilte.

„Ich auch“, meinte Freddy und flitzte sofort zur Frittenbude. Toni und Jenny verließen nicht viel später auch das schöne Fleckchen, das sie *unser* nennen durften, und fuhren mit dem Bus zu Jenny nach Hause.

15

Die folgenden Tage krochen dahin wie eine Schnecke auf Krücken. Das einzig Interessante für Freddy war, dass er am Dienstag seinem frisch aus dem Krankenhaus entlassenen Freund Nick beim Auspacken der Umzugskartons half und danach mit Nina ein Eis essen ging. Jenny und Toni hatten Montag, Dienstag und Mittwoch für die Schule zu arbeiten und konnten sich nicht treffen. Auch für Sophie verliefen die drei Tage nicht gerade spannend, da sie fast pausenlos zu Hause mit ihren Brüdern und Hausaufgaben beschäftigt war. Erst am Donnerstag kam wieder Leben in die vier Freunde. Nach der endlosen Unterrichtszeit, die allerdings nicht so schlimm ausfiel, da die Schüler keine Hausaufgaben bekamen, trafen sich die Detektive vor dem rostigen Schultor.

„Hi", begrüßte Freddy die anderen drei, die bereits an der Mauer lehnten.

„Hi", sagte Toni und klopfte seinem Freund kumpelhaft auf den Rücken. „Morgen ist der Ball."

„Ja, ich bin schon voll gespannt", erwiderte Sophie mit einem aufgeregten Lächeln.

„Ich weiß voll nicht, was wir sagen sollen", meinte Jenny nur und starrte wie gebannt auf den Bürgersteig, den sie entlangliefen.

Als sie gerade in den Geheimplatz einbogen, erklärte Toni: „Der Direktor hat gesagt, er würde uns auf die Bühne holen und wir sollen dann etwas über unseren Fall berichten und können einfach mit *Guten Abend* beginnen." Er warf seinen Schulrucksack achtlos auf den Boden und seine Freunde taten es ihm nach.

„Okay“, sagte nun Sophie und zog ein leeres Papier aus ihrer Tasche. „Schreiben wir alles hier auf?“ Sie zückte einen Kugelschreiber, der schon etwas heruntergekommen aussah, und schaute fragend in die Runde.

„Okay. Machen wir es dann so, dass einer das sagt, oder abwechselnd?“, fragte Jenny.

„Ich würde vorschlagen abwechselnd, sonst ist es so langweilig“, antwortete Toni.

„Fangen wir an mit: *Guten Abend*, wie Herr Hausmann gesagt hat“, schlug Freddy vor, um sich auch an der Rede beteiligen zu können.

„Gut.“ Sophie notierte besagten Anfang. „Und dann?“

„Vielleicht: *Guten Abend. Wie unser sehr geehrter Herr Schuldirektor bereits gesagt hat, haben wir nun das Vergnügen Ihnen ein wenig über unsere kürzlichen Ermittlungen und damit auch den frisch gelösten Fall zu berichten*“, meinte Toni sofort mit seiner formellen Art.

„Hört sich nicht nach uns an“, warf Freddy belustigt ein.

„Na ja, aber sollen wir sagen: *Guten Abend, Leute, Herr Hausmann sagte ja schon, dass wir Ihnen jetzt ein bisschen über unseren Fall erzählen werden, viel Spaß?*“, fragte Sophie ironisch.

„Klingt gut“, antwortete Freddy grinsend.

„Nein, wirklich, das hört sich nicht schlecht an“, erwiderte Jenny ernst. „Natürlich nicht so *Guten Abend, Leute*, aber ansonsten geht es doch, oder? Ich finde, es hört sich viel mehr nach uns an als Tonis Vorschlag und ist trotzdem nicht unhöflich.“ Es fiel allen auf, dass Jenny Tonis Vorschlag kritisierte, doch keiner sagte etwas deswegen.

„Eben, was sagte ich? Schreib mal auf, Sophie“, sagte Freddy, der liebend gerne recht hatte, und schelmisch grinste.

„Guten Abend. Herr Hausmann …“, fing Sophie an zu schreiben, doch Toni unterbrach sie: „Warte! Ich denke, es wäre besser, wenn wir sagen würden, *unser Schuldirektor, Herr Hausmann* …“

„Okay“, seufzte Sophie und strich *Herr Hausmann* durch.

„*Unser Schuldirektor Herr Hausmann sagte ja schon, dass …* was kommt dann?“ Sie blickte von dem Blatt auf und sah in die ahnungslosen Gesichter.

„Ich hab es vergessen, aber wie wär es mit: … *dass wir Ihnen nun ein bisschen über unseren kürzlich abgeschlossenen Fall erzählen werden*“, schlug Freddy vor.

„Gut“, sagte Sophie, nachdem sie den Satz aufgeschrieben hatte. „Und dann?“

„Dann redet jemand anderes weiter“, sagte Jenny.

„Genau, und dann sagen wir vielleicht: *Unser Fall trug den Namen Das gestohlene Lied, da Herrn Beethoven seine neueste Komposition gestohlen worden war. Es gab drei Tatverdächtige, und mit vereinten Kräften und Köpfchen fassten wir den Täter*“, stimmte Toni zu und versuchte, mit diesem Vorschlag zu zeigen, dass er nicht ganz so formell war, wie seine Freunde vielleicht denken mochten.

„Schön!“, lobte Sophie und brachte ihren Kugelschreiber wieder in Position. „Eigentlich ist damit schon alles gesagt, oder nicht?“

„Wartet, und danach sage ich: *Herr Beethoven war so nett und händigte uns das gestohlene Lied aus, damit wir es Ihnen heute vorspielen können!* Dann setze ich mich ans Klavier, um *Für Elise* zu spielen“, schlug Jenny begeistert vor.

„Gute Idee“, meinte Freddy und auch Toni nickte vielsagend. „Und danach – damit alle etwas sagen können – sagt jemand: *Für Details können Sie uns persönlich ansprechen. Danke für Ihre Aufmerksamkeit und wir wünschen Ihnen noch einen schönen Abend!*“

Sophie lachte. „Okay.“ Schnell fuhr der Stift erneut über das Papier und notierte Freddys Worte. „Gut, ich hab alles aufgeschrieben.“

„Ich würde sagen, dass Freddy den letzten Teil übernimmt“, schoss Toni sofort los.

„Ja, das ist schon mal klar“, stimmte auch Jenny zu.

„Darf ich den Anfang übernehmen?“, erkundigte sich Sophie und blickte Toni an, welcher zustimmte. „Klar, dann mach ich den zweiten Teil“, sagte er.

„Wollen wir proben?“ Freddy hatte seinen Text bereits in seinem Kopf eingespeichert und wartete ungeduldig darauf, ihn stolz präsentieren zu können.

„Wartet schnell, wollen wir nicht noch Werbung für die Detektei machen? Freddy könnte ja noch hinzufügen: *Und falls Sie Schwierigkeiten haben, sind wir immer für Sie da. Sprechen Sie uns einfach in der Schule oder heute an!*“, schlug Toni hastig vor, bevor jemand Freddy antworten konnte.

„Okay, einverstanden, aber ich denke, es wäre besser, wenn nicht Freddy, sondern jemand anders das sagen würde“, willigte Sophie ein. „Ich könnte das gerne machen“, fügte sie nach einer Pause hinzu.

„Gut“, gab Freddy zu hören und Sophie zückte erneut ihren Kugelschreiber.

„Okay, ich glaube, ich kann meinen Satz“, meinte Jenny mit einem Blick auf das Papier, das in Sophies Händen lag.

„Ich auch.“ Toni wandte seine Augen von dem Blatt ab und erhob sich.

Sophie, die vermutlich den längsten Text hatte, studierte ihre Sätze ein letztes Mal, nickte vorbereitet und ließ das Blatt auf dem Tisch liegen. Als die vier sich vor dem kleinen Baumhaus so aufgestellt hatten, als ständen sie auf der Bühne, fing Sophie an: „Guten Abend. Unser Schuldirektor Herr Hausmann sagte ja schon, dass wir Ihnen nun ein bisschen über den kürzlich abgeschlossenen Fall erzählen werden.“ Erleichtert, keine Fehler gemacht zu haben, atmete sie durch.

„Unser Fall trug den Namen *Das gestohlene Lied*, da Herrn Beethovens neueste Komposition gestohlen wurde. Es gab drei Tatverdächtige und mit vereinten Kräften und Köpfchen schnappten wir den Täter nach etwas mehr als einer Woche“, fuhr Toni fort und schnaufte. Er hatte ein wenig angehängt, doch als Fehler ließ er es nicht gelten.

„Herr Beethoven war so nett und händigte uns das gestohlene Lied aus, um es Ihnen heute vorzuspielen." Ohne sich von dem etwas abgeänderten Text irritieren zu lassen, tat Jenny so, als würde sie zu einem Klavier laufen, setzte sich auf die Stufen des kleinen Baumhauses und bewegte ihre Finger, als wäre unter ihnen ein Klavier.

Freddy verkniff sich das Lachen und beendete die Rede: „Für Details …" Er stockte und musste trotz allem losprusten. „Dafür kann ich nichts, wenn Jenny ein richtiges Klavier hätte …", verteidigte er sich unter Tränen, die ihm vor lauter Freude über Jennys Anblick über die Wangen liefen.

Sophie machte eine wegwerfende Handbewegung. „Und falls Sie Schwierigkeiten haben, sind wir immer für Sie da. Sprechen Sie uns einfach in der Schule oder heute an." Sie machte eine kurze Pause und meinte: „Ich denke, es geht schon, wenn es dann wirklich ist, dann wird Freddy nicht lachen müssen. Außerdem können wir ja zu Hause noch ein bisschen üben."

Jenny, Toni und Freddy nickten. „Gut, dann wäre das Thema erledigt", fing Toni an. „Müssen wir noch etwas für morgen vorbereiten?"

„Ich setze mich heute noch an *Für Elise*, an dem ich die ganze Woche schon Stunden gearbeitet habe. Oh, und Sophie, ich habe das Kleid für dich dabei", antwortete Jenny.

„Ich habe mich heute noch mit Nina verabredet", kündigte Freddy an.

„Okay, meine Familie will heute noch einen Ausflug ins Freibad machen, und weil wir eigentlich schon fertig sind, kann ich sofort losgehen, oder?" Toni sah erwartungsvoll auf seine Freunde. Die hatten nichts dagegen.

Jenny kramte in ihrer Tasche, um Sophie das Kleid zu geben und Toni und Freddy schwangen sich die Rucksäcke auf ihre Rücken. „Tschau", verabschiedeten sie sich fast gleichzeitig, doch Sophie hielt sie auf: „Wartet kurz." Sie nahm das Blatt, auf dem sie sich die Rede notiert hatte, in die Hand und trennte die Sätze der beiden Jungen ab. „Hier", sagte sie und streckte sie ihnen entgegen. Toni und Freddy nahmen die Papierstreifen dankbar an und verschwanden nur wenig später um die Ecke zur Bushaltestelle.

Inzwischen hatte Jenny das Kleid für Sophie herausgeholt und hielt es ihrer Freundin strahlend vor die Nase. „Das ist für dich“, lächelte sie freundlich.

„Wow.“ Sophie erstarrte. Das Kleid auf der Abbildung hatte zwar sehr einladend und schön ausgesehen, aber das war nichts im Gegensatz zu dem, das Jenny ihr jetzt hinhielt. Andächtig nahm sie das Kleid ihrer Freundin ab und bestaunte es. Fröhliche Puffärmel bildeten den Anfang für den Ausschnitt, lässig fiel die Pracht hinunter und strahlte dunkelrot, als wäre es ihr größter Stolz. „Das ist so wundervoll“, hauchte Sophie überwältigt.

Jenny lächelte. „Freut mich, dass es dir gefällt. Es steht dir bestimmt total gut“, meinte sie, während sie sich vorstellte, wie Sophie in den Ballsaal hereinspazierte und ihre Schönheit alle in den Bann zog. „Wenn du Schuhe dazu brauchst, kann ich sie dir gerne leihen, ich habe die passenden extra mitgebracht“, fügte Jenny hinzu.

„Oh, das wäre total nett, danke“, willigte Sophie sofort ein und legte das Kleid auf den Tisch.

Jenny zog ein paar Schuhe hervor, die mit einem kleinen Absatz perfekt für Sophie schienen und das gleiche Dunkelrot wie das Kleid hatten. „Hier.“

Sophie nahm auch diese dankbar an sich und strahlte. „Danke“, wiederholte sie.

„Es war mir ein Vergnügen, Königliche Hoheit“, antwortete Jenny und machte einen vornehmen Knicks. Sophie musste ohne Vorwarnung loslachen, als sie ihre Freundin so sah, und Jenny stimmte ausgelassen in mit ein. Nachdem Sophie das Kleid samt Schuhen in einer von Jenny extra dafür mitgebrachten Tüte verstaut und Jenny ihren Textstreifen gegeben hatte, wollten auch die beiden Mädchen gehen.

„Wirklich, vielen, vielen Dank“, sagte Sophie zum allerletzten Mal und setzte ihr Strahlen immer noch nicht ab. „Wollen wir gemeinsam zur Bushaltestelle gehen?" Jenny nickte und nahm ihrer Freundin hilfsbereit eine Tasche ab. Gemeinsam gingen sie zum Bus. „Du siehst sicher umwerfend in dem Kleid aus", wiederholte Jenny auf dem Weg ihre Bemerkung.

„Ach was, du siehst in deinem bestimmt noch viel besser aus", antwortete Sophie überzeugt.

Jenny wechselte das Thema. „Und, was machst du noch heute?"

„Moni und ich wollten heute zusammen einen Spaziergang machen und dabei ganz viel fotografieren", berichtete Sophie voller Vorfreude. „Ich habe sie auch schon zum Ball morgen eingeladen, sie sagte, sie könne bestimmt kommen, und sie nimmt auch ihre Mutter mit. Wir sind schon total aufgeregt und freuen uns wie verrückt!"

Jenny schmunzelte und freute sich für ihre Freundin. „Cool, dann kann ich sie auch mal kennenlernen."

Sophie nickte. „Oh, da kommt schon mein Bus", entschuldigte sie sich. „Sorry, aber morgen haben wir ja noch viel Zeit zum Quatschen." Mit einem Grinsen stieg sie in das Gefährt, welches gerade mit einem lauten *Quiiiek* zum Stehen kam und winkte ihrer Freundin ein letztes Mal.

16

Endlich ertönte das ersehnte Klingeln der Schulglocke und die Schüler stürzten übermütig aus dem Klassenzimmer. Immerhin war heute *der* große Tag. Fast alle Kinder des Gymnasiums nahmen an dem Abschlussball teil, der am Abend stattfinden sollte. Auch die gesamte Lehrerschaft würde kommen, wie sie versichert hatte, und die Aufregung in den verschiedenen Unterrichtsstunden brachte die Lehrer beinahe zum Verzweifeln. Ein großer Ballsaal in der Nähe der Schule war für diesen Anlass reserviert worden und wie jedes Jahr feierte die Schule gemeinsam mit Bekannten, Verwandten und Freunden das Ende des Schuljahrs. Für die Schüler war dieser Tag von großer Bedeutung, da nicht jede Schule, um nicht zu sagen fast keine, einen Ball veranstaltete, zu dem die fünften bis zwölften Klassen eingeladen waren und der zusätzlich zum Abiball stattfand. Jedes Jahr hatten die Kinder und Erwachsenen großen Spaß bei der Feier, die stets mit Freude veranstaltet wurde. Jede Klasse hatte die Möglichkeit etwas vorzuführen, die bekannte Detektivbande *Die vier Lupen* wurde dabei nur allzu gern auf die Bühne gerufen, Abiturienten feierten nebenbei ihren Abschluss vor, Eltern unterhielten sich ausgelassen bei einem Glas Wein. Gebäck, Snacks und Getränke wurden angeboten, Leckereien, für die zuvor Geld in den Klassen gesammelt worden war. Die eine oder andere Persönlichkeit bot den Gästen Unterhaltung, der Schuldirektor, einige Lehrer und andere Personen hielten kurze oder lange Reden, im Hintergrund spielten die kleineren Kinder und alles in allem war die Veranstaltung gut organisiert und sehr beliebt.

An diesem Tag, dem 8. Juni, sollte der Abschlussball wieder

stattfinden. Die Vorbereitungen der Freunde liefen auf Hochtouren. Sie wollten nach der Schule ein letztes Mal die Rede üben und danach nach Hause gehen, um sich umzuziehen und vielleicht noch eine Kleinigkeit zu essen. Ohne Fehler gingen sie die Rede durch, keiner stockte und der Text saß. Sophie war weit aufgeregter als all die Tage zuvor, als sie im Bus saß und nach Hause fuhr. Auch Jenny zappelte unaufhörlich und stellte sich verschiedene Versionen des Abends vor. Einmal saßen sie und Toni zusammen, sprachen sich aus und waren glücklich, das andere Mal machte er mit ihr Schluss, mit dem Grund, sie sähe wirklich zu schrecklich aus, wenn es mal darauf ankam, das dritte Mal plauderte sie ausgelassen mit Simone und Sophie regte sich darüber auf, dass Simone und sie beste Freundinnen wurden, und in irgendeiner Version hatte sie sogar ihr Kleid vergessen und tauchte in Jeans und Tanktop auf.

Sogar Toni hielt es nicht lange aus, so still neben den anderen Passagieren zu sitzen, und wackelte hin und her, als säße er auf einem Nagelbrett. Als Freddy schließlich nach der Proberede zu Hause angekommen war, stopfte er sofort einen Burger in sich hinein und überhörte absichtlich die Mahnung seiner Mutter: „Freddy, iss nicht so viel, nachher passt du nicht in deinen Anzug!" Nachdem er noch mit seiner Schwester diskutiert und seinem Vater geredet hatte, wanderte der große Zeiger bedrohlich auf die Zwölf zu, während der kleine Zeiger bereits fast auf der Vier lag.

„Um 17:30 Uhr fahren wir los!", kündigte seine Mutter zum tausendsten Mal an und Freddy stöhnte. Er konnte es nicht haben, wenn Leute ihn stressten – und schon gar nicht dann, wenn er noch mehr als eine Stunde Zeit hatte, was mehr als genug war, um sich umzuziehen.

Auch Toni wurde gehetzt, als müsste er in zwei Minuten im Saal sein. Er hatte gerade seinen Joghurt ausgelöffelt und die Geschirrspülmaschine eingeräumt, da rief seine Mutter erneut: „Habt ihr euch schon umgezogen?"

„Mama, es ist erst 16 Uhr und der Ball beginnt erst in zwei

Stunden!“, rief er genervt zurück und verzog sich in sein Zimmer. Da er vorhatte, sich um 17 Uhr umzuziehen, setzte er sich an seinen Computer, um mit Jenny zu chatten. Voller Erleichterung stellte er fest, dass sie online war, und startete die Konversation: *Hi!*

Jenny musste keinen Stress, dafür aber Einsamkeit ertragen, da ihre Eltern gemeint hatten, sie kämen direkt von der Arbeit zum Ball, „um die Zeit gut auszunutzen“. Als Toni sie anschrieb, sprang sie von ihrem Bett, auf dem sie gerade noch in ein Comic vertieft gewesen war, an den Computer. *Hi*, schrieb sie zurück. *Es dauert echt ewig, bis es 17 Uhr ist, ich langweile mich jetzt schon.*

Stimmt. Ich wünschte, der Abschlussball finge jetzt an, stimmte Toni online zu. *Stressen dich deine Eltern auch so? Meine rufen jede Minute, dass wir bald losgehen und ob wir schon angezogen sind …*

Jenny erkannte das Stöhnen, das in der Message ihres Freundes lag, und antwortete: *Nein, meine Eltern kommen von der Arbeit direkt dorthin. Aber du weißt nicht, wie schrecklich es ist, ständig einsam und alleine zu Hause herumzuhocken.*

Nee, ich weiß es nicht … auf jeden Fall freue ich mich schon auf den Abend!, schrieb Toni und schickte noch einen Smiley hinterher.

Ich auch. Aber sorry, ich muss dringend noch einkaufen gehen, tschüss! Jennys Mauszeiger ging auf das Kreuz zu, während Toni noch schrieb: *Okay, schade. Wir sehen uns dann, tschüss!* Sie fuhr den Computer herunter, huschte aus dem Haus und schritt auf den Supermarkt zu.

Um 18 Uhr standen Sophie, Toni und Freddy bereits zusammen und unterhielten sich aufgeregt. Der große Saal war voller Menschen – die einen kannten sie, die anderen nicht. Simone und ihre Mutter waren noch nicht eingetroffen, auch Jenny nicht, dafür aber Nick, Nina und ihre Eltern. Freddy bereitete ihnen einen herzlichen Empfang. Viele Erwachsene hielten bereits ein Gläschen Wein in den Händen, kleinere Kinder spielten sogar Fangen, der Direktor und andere wichtige Personen saßen auf einem Sofa und ein Grüppchen reihte sich um das Mikrofon, welches gerade angestellt wurde. Eine breite Treppe führte direkt zum Saal hoch, in dem vorne eine große Bühne aufgebaut worden war. Kleine Tischchen mit Snacks waren aufgestellt worden und auf einem langen Buffettisch wurde das Abendessen serviert. Überall standen runde, festlich gedeckte Tafeln, um die je acht Stühle gereiht waren – mehr hätten auch nicht hingepasst. Den Platz auf der Bühne nahmen ein Klavier, zwei Lautsprecher und ein Mikrofon ein, wie Jenny später erleichtert feststellte, sodass sie *Für Elise* problemlos spielen konnte, und ein *Abschlussball 2013* war auf den Hintergrund gedruckt.

„Du siehst bezaubernd aus", machte Freddy Nina ein Kompliment. Sie war in einem dunkelblauen schlichten, aber doch schönen Kleid erschienen, welches ihr wirklich ausgezeichnet stand. Eine silberne Kette war um ihren Hals gelegt und ein paar glitzernde Ohrringe guckten hinter ein wenig Haar hervor. Ihre Haare hatte sie mit einer funkelnden Nadel hochgesteckt und ein Hauch Schminke war in ihrem Gesicht zu erkennen.

„Danke", murmelte Nina verlegen. „Du bist auch sehr schick." Sie betrachtete ihren Freund von unten nach oben: Schwarze, elegante Schuhe, in denen er sehr ungewohnt aussah, bildeten den Anfang, daraufhin fiel ihr die genauso schwarze, lange Hose in den Blick, welche mit einem weißen Gürtel versehen war. Gleich danach wanderten ihre Augen auf das weiße Hemd, das Freddy unglaublich gut stand, und nur wenig später war sie bei der blauen Krawatte angelangt, die ihn etwas fremd wirken ließ – fast so wie einen Geschäftsmann. Freddys Haare waren gegelt und sie standen wie immer wie die Stachel eines Igels in die Luft, wie Nina es mochte.

Nun lächelte auch Freddy verlegen und bedankte sich. Plötzlich ging die Tür auf, wie schon so viele Male, doch als die Freunde hinschauten, stand ihnen der Mund offen. Auf der obersten Treppenstufe stand Jenny, die total hilflos umherschaute, doch keiner der vier sagte etwas oder winkte, denn alle waren viel zu sehr von dem Mädchen beeindruckt. Es fing alles bei den weißen Schuhen an, deren Absätze zwar nicht sehr hoch waren, Jenny allerdings trotzdem größer aussehen ließen, als sie normal war. Etwas weiter oben begann das Kleid, welches sie zusammen ausgesucht hatten, doch es war viel schöner, als die Freunde gedacht hätten. Ein dunkler Crèmeton brachte die Schönheit zum Ausdruck, das ganze Kleid schimmerte im Licht und hier und da tauchte eine Paillette auf. Der einzige Träger war mit einem silbernen Glitzerstreifen versehen und die andere Seite entblößte Jennys gebräunte Schulter. Eine kleine schwarze Handtasche mit Silberverzierung, in der vermutlich das Lied einen Platz gefunden hatte, war in ihre Hände gedrückt. Lidschatten, Rouge und rosa Lippenstift verzierten ihr so schon schönes Gesicht, welches von ihren langen Locken umrahmt wurde, und auch sie hatte große Ohrringe an ihren Ohrläppchen hängen, welche das i-Pünktchen bildeten.

„Wow“, hauchte Toni andächtig und Freddy winkte Jenny schließlich zu sich. „Du siehst einfach umwerfend aus“, meinte Toni, als seine Freundin an den Tisch kam.

„Danke.“ Jenny hauchte dieses Wort nur und das Rot, das auf ihre Wangen kam, war eindeutig kein Rouge.

„Gegen dich hätte ich nie eine Chance“, lachte Sophie gespielt neidisch und nickte anerkennend. „Du bist wirklich hübsch.“ Auch Nina machte ihr ein Kompliment, obwohl sie Jenny kaum kannte, doch diese Bekanntschaft wurde eilig hergestellt.

„Liebe Gäste, ich bin sehr erfreut, dass Sie hier so zahlreich erschienen sind.“ Die Worte des Direktors, welche in dem Saal widerhallten, ließen Ruhe einkehren. „Wie Sie alle wissen, sind wir heute da, um den Schuljahresabschluss zu feiern“, fuhr Herr Hausmann fort. Sein Blick wanderte von der Bühne her von Mensch zu Mensch und keiner schien ihm entkommen zu können. „Das Programm liegt dort vorne auf dem Tisch an der Treppe aus, Sie können sich gerne am Buffet bedienen. Ich wünsche Ihnen viel Spaß!“ Damit war der Abschlussball offiziell eröffnet, und während der Applaus noch rauschte, schritt Simone gemeinsam mit ihrer Mutter die Treppe hinab.

Das „Ich hab mir das Programm geholt!“, von Freddy hörte Sophie nur noch mit halbem Ohr, mit dem anderen war sie schon bei Simone, um zu hören, ob sie etwas sagte. „Hallo!“ Begeistert umarmte sie ihre Freundin. „Guten Tag, Frau Derbe!“ Auch Simones Mutter wurde herzlich von Sophie empfangen.

„Du siehst echt gut aus“, meinte Simone zu ihrer Freundin. Sie selbst war in ein einfaches, knielanges Kleid gehüllt, welches ihre Natürlichkeit zum Ausdruck brachte. „Lila steht ihr einfach total gut“, gab Sophie später zu, denn es stimmte wirklich. Ein schlichtes Perlenarmband wand sich um Simones Handgelenk und die Haare fielen ihr ins Gesicht. Außer einem Hauch Lippenstift fand Sophie keine Schminke in Simones Gesicht, doch das machte nichts. Sie sah auch ohne bildschön aus.

„Du auch“, murmelte Sophie ehrlich und zog ihre Freundin zum Tisch. „Möchten Sie auch an unserem Tisch sitzen oder lieber mit anderen Eltern?“, lud sie Frau Derbe ein.

„Ach, ich will nicht stören, ich setze mich woandershin“, begnügte diese sich höflich und ließ ihre Tochter mit Sophie alleine.

„Jetzt kommen erst mal die Vorführungen der fünften und sechsten Klassen“, erklärte Freddy, als Sophie und Simone an ihrem Tisch ankamen und sich vergnügt hinsetzten.

„Und wann kommen wir dran?“, fragte Sophie fast ungeduldig.

„Erst um 19 Uhr“, antwortete Freddy. „Aber dafür haben wir eine Stunde Zeit zum Essen!“ Er grinste breit.

„Voll komisch, ich bin gar nicht aufgeregt, sondern will nur, dass es so schnell wie möglich vorbei ist“, erklärte Jenny fast schon irritiert.

„Wie lange bleibt ihr?“, fragte Simone etwas schüchtern, da sie keinem der Anwesenden bis auf Sophie und Freddy je begegnet war.

„Meine Eltern meinten, spätestens um 21 Uhr müssen wir aufbrechen“, antwortete Toni mit rollenden Augen.

„Ich darf auch nur bis 21 Uhr bleiben, weil meine Eltern unbedingt noch arbeiten müssen und ich früh ins Bett muss“, erwiderte Jenny in dem gleichen Ton wie ihr Freund.

„Keine Ahnung, meine Eltern haben noch nichts ausgemacht, aber wegen meiner kleinen Schwester müssen wir wahrscheinlich total früh weg“, meinte Freddy genervt.

„Also, ich weiß auch nicht, meine Eltern sagten, ich muss spätestens gleichzeitig mit dir gehen“, antwortete Sophie mit einem Blick auf Toni. „Sie kennen ja deine Eltern und meinten, die würden schon vernünftig sein.“ Sie grinste schelmisch.

„Cool, meine Mutter hat auch gesagt, ich solle gegen 21 Uhr nach Hause gehen, damit es nicht zu spät wird. Obwohl morgen Wochenende ist …“ Auch Simone schien nicht sonderlich begeistert von dem Plan ihrer Erziehungsberechtigten.

„Na ja, wir müssen höchstwahrscheinlich schon vor euch gehen, weil Nick sich ja noch ausruhen muss – wie der Arzt gemeint hat. Aber so interessant wird es ja auch nicht sein, drei Stunden dazusitzen und zu labern“, warf Nina ein.

„Du hast es ja noch nie erlebt“, erwiderte Toni. „Es ist richtig cool, besonders am Ende kommt gute Stimmung auf“, erzählte er begeistert.

„Ja, dann sind alle richtig gut drauf und viele tanzen sogar“, stimmte Jenny zu.

„Sie haben recht, es macht wirklich Spaß, wenn erst mal das Eis gebrochen ist“, bestätigte nun auch Freddy nickend.

„Okay, ihr habt mich überzeugt“, sagte Nina und flüsterte Freddy ins Ohr: „Deine Freunde sind echt knuffig.“ Dieser grinste nur vom einen Ohr zum anderen.

Nachdem Freddy seine große Portion, die er sich auf den Teller gehäuft hatte, aufgegessen hatte, war er pappsatt. Als er seinen besten Freund einlud, sich ein wenig umzuschauen, willigte dieser sofort ein und so verschwanden Nick und Freddy in Richtung Bühne. Jenny und Toni waren voll und ganz damit beschäftigt, ihre Mahlzeit zu vertilgen, und Nina, Sophie und Simone unterhielten sich angeregt.

Der eine Platz, der an ihrem Tisch frei war, störte sie kaum. Nur einmal kam ein junger Bursche, Ende zwanzig, und fragte, ob er „sich niederlassen dürfte", doch bevor sie etwas erwidern konnten, kam ein anderer dazu und lotste seinen Freund an seinen Tisch. Danach hatte sich keiner mehr nach der Sitzgelegenheit erkundigt und die Freunde hatten sich auch nicht sehr dafür interessiert.

„Hallo, ist der Platz noch frei?" Die Hand eines Jungen ihres Alters zeigte auf den Stuhl neben Simone. Er war von der Statur her kräftig und hochgewachsen, seine dunkelbraunen Augen, sein fast schwarzes Haar und sein dunkler Teint verrieten grob seine Herkunft. Sein Anzug war mit einer Fliege versehen statt mit einer Krawatte, was ihn etwas von den anderen Jungen abhob, sein weißes Hemd betonte seinen Teint und alles in allem war er sehr elegant gekleidet. Die Mädchen nickten verlegen und kicherten leise, als der Junge auf dem Stuhl Platz nahm. Sie trauten sich nicht, etwas zu sagen, und versuchten sogar, den Jungen zu ignorieren, was ihnen allerdings nicht gelang.

„Na, du hast noch keinen Freund, oder?", neckte Sophie ihre Freundin Simone im Flüsterton scherzend, sodass der Junge es nicht hören konnte.

„Hallo?" Gespielt empört sah Simone ihre Freundin an, doch in Wirklichkeit war sie wirklich ganz hin und weg von dem Jungen. Simone mochte seine ganze Erscheinung und ihr kam es vor, als wäre sie gerade der Liebe auf den ersten Blick zum Opfer gefallen, was sie sich gar nicht vorstellen konnte. Darum flüsterte sie Sophie nur zu: „Und du?"

„Die vier Lupen bitte auf die Bühne!“, ertönte es da aus dem Lautsprecher und so Sophie gar nicht mehr dazu, etwas zu antworten. Als der Junge merkte, dass Sophie, Jenny und Toni sich erhoben, stand ihm der Mund offen. „*Ihr* seid die vier Lupen?“, fragte er erstaunt.

Die drei nickten nur, da sie erwartet wurden, und auch Freddy trennte sich von Nick und erschien auf der Bühne. Sophie spürte das Lampenfieber ganz langsam in sich hochkommen, Jenny musste vor lauter Aufregung beinahe husten, Toni knetete seine eigene Hand, was eigentlich gar nicht seine Art war, und Freddy suchte mit den Augen nach Nina, um alles um sich herum zu vergessen. Hunderte Augenpaare starrten die vier Lupen an, alle erwarteten, etwas Spannendes zu hören, als Herr Hausmann sie ankündigte: „Die vier Lupen, die Detektivbande unserer Schule, werden Ihnen nun etwas über ihren letzten Fall berichten.“

Doch zuvor kam Herr Gerbe auf die Bühne, um die vier den Gästen vorzustellen. „Zuerst stelle ich Ihnen die vier Freunde vor, damit Sie wissen, mit wem Sie es zu tun haben“, erklärte er. „Toni, das Superhirn, das immer einen klaren Kopf behält“, fing er mit lauter Stimme an und zeigte auf Toni, welcher sich höflich verbeugte. „Freddy, der mit seinem Humor die Stimmung aufrechterhält.“ Ihr Mathematiklehrer richtete seine Hand auf Freddy, der sich genau wie sein Freund verbeugte. „Sophie, ohne deren Recherchen es gar nicht geht“, fuhr Herr Gerbe fort und auch Sophie verneigte sich. „Und zum Schluss Jenny, die mit ihren Taekwondokünsten half, den Täter zu schnappen!“ Seine Stimme hob sich am Ende des Satzes und tosender Applaus brach aus.

Freddy unterdrückte mit voller Kraft ein Lachen, doch Jennys Blick wanderte nur zu ihren Eltern, denen die Tränen in die Augen stiegen. „Wieso, muss ich sie später fragen“, nahm sie sich vor und wartete, bis der Applaus sich legte.

Sophie atmete tief durch, denn eine vollkommene Stille hatte sich ausgebreitet. Ein Husten erklang, danach war es wieder still. „Guten Abend. Unser Schuldirektor Herr Hausmann hat bereits angekündigt, dass wir Ihnen ein wenig über unseren kürzlich abgeschlossenen Fall berichten werden“, sprach Sophie in das Schweigen hinein und brach beinahe in Schweiß aus. „Geschafft!“, dachte sie sich erleichtert und ließ Toni an die Reihe.

„Unser Fall trug den Namen *Das gestohlene Lied*, da Herrn Beethovens neueste Komposition gestohlen wurde. Es gab drei Tatverdächtige und mit vereinten Kräften und Köpfchen schnappten wir den Täter nach etwas mehr als einer Woche“, fuhr dieser fort. Er hatte die Erweiterung einfach mit auswendig gelernt, da sie ihm besser gefiel.

„Herr Beethoven war so freundlich und händigte uns das Lied für diesen Abend aus, damit wir es Ihnen vorspielen können“, fuhr Jenny fort und schluckte aufgeregt. Ihre winzige Abänderung zeigte, dass sie ihren Text nicht herunterleiern, sondern mit Gefühl sprechen wollte. Sie trat an das Klavier, öffnete ihre Tasche und legte das Notenblatt auf dem Notenhalter ab. Ihre Finger berührten die Tasten und sofort vergaß sie alles um sich herum. Mit den Fingern auf den Tasten fühlte Jenny sich wohl und der Takt beruhigte sie. Gebannt hörten

die Leute zu und Simone rutschte sogar ein Stück näher an den Jungen heran, den sie kaum kannte. Doch dieser bemerkte es fast gar nicht, so sehr war seine Aufmerksamkeit der Melodie gewidmet.

Am Tag zuvor hatte Jenny noch einmal mehrere Stunden geübt und ihr gelang das Vorspiel fehlerlos. Bevor Freddy den Faden aufnehmen durfte, applaudierten die Gäste begeistert. Jenny verbeugte sich lächelnd und ging wieder zu ihren Freunden, nachdem sie das Notenblatt eingepackt hatte.

„Für Details können Sie uns persönlich ansprechen, danke für Ihre Aufmerksamkeit und wir wünschen Ihnen noch einen schönen Abend“, führte Freddy genau wie Jenny fehlerlos fort.

„Und falls Sie irgendwelche Schwierigkeiten haben, sind wir immer für Sie da. Sprechen Sie uns einfach in der Schule oder heute hier an“, beendete Sophie den Bühnenauftritt. Unter dem folgenden Applaus schritten die Freunde wieder auf ihren Platz zurück.

„Wow, ihr wart super!“, bekamen sie als Allererstes zu hören, als sie sich hinsetzten. Die Begeisterung des fremden Jungen spiegelte sich in seinem Gesicht wider.

„Ja, wirklich, besonders Jenny“, lobte Simone eifrig. Auch Nina und Nick versicherten, dass Freddy und seine Freunde eine gute Show abgegeben hatten, und zufrieden dankend nahmen die vier Lupen das Lob an.

„Wie heißt du eigentlich?“, fragte Sophie den Jungen, der neben Simone saß, um ihrer Freundin den Anfang zu gestalten, denn sie hatte gesehen, wie Simone ihn angeschaut hatte.

„Cedric“, antwortete er und seine Augen funkelten wie verrückt.

„Schöner Name“, flüsterte Sophie ihrer Freundin zu, sodass der Junge es nicht hören konnte, um ihr ein Zeichen zu geben, dass sie ihm dieses Kompliment machen sollte.

Doch Simone war ein schüchternes, hübsches Mädchen, das diese zwei Worte gegenüber Cedric nur denken und nicht sagen konnte, also meinte Sophie, als sie merkte, dass Simone es wirklich nicht über die Lippen bringen würde: „Schöner Name. Und du bist alleine hier?"

Cedric schüttelte den Kopf. „Nein, meine Eltern sitzen mit Freunden an einem Tisch und meinten, ich solle mich zu ein paar anderen Jugendlichen gesellen."

Toni, Jenny, Nina, Nick und Freddy hatten durch ihre eigenen, angeregten Unterhaltungen alles um sich herum vergessen und bemerkten Sophie, Simone und Cedric beinahe gar nicht. Ninas, Nicks und Freddys Gespräch bezog sich vor allem auf den Krankenhausaufenthalt des Jungen, während Toni und Jenny sich die meiste Zeit über ihre Gefühle füreinander, ihre Zeit miteinander, den Abend und ihre Beziehung unterhielten. Simone, Sophie und Cedric konnten daher ohne Weiteres ungestört miteinander reden, was die drei voll und ganz ausnutzten. Cedric erzählte von seiner Schule, seiner Familie, seiner Ex-Freundin, seiner Herkunft und allem, was sonst noch in seinem Leben los war. Gespannt hörten die beiden Mädchen zu und stellten hin und wieder Fragen, und als alles gesagt war, ging es weiter zu Sophies und danach zu Simones Leben. Da sie die Offenheit und Vertrautheit, mit der sie nun schon auf unerklärliche Weise verbunden waren, so genoss, brachte Simone es sogar übers Herz, noch mal von sich und ihren Eltern zu erzählen.

Als sie fertig war, war Cedric fast sprachlos. „Oh." Sein Blick und sein Tonfall verrieten das Mitleid, das er empfand. Er spürte diesen Drang, seinen Arm um das Mädchen zu legen, doch er zwang sich, dem Drang nicht nachzugeben.

„Kommt ihr auch mit, noch etwas zu essen zu holen?", lud Freddy sie ein und riss die drei damit aus ihren jeweiligen Gedanken.

„Klar!" Sophie war sofort dabei und erhob sich. Auch Jenny, Toni, Nina und Nick gesellten sich zu Freddy – mit knurrenden Bäuchen, wie sie behaupteten. Nur Simone und Cedric wehrten dankbar ab. „Ich bin satt", antworteten sie im Chor.

„Okay." Die Freunde verschwanden zum Buffet und Freddy

nutzte die Gelegenheit, als Jenny, Toni, Nina und Nick sich unterhielten, um Sophie die Frage zu stellen, die ihn die ganze Zeit schon quälte.

„Du weißt, welches Datum heute ist?", fing er an.

„Klar, der 8. Juni", antwortete Sophie heiter.

„Und das stört dich nicht?", fuhr Freddy etwas hilflos fort.

Sophie seufzte. „Simone hat das Gleiche erlebt wie ich, ihr Bruder ist gestorben. Wir helfen uns gegenseitig darüber hinwegzukommen und sie hat mir klargemacht, dass es nichts bringt, mein Leben lang Trübsal zu blasen", antwortete sie schließlich.

Dafür bekam sie von Freddy einen beeindruckten Blick zugeworfen. „Das freut mich."

Als ihre Freunde weggegangen waren, saß Simone schweigend mit Cedric da. Nach einer Ewigkeit fragte er: „Was denkst du, bist du für ein Typ Mensch?"

„Der stellt Fragen", dachte Simone sich amüsiert und antwortete etwas unsicher: „Charaktermäßig? Ich bin eher schüchtern, außer wenn ich die Person schon etwas länger kenne oder ich mich bei ihr so fühle, dass ich einfach reden kann. Ansonsten bin ich sehr vielseitig interessiert und humorvoll."

„Noch was?", hakte Cedric mit interessiertem Blick nach.

„Zeichnen ist meine Leidenschaft. Außerdem fotografiere ich gerne", berichtete Simone weiter. „Ich bin ziemlich ausgelassen und flexibel, nehme nicht immer alles so ernst. Eigentlich weiß ich nicht genau, wie ich bin, jeder hat sein eigenes Bild von mir. Die einen finden mich total tussihaft, die anderen hässlich, andere nett und wieder andere einfach ganz normal", gab sie zu.

„Hört sich gut an." Cedric grinste verführerisch. „Na ja, ich denke, ich gehöre zu dem Typ Mensch, der dich nett findet." Seine Worte versetzten Simone in Entzücken und verursachten ungewohnte Schmetterlinge in ihrem Bauch.

„Danke", murmelte sie verlegen und schaute Sophie verwundert an, die vom Buffet gekommen war und Simone aufgeregt antippte. Simones Blick fragte: „Was ist?“

Doch Sophie dachte gar nicht erst daran, eine Erklärung zu geben, sondern schlug nur weiter sanft auf ihre Freundin ein. Simone ignorierte es am Anfang, doch dann wurde es ihr lästig und sie konnte sich nicht mehr auf ihre Unterhaltung mit Cedric konzentrieren.

„Was ist denn?“, fragte sie und schaute Sophie leicht verärgert an.

„Wir müssen unbedingt reden“, sagte diese nun und Simone rollte mit ihren Augen. Doch weil sie wusste, dass Sophie davor keine Ruhe geben würde, entschuldigte sie sich bei Cedric und zog sich mit ihrer Freundin in eine Ecke zurück. „Was ist denn los?“, fragte sie erneut.

„Ich hab Angst“, fing Sophie in einem Tonfall an, den Simone an ihr gar nicht gewohnt war.

„Angst?“, fragte sie ungläubig.

„Jenny war früher eine sehr gute Freundin, aber seit sie mit Toni zusammen ist, hat sie einfach keine Zeit mehr für mich. Natürlich bin ich ihr nicht böse, schließlich verstehe ich ja, wie viel ihr Toni bedeutet und so, aber bitte, bitte, ich will dich nicht auch verlieren!“, brachte Sophie heraus und Simone starrte sie überrascht und verwirrt zugleich an.

„Du meinst … wegen Cedric?“ Sie stotterte beinahe. Sophie nickte. „Ach, mach dir keine Sorgen, Freundinnen sind für mich immer wichtig und ich werde wegen Cedric unsere Freundschaft doch nicht zu Bruch gehen lassen!“, versicherte Simone plötzlich fast heiter. „Sieh doch, wenn Cedric und ich zusammenkommen würden, was sowieso höchstwahrscheinlich nicht der Fall sein wird, dann werde ich doch natürlich keine Verabredung mit dir absagen, nur weil er mich eingeladen hat, ist doch ganz klar“, fuhr sie überzeugt fort. „Ich meine, bei dir bin ich mir ja total sicher, dass du mich nicht verlassen wirst, bei Cedric sieht es da anders aus, also sollte ich wohl eher mehr für unsere Freundschaft sorgen. Außerdem glaube ich nicht, dass Cedric der Typ Mensch ist, der sich ständig beschwert und meint, ich hätte zu wenig Zeit für ihn oder so, er wird das sicher verstehen. Außerdem ist ja noch gar nicht gesagt, dass wir überhaupt zusammenkommen", schloss sie standfest.

Erleichtert seufzte Sophie, die dem Vortrag ihrer Freundin aufmerksam gefolgt war. „Danke!" Erleichtert fiel sie Simone in die Arme. „Ich wusste, wir sind beste Freundinnen." Mit einem spitzbübischen Blick schob sie ihre Freundin ein wenig von sich weg, um sie zu mustern. „Und jetzt sorgen wir schön dafür, dass ihr zusammenkommt."

Simone fiel in das Lachen ein. „Du Lausemädchen, du", schimpfte sie schelmisch und zog eine Grimasse.

Jenny und Toni saßen nun schon etwas länger da, ohne ein Wort zu sagen. Plötzlich fielen Jenny die Tränen ihrer Mutter ein, als sie Klavier gespielt hatte. „Du, Toni, ich muss schnell ganz kurz zu meinen Eltern", brach sie das Schweigen und stand auf. „Bin in Kürze wieder da", versicherte sie noch, bevor Toni überhaupt etwas erwidern konnte, und spurtete dann, so gut es mit ihrem Kleid ging, zum Tisch ihrer Eltern. Dieser war nur halb besetzt und so konnte sich Jenny neben ihre Mutter fallen lassen.

Diese drehte sich überrascht zu ihrer Tochter und legte liebevoll den Arm um sie. „Ach, Jenny, gut, dass du kommst, ich wollte dir etwas sagen", begrüßte sie ihre Tochter freundlich und in einer herzlichen Art, die Jenny gar nicht von ihrer Mutter kannte.

„Oh, ja, also ich wollte dich eigentlich was fragen …", schoss die jedoch los, ohne auf den Satz ihrer Mutter einzugehen.

„Na, na, na, zuerst muss ich dir was sagen", wiederholte Jennys Mutter fast tadelnd und schloss ihre Tochter noch fester in die Arme. „Wegen deines Taekwondos, du hast mit deinen Künsten einen Täter gefasst?"

Jenny nickte. „Es tut mir leid, Mama, ich liebe Taekwondo,

ich musste weiterüben", entschuldigte sie sich sofort reuevoll. „Ohne Taekwondo wäre ich nichts, verstehst du, und als du das Training abgebrochen hattest …"

„Stopp, stopp", unterbrach ihre Mutter sie. „Darüber wollte ich mit dir reden …"

„Es tut mir leid, Mama, ich werde es nicht …", setzte Jenny erneut an.

„Lass mich ausreden!", sagte ihre Mutter sehr laut dazwischen. „Ich bin sehr beeindruckt, dass du so gut bist, dass der Täter deinetwegen nicht fliehen konnte", fing ihre Mutter an. „Es scheint so, als würde dir Taekwondo so viel Spaß machen, dass man es dir nicht mehr ausreden kann", fuhr sie fort. „Darum habe ich bereits neue Stunden bei Herrn Trowski angemeldet."

Jenny glaubte, sich verhört zu haben. Ihre Mutter hatte gerade gesagt, dass sie ihr Taekwondotraining fortsetzen durfte! „Du hast schon richtig gehört, Schatz", sagte ihre Mutter, als sie Jennys ungläubigen Blick sah. „Es tut mir wirklich leid, dass ich mich in letzter Zeit nicht wirklich viel um dich gekümmert habe, ich war nie da, deine Freizeit ist wirklich todlangweilig, außer den Detektiven und Taekwondo. Außerdem konntest du nicht mit so viel Geborgenheit aufwachsen wie andere Kinder. Das ist mir heute vor Augen geführt worden und dafür wollte ich mich entschuldigen. Das alles tut mir von Herzen leid – und Papa natürlich auch. Ich werde von nun an versuchen, mehr zu Hause zu sein und auch etwas mit dir zu unternehmen, denn ich habe dich sehr lieb, Schatz", schloss sie mit zusammengekniffenen Augen, damit keine Tränen herausdringen konnten.

Jenny war überwältigt. „Wirklich?", fragte sie gerührt und ungläubig und drückte ihre Mutter fest an sich. Als diese nickte, konnte sie die Tränen nicht mehr zurückhalten. „Ich hab dich lieb", flüsterte Jenny.

Freddy, Nina und Nick hatten sich bereits für den kommenden Sonntag verabredet, Freddy und Nick wollten sich am Mittwoch auch noch treffen und Nina und Freddy am Donnerstag gemeinsam auf die Kirmes gehen. Es herrschte eine super Stimmung zwischen den dreien, während sie einen Teller Kartoffelsalat nach dem anderen in sich hineinstopften und dabei redeten, als hätten sie dreißig Jahre nachzuholen.

Gegen 20 Uhr waren bereits die ersten Paare auf der Tanzfläche zu sehen, etwa zwanzig Minuten später kamen auch Mädchengruppen dazu, nur höchstens fünf Minuten danach erblickte man auch die ein oder andere Gruppe von Jungen und gleich darauf kamen vereinzelt Leute nach vorne, dabei auch Nina, Nick und Freddy. Schlager sowie rockige Töne erfüllten abwechselnd den Saal und ermunterte einige Erwachsene und Jugendliche, sich auch auf die Tanzfläche zu gesellen, was dazu führte, dass diese spätestens um 20:40 Uhr beinahe überfüllt war. Simone und Cedric hatten auch gewagt, zusammen die Fläche zu betreten, und tanzten, so gut sie konnten.

Jenny, die inzwischen wieder auf ihren Platz zurückgekehrt war, und Toni zogen es vor, an ihrem Tisch sitzen zu bleiben und das Schauspiel von dort mitzuverfolgen. Auch Sophie amüsierte sich lieber etwas abseits über die ausgelassene Stimmung und unterhielt sich mit anderen Jugendlichen, die sich an ihren Tisch gesetzt hatten, da dieser eine gute Sicht auf die Tanzfläche bot.

„Moni!" Die Stimme ihrer Mutter drang an Simones Ohr. Sie war gerade ins Tanzen vertieft und hatte unentwegt in Cedrics Augen geschaut. Die gute Laune, die sie dabei schlagartig erhalten hatte, verflog in dem Augenblick, in dem sie sich zu ihrer Mutter drehte und in deren tiefblaue Augen blickte. „Simone, wir müssen los, es ist bereits 21:10 Uhr", ermahnte Frau Derbe ihre Tochter.

Inzwischen hatte auch Cedric Simones Mutter entdeckt und erstarrte bei ihren Worten. „21:10 Uhr schon? Ne, oder? Meine Eltern sagten, sie gehen um 21 Uhr und ich müsste selbst auf die Uhr schauen!", rief er ein wenig aufgebracht. Simone sah ihn mitfühlend an, blickte dann auf ihre Mutter und war sofort Feuer und Flamme für ihre Idee: „Mama, wir können Cedric doch sicher mitnehmen, oder? Er wohnt nicht weit von uns weg, bitte!" Auch Cedric begeisterte sich sofort für den Einfall Simones, doch er war ein höflicher Junge, weshalb er das nicht absichtlich mit einem eindeutigen Nicken oder Ähnlichem zeigte.

Frau Derbe schaute von ihrer Tochter zu dem fremden Jungen, doch sie merkte, wie die beiden sich anschauten, und musste nicht lange überlegen. „Von mir aus", meinte sie freundlich und Simone fiel ihrer Mutter in die Arme.

„Danke, Mama, können wir uns noch eben von unseren Freunden verabschieden?" Frau Derbe nickte und die beiden verschwanden zu ihrem Tisch, an dem inzwischen nur noch Toni, Jenny und Sophie saßen.

„Wo sind denn die anderen?", fragte Simone überrascht und trank eilig ihre Cola aus.

„Freddy musste schon vor einer halben Stunde wegen seiner Schwester gehen, und Nick und Nina sind Punkt 21 Uhr ins Auto gestiegen", erklärte Sophie. „Was ist mit euch?"

„Wir gehen gerade, Cedric kommt mit mir, weil seine Eltern schon weg sind", gab Simone mit einem glücklichen Blick auf den Jungen an ihrer Seite Auskunft.

„Okay, na dann, viel Spaß. Ich haue auch gleich ab", warf Sophie ein.

„Meine Eltern haben gesagt, wir bleiben noch bis Viertel nach", erklärte Jenny. „Also, tschüss und hoffentlich bis bald!"

„Ich gehe auch bald", verabschiedete sich Toni freundlich und wandte sich wieder den Mädchen zu, als Cedric und Simone zu Frau Derbe eilten.

„So, wir haben jetzt zwar keinen Fall, aber wie immer, wenn wir keinen Fall haben, treffen wir uns am Mittwoch nach der Schule am Geheimplatz. Wenn jemand einen Fall hat …"

„… soll er das in der Schule allen anderen mitteilen“, schlossen Sophie und Jenny gleichzeitig und lachten.

„Schon gut, wir haben es verstanden“, meinte Jenny, da Toni diese beiden Sätze stets nach dem Abschluss eines Falls zu sagen pflegte.

Der aber sagte nun: „Am Donnerstag gehen wir Eis essen, ja?“

Jenny nickte. „Das ist schon abgemacht.“ Sie lehnte sich an ihren Freund.

„Ich sag dann noch Freddy Bescheid, wegen dem *Wir haben jetzt zwar keinen Fall, aber wie immer, wenn wir keinen Fall haben, treffen wir uns am Mittwoch nach der Schule am Geheimplatz. Wenn jemand …*“, fing Sophie an.

„*… einen Fall hat, soll er das in der Schule allen anderen mitteilen*“, beendeten Jenny und Toni nun den Satz und bekamen einen Lachanfall. „Wie oft werde ich das in meinem Leben noch hören“, fragte Jenny sich seufzend.

„Zu oft“, grinste Toni. „Hoffe ich doch …“

Danksagung

Ich danke folgenden Personen vielmals für ihre Unterstützung:

Meiner Mutter für ihre Korrekturen und Verbesserungsvorschläge, meinem Lehrer, Remo Nyffenegger, der uns dieses Projekt ermöglicht und das Buch Korrektur gelesen hat, und meiner Freundin Angie Nantasukasem, die uns ein paar Ideen für die Illustrationen gegeben hat.

Außerdem möchte ich erwähnen, dass dieses Buch nur mit Pinky Nantasukasems Hilfe zustande gekommen ist. Wir haben uns gemeinsam die Geschichte ausgedacht und Pinkys Illustrationen haben das Ganze sehr schön abgerundet. Dafür möchte ich nun auch noch einmal meinen ganz besonderen Dank aussprechen.“

Eva Bartholomé

Die Autorin

Eva Bartholomé wurde am 5. Mai 1999 in Aachen geboren. Nur wenige Monate später zog sie mit ihrer Familie nach Bangkok.

Mit drei Jahren besuchte Eva einen thailändischen Kindergarten, denn sie konnte fließend Thai, zog dann wieder für ein Jahr nach Aachen, vergaß alles Thai und besuchte anschließend für vier Jahre die DsSB (Deutschsprachige Schule Bangkok), jetzt Swiss School Bangkok. Die vierte Klasse verbrachte sie in der KGS Hanbruch in Aachen. Wieder zurück in Bangkok ging sie erneut auf die Swiss School Bangkok. Eva spricht heute wieder Thai und lebt in Aachen.

Papierfresserchens MTM-Verlag

Die Bücher mit dem Drachen

Laura Schmolke
Aviranes - Das Licht der Elfen
ISBN: 978-3-86196-075-1, 16,40 Euro

Als die fünfzehnjährige Alisha erfährt, dass sie aus einer magischen Parallelwelt namens Aviranes stammt und die Enkelin des dort herrschenden grausamen Tyrannen ist, ändert sich ihr Leben grundlegend.

Gemeinsam mit ihrer Mutter Celia begibt sie sich auf den Weg nach Aviranes. Dort will sie die sechs versprengten Widerstandsgruppen einen und für den Frieden kämpfen. Doch schnell erkennt sie, dass nicht alles so einfach ist, wie es auf den ersten Blick scheinen mag ...

Nina Maruhn
Die Chroniken von Tydia - Weltenreiter
ISBN: 978-3-86196-128-4, 13,70 Euro

Als die fünfzehnjährige Kim erfährt, dass sie zur Weltenreiterin erwählt wurde, ist ihr noch nicht klar, wie sehr das ihr Leben verändern wird. Auf dem Rücken eines Zuhurs kommt sie in die Parallelwelt Tydia. Dort wurde sie schon lange erwartet: als Retterin für das Volk der Jumias, das kurz vor einem schrecklichen Krieg gegen die feindlichen Tauruiten steht. Kim wird zu einer Kriegerin, die tapfer um Leben und Tod kämpft. Auf dem Spiel steht nicht nur die Zukunft der Jumias und die der göttlichen Zuhure. Auch Kims Liebe zu dem tauruitischen Kämpfer Valirius wird auf eine harte Probe gestellt.

Papierfresserchens MTM-Verlag
Sonnenbichlstraße 39, D- 88149 Nonnenhorn
www.papierfresserchen.de

MEIN BUCH - DEIN BUCH

Macht euer eigenes Buch!

- Schulen und Kindergärten
- Schreibgruppen für Kinder und Jugendliche
- Familien, die kreativ sein möchten
- Senioren, um Lebenserinnerungen niederzuschreiben und zu bewahren
- Und viele andere, die mit einem individuellen Buch die Erinnerung an eine gemeinsame Zeit festhalten möchten
- Eigene Illustrationen / Fotos möglich!

Wer einmal der „Faszination Buch" erlegen ist, kommt von ihr so schnell nicht mehr los. Dieser Aufgabe hat sich Papierfresserchens MTM-Verlag mit dem Kinder- und Jugendbuchprojekt „Mein Buch - Dein Buch" mit Leib und Seele verschrieben. Ein individuelles Buch für jeden Jungen und jedes Mädchen, das Lust am Lesen weckt!

Wie entsteht dieses Buch?

Sie schicken uns die Texte, Bilder und Zeichnungen per E-Mail oder CD-ROM ein, wir erstellen das Layout und lassen das Buch drucken. Natürlich zeigen wir Ihnen das fertige Buch als PDF vor Drucklegung! Lassen Sie sich für Ihr Projekt ein individuelles Angebot erstellen. Haben Sie weitere Fragen? Wir beantworten sie gerne!

Natürlich haben wir die Preise für ein solches Projekt moderat gehalten: Buchpreis pro Buch (Mindestbestellmenge 30 Bücher) ab 9 Euro (bis 100 Seiten Taschenbuch, einfarbiger Druck).

Beispiele:

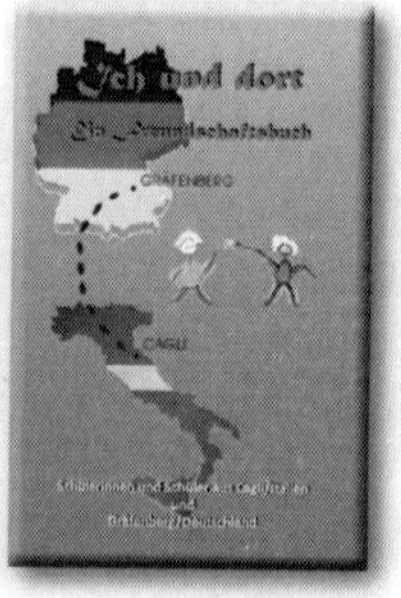